# Inge Harländer

# Schatten über Schloss Allstedt

## Roman

Inge Harländer, geboren 1954 in Schleswig-Holstein, schreibt Romane mit historischem Hintergrund.

Sämtliche Personen in diesem Roman (einschließlich Schlossvogt und Stallmeister) und deren Handlungen sind fiktiv.
Ähnlichkeiten mit lebenden Personen wären rein zufällig und keineswegs beabsichtigt.

Erstauflage Oktober 2015
© Inge Harländer
Nachdruck, auch Auszugsweise, nicht gestattet
Titelfoto © Inge Harländer
Skizze mit freundlicher Genehmigung Museum Burg&Schloss Allstedt
Herstellung und Verlag:
BoD-Books on Demand Norderstedt
ISBN 9783738655407

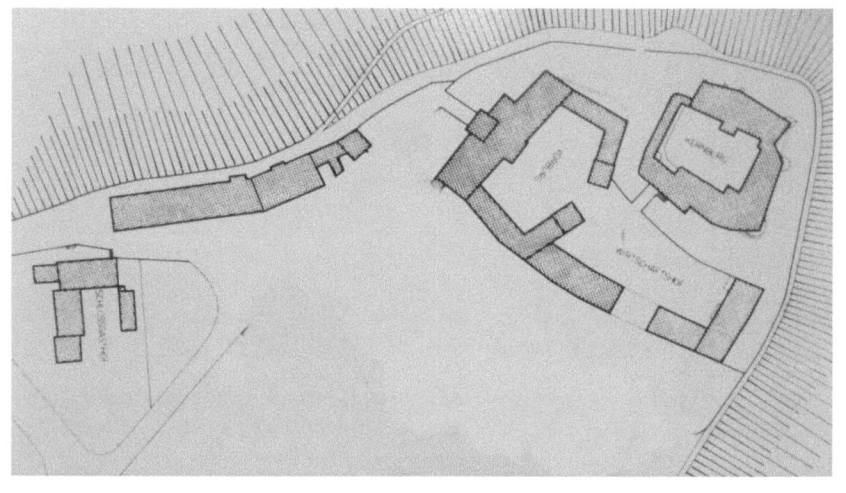

Skizze Museum Burg und Schloss Allstedt

## Donnerstag

Er wusste nicht, woher er noch die Kraft nehmen sollte, diese vielen Stufen hinauf zu gehen.

Seit früh um sechs war er jetzt schon auf den Beinen.

Noch eine Stufe und noch eine Stufe.

Er war so müde, so erschöpft und ihm war nach weinen zumute.

Wäre doch der Alte, der jetzt hier hinaufsteigen müsste, nicht gestürzt. Würde er doch jetzt nicht zu Bette liegen und könnte statt dessen diese Aufgabe, die ja seine war, übernehmen.

Bis hinauf zur Uhr waren es noch unzählige Stufen.

Hätte er nur nicht so voreilig gesagt, dass er die Aufgabe gerne übernehmen würde. Hätte er nur nicht erwähnt, dass er sich mit Uhrwerken auskannte, weil der Vater seines Spielkameraden ein Uhrmacher ist, und ihm viel darüber erzählt hatte.

Von ihm hatte er gehört, welche Arbeit es war, die Uhren aufzuziehen, die Räderwerke zu schmieren, und die Uhr alle paar Tage neu zu stellen, weil die meisten sich in der Zeit immer wieder verschoben.

Ja, hätte er nur nicht so angegeben.

Jetzt musste er diesen massigen eckigen Torturm, der wohl an jeder Seite 17 Fuß misst und aus dem Mittelalter stammen soll, hinaufklettern. 115 Fuß hoch soll er sein. Er musste davon ungefähr 100 Fuß bewältigen.

Auskennen tat er sich ja tatsächlich nicht. Er war lediglich wissbegierig gewesen.

Er schaute hinauf und seufzte.

Es nützte ja nichts, das Uhrwerk musste aufgezogen und die vielen Räder geschmiert werden.

Hatte er eigentlich heute zu essen gehabt?

Er grübelte, während er langsam Schritt für Schritt die Treppe hinaufging.

Weil er neben seinen Arbeiten in den Stallungen auch im Schlossbereich aushelfen musste, hatte er für die Köchin mehrere Eimer Wasser aus dem Innenhof hereingeholt und in die Schlossküche getragen. Dabei hatte er einen Apfel gegessen.

Danach hatte er Holz geschleppt. Stundenlang. Sowohl für die Küche als auch für Räume des Schlosses und der Vorburg.

Dann hatte er Teile der Burghöfe mit seinem Reisigbesen gefegt. Den Kehricht musste er auf seiner Holzschubkarre anschließend zum Abfallhaufen bringen.

Zwischendurch erhielt er eine Ohrfeige, weil er angeblich nicht schnell genug gelaufen war.

Aber Essen? Doch, ja, einen bereits abgenagten Hühnerknochen hatte die Köchin ihm mit einem freundlichen Lachen gereicht, als er klagte, dass das Mittagsmahl ihm nicht gereicht hatte.

Ach, und dann war da noch der Kanten Brot. Viel zu klein und viel zu wenig für einen jungen Mann, der sich noch im Wachstum befand. Schließlich war er erst 17 Jahre alt.

Hunger war sein ständiger Begleiter.

Jetzt war es eigentlich schon an der Zeit, sich schlafen zu legen, aber noch war es hell genug, um diese letzte Aufgabe des Tages zu erfüllen.

Noch eine Stufe und noch eine.

Die Beine waren so schwer.

Auf jedem Zwischenpodest hatte er eine kleine Verschnaufpause eingelegt und trotz seiner Erschöpfung einen Blick durch die Schießscharten genossen.

*

8

Er erinnerte sich, dass er, als kleiner Junge von vielleicht sechs Jahren, begeistert mit seinem Großvater, der auf diesem Schloss in Diensten gestanden hatte, über Pferdepflege und Zucht geredet hatte. Er hing förmlich an dessen Lippen. Leider war der Großvater, der sehr alt geworden war, dann, für ihn viel zu früh, an Altersschwäche gestorben.

Wie gerne hatte er den Geschichten des Alten gelauscht. Wie gerne wollte er, wenn er erst einmal groß genug dafür wäre, auch auf dem Schloss und mit den Pferden arbeiten. Allerdings hatte er da noch nicht geahnt, wie anstrengend es war, die Ställe auszumisten und die schweren Schubkarren am Misthaufen zu entleeren. Das hatte er in den letzten Tagen an seinen schmerzenden Muskeln zu spüren bekommen.

Ehrfürchtig dachte er daran, was sein Großvater auch körperlich geleistet hatte.

Aber jetzt?

Noch so viele Stufen bis dort oben. Wenn es nicht so steil hochgehen würde, wäre es auch nicht so anstrengend. Und wenn die Stufen nicht so ausgetreten wären und etwas mehr Licht vorhanden wäre, würde er nicht soviel Unbehagen in diesem düsteren Turm empfinden. Nach unten mochte er gar nicht schauen, weil alles so gruselig wirkte. Auch hatte er Angst, hinab zu stürzen, weil er sich nur an der Mauer abstützen konnte.

Der Staub wirbelte unter seinen Füßen bei jedem Schritt auf. Er sah ihn kaum, denn durch die Schießscharten im Mauerwerk drang nur wenig Licht, aber er spürte, wie er in seiner Nase kitzelte.

Die Spitze des Turmes krönte ein fremdartig wirkender, mit Halbkreissegmenten geschmückter, Giebel der mit je zwei Fenstern nach allen vier Seiten dieses Gemäuers versehen war.

Ein welscher Giebel sei dies, wurde ihm neulich berichtet. Aus

Italien soll diese auffällige gebaute Giebelform stammen.

Zu früheren Zeiten gab es verantwortliche Wachposten, die hier oben nach kriegerischen Angreifern Ausschau halten mussten, aber dies war in dieser geraden friedlichen Zeit nicht notwendig.

Außer dem alten Friedrich, der wöchentlich zwei- oder dreimal hier hinaufkletterte, kam niemand in diesen Turm. Wie schaffte es der alte Mann nur, alle paar Tage hier herauf zu steigen?

*

Viel Glück hatte er gehabt, hier auf dem Schlossgelände tatsächlich die ersehnte Arbeit gefunden zu haben.

Gerade einmal drei Wochen war er jetzt in Allstedt. Seine liebe Mutter lebte in einem kleinen Dorf nahe Weimar. Einen Vater hatte nie kennengelernt. Der war kurz nach seiner Geburt an einem Lungenleiden gestorben. Bis vor kurzem hatte seine Mutter es geschafft, ihn durch Wasch- und Näharbeiten zu ernähren. Aber jetzt war sie immerzu krank. Darum hatte sie ihn gebeten, sich Arbeit zu suchen, denn ihr karges Einkommen und der Lohn, den er durch kleinere Handlangerdienste bekam, reichte nicht mehr, um beide satt zu bekommen.

Und in Erinnerung an die vielen Erzählungen seines Großvaters, und eben weil dieser hier in jungen Jahren in Diensten gestanden hatte, war er nach Allstedt gekommen. So gerne wollte er in dem Gestüt arbeiten, von dem sein Großvater so Vieles zu erzählen wusste.

Überall hatte er auf dem Weg hierher nach Arbeit gefragt. Aber immer wieder hieß es, zur Zeit leider nicht. Versuch es mal da oder da.

Geschlafen hatte er meist auf Höfen im Stroh in irgendwelchen Ställen. Natürlich hatte er sich immer die Erlaubnis eingeholt. Mitunter bekam er auch eine kleine Mahlzeit, aber das waren Ausnahmen gewesen.

Immer wieder Absagen, dabei brauchte er so dringend Arbeit. Wollte er sich doch ernähren und auch seiner lieben Mutter Geld zukommen lassen.

In einem Wirtshaus in Allstedt hatte er sich ein kleines Abendmahl gegönnt, ein Bier getrunken und seine letzten Geldstücke gezählt.

Sein Herz war ihm gar so schwer geworden, als er feststellte, dass er nur noch über wenige Mark verfügte. Den Kopf hatte er auf die Hände gestützt, während er verzweifelt überlegte, wie es weitergehen sollte.

Und dann dieses unverhoffte Glück, als er dort den Stallmeister des Großherzogs getroffen hatte.

Ziemlich alt war er Jasper vorgekommen.

Er hatte sich als Franz Furcht vorgestellt, hatte sich zu ihm gesetzt, gefragt wo er herkäme, und wollte wissen, was er in Allstedt zu tun hätte.

Dem hatte er dann seine Lebensgeschichte erzählt, und natürlich erwähnt, dass sein Großvater in jungen Jahren auch für den Großherzog Carl August tätig gewesen war. Welch Hochgefühl, als der Stallmeister nach kurzem Überlegen erklärte, dass er ihn als Hilfsknecht gebrauchen könne, weil einer der Arbeiter sich gerade woanders verdingt hatte.

Stolz war er gewesen, genau wie seine Mutter, der er einen Brief geschrieben hatte.

In diesen schweren Zeiten war es gut, zu wissen, dass kein Hunger zu leiden sein würde, meinte sie in ihrem Antwortschreiben.

Doch sein stetiger Hunger ließ sich nicht stillen.

Fast war er an seinem Ziel angekommen.

Er nahm sich vor, nach getaner Arbeit einen Augenblick auszuruhen und von oben auf die Landschaft zu sehen.

Ja, das würde er sich gönnen.

Er hoffte, dass dieser Anblick ihn für die schwere Plackerei des Tages versöhnen würde. Für einen Moment konnte er sicher vergessen, wie abgespannt er war.

*

Endlich war er am Uhrwerk, welches sich ungefähr in Höhe des zweiten Turmdrittels befand, angekommen.

Bis hierher hatte er insgesamt 47 hölzerne Treppenstufen gezählt. Auf drei Zwischenböden hatte er seine Verschnaufpausen eingelegt. 18 Stufen hatte er schon hinter sich gebracht, als er durch das Burggebäude bis zum Absatz in den Torturm gekommen war. Also schon 65 Stufen, die nicht gerade so gebaut waren, dass sie bequem gegangen werden konnten.

Den Holzbottich mit dem Fett stellte er ab und zog mit der Handkurbel, die ihn an Flügel erinnerten, zunächst die schweren Gewichte der Uhr herauf. Das kostete Kraft, war aber die Hauptaufgabe, damit die Gewichte durch ihre Eigenmasse wieder nach unten gleiten konnten, und so das Uhrwerk am Laufen gehalten wurde.

Danach fettete er, wie der Alte es ihm aufgetragen hatte, die vielen Räder, damit alles wie geschmiert laufen konnte.

Nach wenigen Augenblicken war auch diese Arbeit bewerkstelligt und er gönnte sich seine kleine Verschnaufpause.

Für die nächsten drei Tage würde die Turmuhr jetzt wieder laufen.

Das gleichmäßig tickende Geräusch des Uhrwerkes hatte etwa Beruhigendes.

Wenn er sich jetzt noch traute, eine weitere, noch schmalere Treppe hinaufzusteigen, würde er auf die inneren Höfe und den Schlossbereich sehen können. Er schaute hoch, zählte 15 Stufen, und begann seufzend seinen weiteren Aufstieg.

Er schaute aus dem kleinen Fenster und freute sich, weil er für seine Mühe mit einem grandiosen Ausblick belohnt wurde.

Seine Augen schweiften über den ersten Burghof, der eingerahmt von Gebäuden wie ein Fünfeck aussah, wobei hier die Ställe der Arbeitspferde und Wagen zu sehen waren. Dann führte ein breiter Durchgang zum zweiten Burghof. Dieser war wiederum eingerahmt von Gebäuden auf der rechten Seite. Eigentlich war dieser zweite Burghof der Wirtschaftsbereich. Auch die hofeigene Brauerei und das Forsthaus befanden sich hier.

Auf der linken Seite sah er die Kernburg, das Schloss, also den herrschaftlichen Bereich.

Auch im Schloss befand sich ein Innenhof, der von der Vierflügelanlage eingeschlossen wurde.

Das kleine spitze Türmchen der Kapelle des Schlosses konnte er von hier oben sehen, den Bereich des Innenhofes leider nicht.

Hoch droben bemerkte er einen Rotmilan, der seine Kreise zog. Gedanklich wünschte Jasper ihm einen guten Fang, damit der Greifvogel seinen Hunger stillen konnte.

Im Laufe der Jahrhunderte war immer wieder, der Zeit wohl angepasst, an dem gesamten Anwesen etwas verändert worden. Sein Großvater meinte damals, dass von Spätgotik über Renaissance bis Barock alles vorhanden sein. Das konnte Jasper von hier oben sehen und bestätigen.

Verwundert stellte er fest, dass der gesamte Schlossbereich mit Schieferplatten, alle anderen Gebäude hingegen mit roten Dachziegeln eingedeckt waren. Das war ihm noch gar nicht aufgefallen. Der Kontrast dieser Eindeckungen gefiel ihm gut.

Wenn er seinen Kopf weit nach rechts drehte, war es ihm möglich, die Gartenflächen, welche sich an das Burggelände anlehnten, zu sehen.

Selbst die hohe steinerne Burgmauer, die das gesamte Anwesen umgab, konnte er zum größten Teil betrachten. Außerdem

13

nahm er Teile des fast fünf Meter tiefen Burggrabens wahr.
Wie sehr er es genoss, seine neue Umgebung von hier oben zu betrachten.
Gerade holte ihn die Fantasie ein.

*

Was mag hier alles geschehen sein? Wie wurden die angreifenden Krieger abgewehrt? Wie erklommen sie mit ihren schweren Rüstungen diesen Hang und wie hatten sie die Burggräben überwunden?
Wie klein die Welt von hier oben aussah.
So weit konnte er über die Landschaft schauen. Ganz weit dort hinten konnte er Anhöhungen erkennen. Ob er jemals bis dorthin käme, wohin er jetzt sehen konnte? Würde er sich je wieder so weit von Allstedt entfernt aufhalten?
Sein Blick glitt nach links, zu den ehemaligen Weinbergen, die neuerdings mit Kirschbäumen bepflanzt waren. In denen wurde vom Frühjahr bis in den weiten Herbst hinein gearbeitet. Dann sah er geradeaus über das Schlossgelände hinweg, zu den Gärten des Schlosses, und weiter fast bis zum Steinbruch, der dahinter lag.
Wie still es hier oben war.
Das Licht nahm zusehends ab, die Dämmerung kam schneller, als er dachte. Es wurde Zeit, den Rückweg anzutreten.
Noch einmal schaute er über die Dächer zum Schlossgelände.
Irgendetwas erregte seine Aufmerksamkeit.
Da war doch etwas? Schlich dort eine Gestalt über den zweiten Burghof?
Und was schleppte sie hinter sich her?
Wer war das? Jasper konnte es nicht erkennen. Aber auf irgendeine Weise war es eigenartig.
Denn irgend etwas an dieser Person kam ihm vertraut vor.

14

War es die Leibesfülle? Oder der Gang? An wen erinnerte dieser Mensch dort unten ihn nur?

Und was zog der hinter sich her? War es ein Tier? Vielleicht ein Wildschwein oder gar ein Reh?

Das war doch zu merkwürdig.

Aber schon war die Gestalt aus seinem Gesichtsfeld verschwunden, denn die sogenannten Kavaliershäuser, die Gebäude, in denen zur Zeit links der Stallmeister wohnte, weil seine im Schloss liegenden Zimmer gerade renoviert wurden, und rechts das Kutscherhaus, welches zur Zeit leer stand, hinderten seine Sicht. Beide Gebäude trennten den ersten vom zweiten Burghof.

Er rieb sich die Augen.

Hatte er wirklich etwas gesehen, oder spielten ihm das Dämmerlicht und seine Müdigkeit einen Streich?

Es wurde wirklich allerhöchste Zeit, den Turm zu verlassen.

*

Vielleicht bekam er von der Köchin noch ein paar warme Kartoffeln oder gar eine kräftige Suppe.

Über die Köchin, eine kleine schlanke, schon recht betagte Frau, aber von Herzen freundlich, hatte er sich schon köstlich amüsiert, denn sie hatte die Angewohnheit, statt zu gehen, in kleinen Schritten beinahe zu hüpfen. Es sah aus, als würde sie kleine Tanzschritte vollführen, was ihr auch den Beinamen die „Tänzerin" eingebracht hatte.

Der Gedanke an Essen beflügelte seine Schritte.

Hinab ging es erheblich schneller als hinauf.

Ehe er sich versah, hatte er die letzte untere Stufe erreicht.

Jetzt nur noch den Eimer mit dem Fett in den Stall zurück- tragen und dann so schnell wie möglich zu dem Alten eilen, um ihm zu versichern, dass die übertragene Aufgabe erledigt sei.

Wenn er sich mit möglichst vielen Leuten gut stellte und seine Aufgaben gewissenhaft verrichtete, könnte er hier vielleicht etwas werden.

Wie schön es war, dass er auf dem Burggelände wohnen konnte. Wenn er sich vorstellte, jeden Morgen und jeden Abend den Weg über die Anhöhe in die Stadt machen zu müssen, war er recht dankbar über die kleine Kammer unter dem Dach des Gesindehauses, die er sich mit einem der Stallburschen, Otto, teilte.

An seinem ersten Arbeitstag war er schon erschöpft auf der Burg angekommen, weil er nicht gewusst hatte, dass der stetig ansteigende Weg aus der Stadt bis hier hinauf auf den Bergsporn, auf dem sich das Schloss befand, eine gute halbe Stunde dauern würde.

Am Abend mochte es ja noch gehen, da ging es ja hinunter, aber des Morgens, wenn die Gelenke noch müde waren, war es doch sicher recht mühsam, hinauf zu steigen zum Schloss.

Wie es wohl in einem heftigen und klirrend kaltem Winter sein würde? Oder in der großen Sommerhitze?

Er war wirklich froh, nicht den langen Weg, der in einem Bogen herum aus dem Schloss in die Stadt führte, gehen zu müssen.

Der mit Kirschbäumen bewachsene Hang wäre sicher eine ideale Abkürzung, aber ihm war schon mitgeteilt worden, dass es nicht erlaubt sei, diese Abkürzung zu benutzen.

Und er könne sicher sein, wurde ihm mitgeteilt, dabei gesehen zu werden, weil sich  mitunter in dem kleinen gemauerten Gebäude, das auf halber Strecke am Hang gebaut war, die Arbeiter des ehemaligen Weinberges aufhielten. Denn hier lagerten sie Werkzeuge, die sie benötigten.

Unterhalb des Schlosses schlängelte sich die Rhone, die bei Blankenheim entspringt, in einem weichen Bogen durch

Allstedt. Diese musste man überqueren, wenn man vom Schloss aus in die Stadt wollte. Auch ein Teich und die riesige Anlage des Vorwerks teilte den Stadtbereich vom Schloss ab.

*

Sein direkter Weg führte ihn durch die breite Spitzbogentür in die tiefer gelegene Küche. Wieder musste er acht steinerne breite Treppenstufen gehen.

Irgendwann wollte er einmal sämtliche Treppen und deren Stufen zählen. Er hatte das Gefühl, dass es nahezu Hunderte sein müssten. Aber vielleicht bildete er sich dies auch nur ein, weil er ständig Stufen vor sich sah.

Zu seinem Bedauern hielt sich hier niemand mehr auf.

Nichts mehr zu essen? Der Magen knurrte doch kaum überhörbar.

Auf dem Arbeitstisch der Köchin stand ein Korb, in dem er viele Äpfel liegen sah.

Es wäre doch sicher erlaubt, sich daran zu bedienen? Es war keiner da, den er hätte fragen können, also griff er beherzt zu. Besser als nichts, dachte er, biss kräftig in den Apfel und spazierte über die Burghöfe zum Wohntrakt der Bediensteten.

Dabei erinnerte er sich, wie erstaunt er am Anfang war, dass für die wenigen Leute eine so große Küche bereitstand. Die Erklärung dafür war gewesen, dass die erheblich kleinere Küche, die sich in der Vorburg befand und in der in Abwesenheit der hohen Herrschaften üblicher Weise gekocht wurde, gerade wegen Renovierungen nicht benutzt werden konnte.

So hatte er das Glück, in diesem beachtlichen Raum verköstigt zu werden, den er vermutlich sonst eher selten hätte betreten können.

Jetzt aber schnell in die Kammer des Alten, um Bericht abzuliefern und von seiner Beobachtung zu erzählen. An die

17

vielen Stufen, die hinauf zur Kammer führten, mochte er gar nicht denken. Er war für heute eigentlich genügend Treppen hinaufgestiegen. Aber es nützte ja nichts.

Natürlich wollte der Alte zuerst wissen, ob das Uhrwerk geschmiert und die Uhr aufgezogen worden war.

Lachend, weil er diese Frage schon erahnt hatte, meinte Jasper: „Ja, ich habe den Auftrag sorgfältig ausgeführt. Du kannst ganz beruhigt sein, Friedrich."

„Na, dann ist ja gut, mein Junge. In einigen Tagen werde ich wohl wieder auf den Beinen sein. Dann bist du diese zusätzliche Arbeit auch wieder los. Leg dich schlafen, Junge. Es ist schon spät."

Damit drehte er sich auf seiner Bettstatt um und fiel augenblicklich in den Schlaf.

Nun gut, wenn der Alte seinen Schlaf brauchte, würde er ihm das Gesehene eben am nächsten Tag erzählen. Er könnte ja auch mit seinem Kumpel Otto, mit dem er die Kammer teilte, darüber reden.

Als er einige Türen weiter in seine Schlafkammer ging, kam er nicht mehr zum Erzählen, denn wegen des schon weit vorangeschrittenen Abends machte Otto sich eben für die Nacht bereit und wollte nichts mehr hören und sehen.

Nun, dann würde er am nächsten Tag seine Beobachtung schildern. So wichtig war es nun auch nicht.

Also erledigte auch er seine Abendwäsche an der Waschschüssel und legte sich in sein Bett.

18

## *Freitag*

Am nächsten Tag hatte er seine Beobachtung schon wieder vergessen. Er hatte ziemlich viel zu tun, weil sein Dienstherr, der Großherzog Carl Friedrich von Sachsen-Weimar-Eisenach, eine Jagdgesellschaft angekündigt hatte, die in 14 Tagen stattfinden sollte.

Diese Vorankündigung, die der Schlossvogt am frühen Morgen kundgetan hatte, verbreitete unter allen vorhandenen Bediensteten Aufregung und hektisches Treiben. Die meisten Bediensteten zogen ja als ständige Begleitung mit dem Großherzog an den Ort seines Aufenthaltes, so dass nur einige wenige hier waren, um sich um den Erhalt und die Pflege der Gebäude, der Gärten und des Geländes zu kümmern. Aber die, die hier waren, machten Wirbel für Viele.

Die Höhergestellten ließen ihren Unmut wegen der zusätzlich anfallenden Arbeiten, die ausgeführt werden mussten, an deren Untergebenen aus. So fing sich auch Jasper die eine oder andere Ohrfeige ein, wenn er angeblich zu langsam in seinen Ausführungen war.

Dabei hatte er noch Glück, denn einige andere erhielten nicht selten heftige Prügel.

Er hatte gehört, dass einer der Stallknechte nicht mehr gehen konnte, weil der Stallmeister des Gestüts ihn durchgeprügelt hatte, und das nur, weil der Junge eine Wurzel, die für die Pferde vorgesehen war, gegessen hatte.

Eine Jagdgesellschaft war schon etwas sehr Interessantes. Mit ein bisschen Glück konnte man den Großherzog und einige der hohen Herrschaften aus der Nähe sehen. Und wer wusste schon, ob nicht auch eine Berühmtheit unter ihnen war. Vielleicht kam auch der Erbgroßherzog Karl Alexander mit?

19

*

Jaspers Großvater hatte ihm in einer langen Winternacht davon erzählt, dass er höchstpersönlich mit dem heute berühmten Dichter Johann Wolfgang von Goethe gesprochen hatte.

Der war nicht nur mit dem Großherzog Carl August, der Goethe 1782 das Adelsdiplom vermachte, befreundet gewesen, sondern hatte hier auf dem Schloss in seiner Funktion als Minister für Kriegswesen, Straßen-und Wegebau und der Finanzverwaltung und auch mit Verwaltungsarbeiten im Gestüt zu tun.

Hier soll er auch, so Jaspers Großvater, Teile eines Dramas, „Iphigenie auf Tauris" geschrieben, und wohl etliche Zeichnungen aus der näheren Umgebung angefertigt haben.

Da Jaspers Großvater als junger Bursche in den Stallungen des Marstalls zu tun hatte, und Goethe sich sehr für die Pferdezucht des Herzogs interessierte, haben die beiden das eine und andere Fachgespräch geführt.

„Ein sehr angenehmer, hochgebildeter und vielseitig interessierter Mensch", hatte sein Großvater Goethe beschrieben.

Und aus dieser alten Verbundenheit heraus hatte sich der Großvater dann das Buch „Das Leiden des jungen Werther" gekauft. Dieses Buch sollte Jasper lesen dürfen, wenn er alt genug dafür sei, hatte der Großvater ihm versprochen. Das Buch hielt seine Mutter für ihn in Verwahrung.

*

In den Stallungen, die sich im ersten Burghof befanden, durfte Jasper jetzt arbeiten.

Welch erhabenes Gefühl es am ersten Arbeitstag gewesen war, nicht nur den Boden zu betreten, auf dem schon sein Großvater gestanden hatte, sondern sich auch dort zu bewegen, wo der berühmte Dichter Johann Wolfgang von Goethe vor nicht

20

einmal 60 Jahren seine Spuren hinterlassen hatte.

Der Geruch nach Pferd, der hier über allem lag, berührte seine Sinne sehr.

Das warme Fell, die weichen Nüstern der Arbeitspferde, ihr friedliches Gemüt hatten sein Herz geöffnet, und es fiel ihm sehr schwer, sich nicht von ihnen aufhalten zu lassen, sondern seiner Arbeit nachzugehen.

Wie es wohl sein würde, wenn er erst einmal unten in der Stadt das Gestüt des Marstalls betreten durfte?

Dort, wo sein Großvater sich zum Stallmeister hochgearbeitet hatte.

Dort, wo die edle Zucht betrieben wurde.

Dort, wo er hinwollte.

Er stand auf dem Schlosshof. Den Rücken hatte er dem Tor, welches ins Schlossgelände führte, zugewandt. Den Besen in der Hand haltend, schaute er sich um.

Eines der besonders schönen Fenster, genau gegenüber des Eingangstores, links neben dem Vorbau, durch den man in die Herrschaftsbereiche gelangte, hatte wieder einmal seine Aufmerksamkeit erregt.

Es war ein Vorhangbogenfenster aus der Spätgotik. So hatte er vor einigen Tagen erfahren, als er seine Bewunderung darüber kundtat. Jetzt erst entdeckte er, dass noch zwei weitere kleinere auf der rechten Seite des Vorbaues vorhanden waren. Gerade dachte er darüber nach, woran ihn dieses Fenster erinnerte. Das Fensterglas hatte etwas von Flaschenböden, wie wenn einzelne Flaschenböden Stück für Stück nebeneinander gesetzt worden waren. Die Verzierungen der Mauer hingegen erinnerten ihn an eine Gardine, die bei ihm zu Hause so hübsch vor dem Fenster des Wohnraumes hing.

In Erinnerung an Zuhause dachte er sehnsüchtig an seine Mutter, an sein kleines Dorf und die Freunde, die dort geblieben waren.

Wie viel Spaß sie immer zusammen hatten. Er sah die kleinen Gassen, durch die sie gestreift waren, vor sich. Johlend und übermütig waren sie herumgetollt, ohne Schelte dafür zu ernten. Häufig hatten sie freundschaftlich miteinander gerauft. Einfach nur um festzustellen, wer der Kräftigste war. Niemals gab es ernsten Streit. Sie kannten sich alle, solange sie denken konnten.

Trotz Dürftigkeit und Not gab es eine gute Gemeinschaft und einen engen Zusammenhalt untereinander.

Seine Mutter hatte ihm einmal erklärt, dass der Charakter trotz Armut und Elend nicht ebenso sein müsste. Jeder könne, wenn er dazu bereit sei, Gutes und Schönes in sich nähren und sein Handeln danach richten. Worte, die er nie vergessen würde.

Aus den Knaben waren junge Männer geworden, die jetzt zum Unterhalt der Familien beitragen mussten. Einige hatten wie er das kleine Dorf verlassen um Arbeit zu finden, andere waren geblieben. Würde er sie je alle wiedersehen?

„Jasper, du hast hier nicht zu träumen, sondern zu arbeiten. Wo bleibt das Holz für die Küche? Die Köchin hat sich beschwert, nimm die Beine in die Hand und sieh zu, dass du läufst, sonst setzt es Hiebe", wurde er jäh aus seinen Gedanken gerissen.

Diese Drohung war ernst zu nehmen, denn mit dem Stallmeister war nicht zu spaßen.

Jasper fragte sich kurz, was der Mann hier im Bereich des Schlossvogtes zu melden hatte.

Dieser kräftige, fast bullig aussehende Mann hatte trotz seines hohen Alters eine gar lockere Hand, wenn es darum ging, den Leuten zu zeigen, wer hier das Sagen hatte. Das hatte er in den letzten Tagen schon mitbekommen.

„Entschuldigung, Herr Furcht, ich beeile mich!", rief er dem Stallmeister zu, nahm einige Holzscheite unter den Arm und eilte in die Küche, wo er mit erhobenem Kochlöffel, der beinahe einen halben Meter lang war um in den riesigen Töpfen zu rühren, schon erwartet wurde.

Ehe er sich versah, landete der mit einem kräftigen Klatsch auf seinem Rücken.

„So, mein Lieber, und nächstes Mal bist du schneller", lachte die Köchin ihn an. Es war also noch mal gut gegangen. Und der Schlag weder schmerzhaft, noch böse gemeint.

Diese riesengroße Küche aus dem 15. Jahrhundert war etwas ganz Besonderes. Nicht nur, dass die Kochfläche, die sich auf gemauerten Ziegeln befand, mehrere Meter groß war, nein, besonders war auch der auf zwei achteckigen Freistützen stehende Kamin. Der Kaminschlot war fast zwanzig Meter hoch und soll der größte im deutschen Burgenbau sein, wie ihm erzählt worden war. Dazu kommen noch die drei profilierten Rauchfangbögen und die beiden Kreuzrippengewölbe, deren Schlusssteine jeweils mit den Wappen der Querfurter Edelherren verziert waren.

An einer Längsseite des Gewölbes, gleich rechts, befand sich der Platz, an dem die Bediensteten ihre Speisen zu sich nehmen konnten. Ein langer hölzerner Tisch stand in diesem Teil, umgeben von zwei sich gegenüber stehenden Bankreihen. Etwas weiter war eine Tür, die in den Vorratsraum führte.

Gleich links, wenn man in die Küche kam, befand sich eine durch drei Stufen erhobene Nische mit Fenster, in der der Schlossvogt und der Stallmeister ihre Speisen zu sich nahmen.

Es waren im Augenblick nicht allzu viele Bedienstete, die täglich zur Mittagszeit versorgt wurden.

Wenn der Großherzog mit seinem Trupp ankam, sollte es hier drinnen ein stetiges Ein-und Ausgehen sein. Auch würden dann die zwei Bankreihen durch weitere ergänzt, damit möglichst viele Leute zeitgleich versorgt werden konnten. Wie im Bienenstock gänge es hier dann zu, wurde ihm erzählt.

Eine zweistufige hölzerne Treppe führte auf die Feuerfläche, über der große Kessel an Haken hingen, um darin die Speisen zu kochen.

Diese Haken hatten in kurzen Abständen Zacken, an denen die Töpfe in der Höhe je nach Hitzebedarf verändert werden. Und vielleicht weil er näher an der Feuerstelle stand als die Köchin, rief sie ihm zu: „Leg mal einen Zacken zu, Jasper, das Wasser hat lange genug gekocht."

Emsig kam er ihrem Wunsch nach und setzte den großen Topf einen Zacken höher.

Metallene Gestelle, an die Töpfe gehängt wurden, konnten auf dieser Fläche hin und her, und unter das jeweilige Feuer geschoben werden. Auch gab es hohe eiserne Spieße, auf denen Wildschwein und Reh, sogar ganze Ochsen gebraten und dabei gedreht werden konnten.

An der Rückseite gab es einen Backofen, eingelassen in einer ehemaligen Schießscharte, und rechts daneben, etwas tiefer gelegt, wurde eine ehemalige Schießscharte dafür genutzt, die Küchenabfälle und das Abwaschwasser hineinzukippen, damit es in den Burggraben fallen konnte.

Außerdem diente sie auch zur zusätzlichen Belüftung der Küche.

Abgesehen davon, war die Küche großzügig ausgestattet, mit allem, was zum Kochen benötigt wurde.

Pfannen, Töpfe, Kessel, Geräte, die Jasper nicht kannte, hingen an den Wänden nahe der Kochfläche. Tonkrüge, Geschirr, hölzerne Wannen und Schüsseln waren in großer Zahl vorhanden. Auf Wandregalen befanden sich Becher und Teller und auch die Löffel hingen daran herunter.

Ein riesiger Schrank verbarg wohl noch besseres Geschirr.

Auch lange hölzerne Behälter, in denen der Teig für Brot zubereitet wurde, standen an der Wand.

Jasper war jeden Tag nahezu berauscht von den Gerüchen, den Gegenständen und dem Geplapper, das hier herrschte. Die gute Stimmung, die die Oberköchin verbreitete, tat allen gut. Und darum wurde hier in diesem Raum auch mehr gesungen als an anderen Orten des Schlosses.

Seine Holzscheite verteilte Jasper unter den Aussparungen, die an drei unteren Seiten der Kochfläche vorhanden waren. So konnte von jeder zugänglichen Seite Holz aufgelegt werden.

Der Holzlöffel tippte auf seine Schulter.

„Hast du den faulen Johann heute irgendwo gesehen, Jasper? Er sollte mir Kräuter aus dem Garten holen. Ich habe es ihm gestern schon aufgetragen. Wie soll ich die Suppe ohne Kräuter zubereiten? Wenn ich den faulen Kerl unter meinen Kochlöffel kriege, wird er Musik daraus vernehmen."

Jasper amüsierte sich über diese Drohung, verneinte aber ihre Frage, woraufhin sie mit einem kräftigen Schimpfen einem der Dienstmägde den Auftrag gab, die Kräuter zu holen.

Der faule Johann fehlte also schon wieder. Das war schon sehr oft vorgekommen, hieß es.

Meistens fand ihn irgendwer unter einem Gebüsch oder in einer stillen Ecke, wo er seinen Rausch ausschlief.

\*

Jasper war auf dem Weg, Wasser zu holen und erinnerte sich daran, wie er am ersten Tag zum Brunnen, der sich im Innenbereich des Schlosshofes befand, gegangen war.

Den hölzernen Eimer hatte er herab gelassen und sich gewundert, dass er kein Aufklatschen hörte. Der Eimer schlug nach kurzer Zeit auf und als er ihn wieder hochgezogen hatte, war kein Tropfen Wasser darin gewesen.

Als er noch verblüfft dastand, feixten einige und lachten über sein dummes Gesicht.

„Da kannst du lange warten. Da wirst du kein Wasser finden", klärte ihn einer der Gärtner auf.

„Und ich dachte schon, dass es hier nicht mit rechten Dingen zugeht!", hatte Jasper lachend geantwortet.

Dann wurde ihm erklärt, warum und weshalb dieser Brunnen kein Wasser lieferte.

Er war schon vor etlichen Jahren wegen der schlechten Wasserqualität zugeschüttet worden.

Trotzdem war die gesamte Schlossanlage dank eines raffinierten Röhrensystems nicht um Wasser verlegen. Ihm wurde auf seine Nachfrage erklärt, wie das Wasser hier hinaufkam.

So hatte er erfahren, dass es aus einer Quelle des sogenannten Brunnentals, durch den östlichen Wald, der „Wüste", mittels hölzerner Rohrleitungen bis hier herauf geleitet wurde.

Der erste Ausfluss dieses Systems befand sich am Eingang des Schlosses, wovon eine weitere Röhre ins Innere gelegt wurde und eine dritte bis zum Kloster Naundorf führen sollte.

Weil die Röhren auch mal kaputt gingen, war auf dem Schloss eine Wohnung dem Zimmer- und Röhrenmeister vorbehalten.

Was für eine überragende Leistung. Jasper konnte es nur bewundern.

Dann wurde ihm natürlich gezeigt, dass er das Wasser aus dem Ausfluss vor der Wohnung des Großfürstlichen Oberförsters, am Ende des ersten Burghofes, holen konnte.

Für seine Unwissenheit bräuchte er sich nicht zu schämen, wurde ihm noch mitgeteilt, er sei nicht der Erste gewesen, der Wasser aus dem Brunnen holen wollte.

Wofür also die beinahe 10 Fuß langen ausgehöhlten Holzstämme, die er in einer Ecke hatte liegen sehen, dienten, war ihm nach dieser Erklärung klar gewesen.

Doch jetzt durfte er nicht länger trödeln oder in Gedanken schwelgen, denn dann hätte er es sich mit der Köchin wohl für längere Zeit verscherzt.

Schnell hatte er drei Eimer gefüllt, hatte sie nacheinander zur Küche getragen und war froh, als die Glocke zum gemeinsamen Mahl schlug.

Den hellen klaren Klang der Turmglocke liebte er sehr.

Nach dem Essen würde er mit dem Fegen der Innenhofes der Kernburg weitermachen.

Das frisch gebackene Brot war würzig, die Suppe war köstlich, hatte eine reichhaltige Gemüseeinlage und machte vor allem zuerst einmal satt. Er war zufrieden.

Während der Mahlzeit wurde über Johanns Abwesenheit spekuliert.

Jeder hatte eine andere Idee, wo er zu finden sein könnte. Einer meinte, dass ihn vielleicht die Prinzessin, die hier herumspuken solle, geholt hätte. Ihre Wohnung, im Bereich der „alten Zimmer" im Schlossgebäude sollte voller Bilder sein, wusste er geheimnisvoll zu erzählen.

Ein anderer glaubte, dass es eher die Erhängten der 6 Kreuze gewesen sein könnten. Damit konnte Jasper überhaupt nichts anfangen, aber fragen mochte er im Moment auch nicht.

Es wurde gelacht und laut durcheinander geredet. Und für Jasper war es schön, dazu zu gehören. Eine Gemeinschaft mit allen Vor- und Nachteilen. Selbst die lauten Rülpser gehörten dazu.

Man kannte sich, man mochte sich, oder auch nicht. Immer wieder gab es natürlich auch Hauen und Stechen, wenn es darum ging, sich zu profilieren, oder sich einzuschleimen, wenn man Vorteile darin sah. So war das Leben.

*

Zwar träge von der Mahlzeit, aber dennoch voller Energie, machte Jasper sich wieder an die Arbeit.

Nach dem Kochen wurde schon wieder Holz benötigt und auch

Wasser musste für den jetzt folgenden Abwasch herbeigeholt werden. Mit dem Fegen hatte er noch gar nicht anfangen können.

Und immer noch war Johann nicht erschienen. Das war seltsam, denn spätestens zu den Mahlzeiten hatte er sich immer wieder eingefunden, hieß es.

„Jaaaaasper" wurde er laut gerufen. Der Stallmeister stand mit in den Hüften abgestemmten Armen im Schlosshof.

Er lief schnell zu ihm.

„Du suchst jetzt den faulen Johann. Und ich rate dir, finde ihn. Sonst ist er die längste Zeit in Diensten gewesen. Such das ganze Gelände ab. Gründlich. Und bringe ihn sofort zu mir, wenn du ihn gefunden hast. Verstanden? Und jetzt los."

Mit barscher Stimme, die nie einen Widerspruch duldete, wurde dieser Befehl erteilt.

Jasper nickte und schickte sich an, den Schlossinnenhof zu verlassen.

„Wenn du ihn hier draußen nicht findest, suchst du in den Innenräumen. Aber putz dir vorher gründlich die verdreckten Schuhe ab!", bekam er noch hinterher gerufen.

In den Innenräumen suchen? Jasper betete förmlich, den faulen Johann hier draußen nicht zu finden. Was für eine Gelegenheit, sich im Schloss umsehen zu können. Mit Erlaubnis!

Er verließ den Burghof durch das schmale Tor, überlegte, ob er über die Brücke in den zweiten Burghof, oder die kleine Treppe hinab nehmen sollte, um erst einmal die Kernburg, das Schloss, zu umrunden.

Er entschied sich für die zweite Variante.

Ein kleines Gartenstück war hier mit Blumen bepflanzt worden.

Das Gras, das den gesamten Schlossbereich umgab, war trocken und schon ziemlich hoch gewachsen. Da würden die

Gärtner wohl demnächst mit ihren Sensen viel zu tun haben.
Wenn hier aber einer liegen würde, könnte er ihn nicht
übersehen.

Jasper umrundete das Gemäuer.

Die Rundungen der Gebäudeteile fand er ehrfurchtgebietend.
Sie strahlten so viel Kraft und Stärke aus. Die imposante Höhe
ließ ihn ganz demutsvoll werden. Ganz oben am Gemäuer
konnte er das Fachwerk gerade noch deutlich erkennen. Auch
die unzähligen Fenster, die hoch oben auf ihn herabsahen,
beeindruckten ihn.

So ganz aus der Nähe konnte er jeden einzelnen Stein erkennen.

Schon erstaunlich, dachte er, von weitem sieht es so aus, als
seien die Burg und das Schloss aus Ziegelsteinen gemauert.
Aber wenn er genau hinsah, erkannte er, dass es alles gekonnt
geschlagene Steine waren. Die meisten davon waren rot. Einige
aber auch leicht gelb und wieder andere erschienen ihm eher
grau. Auch die Größe war recht unterschiedlich, aber dennoch
sah alles sehr eben und ordentlich aus. Eben wie gemauert.

Auch die gewaltigen Stützpfeiler, die die Mauern gegen
Absenkungen abstützten, waren aus Steinen aufgesetzt.

Was für eine Arbeit!

Irgendwie war es hier aber auch ein bisschen unheimlich.
Einerseits war niemand zu sehen oder zu hören, anderseits
hatte er das Gefühl, schon wegen der vielen Fenster, dass er
von dort gut beobachtet werden konnte. Deshalb schaute er
sich auch immer um.

An der Rückseite der Kernburg, im Westflügel, befand sich
eine Tür, die in die Lager- und Kellerräume führte, welche zur
Nutzung den Pächtern des Vorwerks zur Verfügung standen
und dessen Zugang den Bediensteten untersagt war. Deshalb
war auch der andere Zugang, der sich im Schlosshof befand,

immer verschlossen. Nachdem er den Türdrücker betätigte, stellte er fest, dass auch dieser Eingang verschlossen war. Auch gut. Dahinter wäre Johann wohl kaum verborgen.

Eigentlich hatte er Lust, sich einen Moment in die Sonne zu legen um auszuruhen.

Es würde ihn niemand sehen können. Durch die Burgmauer und den hohen Wänden des Schlosses gab es viele stille Winkel.

Hier und da befanden sich große flache Steinbänke an den Burgmauern, die zu einem Verweilen einluden. Er verwarf den Gedanken aber wieder, als er den Stallmeister vor seinem inneren Auge sah. Auch waren wegen der zur Zeit laufenden Renovierungsarbeiten an Schloss und Burg einige Arbeiter beschäftigt, die sich hin und wieder auch eine ruhige Ecke suchten. Von denen wollte er nicht gesehen werden.

Denn sollte er erwischt werden, und ein Missgünstiger würde dem Stallmeister oder gar dem Schlossvogt Meldung machen, könnte er sich vermutlich eine andere Arbeit suchen.

Nein, das Risiko des Faulenzens war zu groß.

Also weiter auf seinem Weg. Erst jetzt fiel ihm auf, wie verwinkelt die Fläche und wie groß dieser innere Burggraben-bereich tatsächlich war.

Ab und zu berührte er diese uralten Steine der Gemäuer. Zum Teil wohl über 900 Jahre alt. Eine der wichtigsten Pfalzen war dieser Ort gewesen. Reichsversammlungen und Reichstage wurden seinerzeit hier veranstaltet.

Die bedeutesten Herrscher, Kaiser und Könige, hatten sich hier aufgehalten um ihre Politik zu besprechen und zu verhandeln.

In der Schule hatte er etwas über den Begriff der Pfalz gelernt. Es bedeutete, so erinnerte er sich, dass es ein Platz sein musste, der für die Verpflegung des Königs und seines Gefolges sorgen konnte.

Nicht selten waren nämlich mehrere hundert Personen zu einem Ort unterwegs.

Und nicht nur die Menschen, sondern auch deren Pferde mussten versorgt und untergebracht werden können, weshalb die jeweiligen Pfalzen möglichst nicht mehr als eine Tagesreise, also ungefähr 18 Meilen, auseinander lagen.

*

Sein Großvater wusste fast alles über die beachtliche geschichtliche Bedeutung dieser Anlage.

Er hatte Jasper viel erzählt. Dadurch wusste dieser auch, dass die Edelherren von Querfurt die Burg vor mehr als 300 Jahren in eine wehrhafte Anlage ausgebaut hatten. Der Kurfürst Friedrich der Weise begann dann mit dem Ausbau zu einem Renaissanceschloss und die Grafen von Mansfeld und Stolberg vollendeten diese Arbeiten.

Seither galt diese Anlage als Nebenresidenz, als Witwensitz und Jagdschloss.

Den Status des Großherzogtums erhielt Sachsen-Weimar-Eisenach auf dem Wiener Kongress 1815.

Der Großherzog Carl August, der noch vor seinem Tod umfangreiche Renovierungsarbeiten angeordnet hatte, besaß dieses Schloss seit seinem Regierungsantritt. Sein Sohn, der derzeitige Großherzog Karl Friedrich, wurde 1828 nach dem Tode seines Vaters der nächste und jetzige Eigentümer.

*

Dies alles ging Jasper im Augenblick durch den Kopf, während er die Wärme, die die Steine von sich gaben, spürte.

Den hoch oben angebrachten hölzernen Übergang, der die Vorburg mit dem Schloss verband, bestaunte er eine ganze Weile. Wie praktisch diese Einrichtung doch durchdacht war.

Trockenen Fußes konnten die Großherzöge, und die, denen es erlaubt war, so auf kürzestem Weg von hier nach dort in die herrschaftlichen Räume gelangen.

Nachdem er den Bereich um die Kernburg nach Johann abgesucht hatte, konnte er bis zur schützenden Vorburg gehen.

Sein Weg führte ihn an den Rundbögen der Vorburg vorbei, aus denen die Pferde die Ställe auch durch den Burggraben verlassen konnten. Etwas weiter hatte er den Uhrenturm erreicht.

Hier sah er endlich aus der Nähe die rechter Hand tief unten im Souterrain liegenden Pferdeställe, die für die Gästepferde genutzt wurden.

Die angenehm kühle Unterführung des Turmes tat ihm gut. Er schaute rechts hinunter zu den Pferdeställen. Einige Stufen und eine Rampe führten hinab.

Er erinnerte sich schmunzelnd daran, dass er an seinem ersten Tag auf dem Schloss überlegt hatte, wie die Pferde dort hinab kommen konnten. Inzwischen wusste er, dass sich auf der Rückseite ein breiter Zugang befand, durch den sie gebracht wurden. Die Rampe diente dazu, mit der Schubkarre den Mist heraus, und Heu, Stroh und Futter hinein zu bringen.

Auf der linken Seite war die wuchtige Eingangstür zusehen, durch die die Herrschaften das Gebäude betraten. Auf beiden Seiten der Tür befanden sich eiserne Schilder, die mit den Wappen und Emblemen der Herzöge versehen waren.

Er durchquerte das Tor und suchte im Bereich des ersten Burghofes.

Der riesiger Hofplatz war umsäumt von Stallgebäuden, Hallen für die Kutschen und Leiterwagen, Gebäudeteile für Sättel, Zaumzeug, sowie für die verschiedensten Arbeitsgeräte.

Er schaute hinter jeden Wagen, jeden Strauch, hinter jedes herumliegende Fass, aber von Johann gab es keine Spur.

Wen immer er auch fragte, keiner hatte Johann seit dem Vortag gesehen.

Auch den Wirtschaftsbereich des zweiten Burghofes durchsuchte er gründlich.

Nachdem er schon über eine Stunde unterwegs war, an der Turmuhr hatte er vorhin die Uhrzeit gesehen, schaute er noch in der Gartenanlage nach. Aber auch hier war keine Spur von Johann zu finden. Die Gärtner und Hilfskräfte meinten, dass sie den Faulpelz schon gemeldet hätten, wenn er sich in ihrem Bereich aufgehalten hätte.

Über die steinerne Brücke, die den Wallgraben des Schlosses umgab, begab er sich auf den Schlosshof, ging auf der rechten Seite durch eine Tür und stieg etliche Stufen hoch, um zunächst die obersten Räume zu durchsuchen.

Das Großherzogliche Rentamt war hier untergebracht und auch die Wohnung des Zimmer- und Röhrenmeisters, sowie die Wohnung des Stallmeisters. Natürlich war ihm klar, dass er diese bewohnten Teile nicht durchsuchen sollte, darum ging er links herum und war sehr, sehr gespannt.

Er öffnete Türen und warf einen Blick hinein. Vergangener Prunk überall. Verzierte Decken mit wunderschönen Gemälden oder Holzbalkendecken mit farbiger Bemalung, Wandbehänge und kunstvolle Möbel, sowie riesige Holztruhen mit verschnörkelten Motiven konnte er bewundern.

Vor den Fenstern hingen schwere samtene Vorhänge. Einige Räume waren gar mit seidenen Tapeten versehen, die allerdings ihre besten Zeiten hinter sich hatten. Dennoch waren die meisten der Gemälde, die wohl fürstliche Personen darstellten, noch recht gut erhalten. Einige der kostbar bemalten Zimmerdecken waren dem Einsturz schon recht nahe, so dass er die Türen behutsam wieder schloss.

Eines der Zimmer war mit wollenen Tapeten geschmückt,

Schilder und Wappen hingen an der Wand, der Kamin war mit kleinen Porzellanstücken, die mit Kobaltmalerei versehen waren, verziert. Und was waren das für merkwürdige kastenartige Gebilde aus Gusseisen?

Er betrachtete sie genauer und dann fiel ihm ein, dass das die Öfen sein mussten, von denen er schon gehört hatte. Für diese wurde das Holz extra klein geschlagen.

Wie schön, dass er sie jetzt einmal aus der Nähe gesehen hatte. Allerdings war der Verfall unübersehbar.

Teile der Decken drohten einzustürzen. Er sah, dass einige Stuckteile bereits auf den Holzfußböden lagen und war froh, dass die Handwerker mit der Renovierung begonnen hatten.

Jasper betrat keinen der Räume mehr, das schien ihm zu gefährlich – er schaute nur hinein.

So viel Reichtum, wenngleich fast vergangen, wohin er auch sah.

Und dann entdeckte er das Zimmer, von dem vorhin erzählt worden war.

Reste von unzähligen aus Papier ausgeschnittenen Bildern zierten die Wände. Wie alt mochten diese Bilder sein?

Das Zimmer der geheimnisvollen Prinzessin?

Verwundert und auch erschrocken betrachtete er diesen ungewöhnlichen Raum. Ob es hier tatsächlich spukte?

Wundern täte es ihn nicht. Zu merkwürdig sah das Ganze aus.

Er verspürte eine unangenehme Kälte, die ihm eine Gänsehaut über den Rücken laufen ließ.

Schnell schloss er die Tür – hier wollte er nicht länger sein.

Er hatte ja auch fast alles abgesucht, aber keinen Johann gefunden.

Was hätte der auch in diesem Bereich zu suchen gehabt!

Kurz ließ er die Eindrücke auf sich wirken, versuchte sein Erschrecken beim Anblick des Bilderzimmers zu verdrängen.

Er schüttelte sich und strich sich mit den Händen über die Arme, um die Kälte zu vertreiben.

Jetzt wollte er hier nur noch weg und unbedingt in die Räume, von denen er gehört hatte, dass sie, obwohl dringend renovierungsbedürftig, so wunderschön und beeindruckend sein sollten.

Dafür musste er aber erst wieder in den Schlosshof.

Zügig machte er sich auf den Rückweg. Die Treppen sprang er, immer mehrere Stufen auf einmal nehmend, hinunter, und schon stand er auf dem Schlosshof. Hier atmete er tief ein und aus.

*

Er ging zur gegenüberliegenden Seite auf den Vorbau zu, der sich neben der Küche befand und holte tief Luft, bevor er die Eingangstür öffnete.

Aufregung durchfuhr ihn. Zwar hatte er eine Menge Holz für die Kamine hereingebracht, aber das musste er immer in diesem Vorbau ablegen. Weiter hatte er bisher nicht gedurft.

Jetzt bemühte er sich, seine Schuhe sauber zu bekommen. Er wischte gar mit den Händen die Sohlen ab.

Nur ja keinen Schmutz hereintragen.

Seine Mütze nahm er auch ab. Machte sicher einen besseren Eindruck und zeugte von guter Erziehung. Man wusste ja nicht, wer einem hier begegnete.

Andächtig, ja beinahe ehrfürchtig betrat er den Vorbau und sah, dass auch dieser mit zwei kleinen Vorhangfenstern versehen war. Er stieg die Stufen hinauf und gelangte durch eine Doppelflügeltür in einen breiten Flur. Schon die gegenüber liegenden großen mächtigen Türen mit mehrfarbigen Intarsienarbeiten ließen ihn nach Luft schnappen. So etwas Schönes hatte er noch nicht gesehen.

Er öffnete langsam die erste Tür. Er befand sich im Audienzgemach. Die Wandbespannung und vor allem die Stuckdecke mit der farbigen Deckenbemalung, die eingerahmt von Obstornamenten aus Stuck waren, die riesigen Engelsfiguren, die von jeder Deckenseite auf ihn herabschauten, ließen ihn still verharren. Dann aber war er überwältigt von vier nackten Frauenfiguren, die wie lebendig wirkten. Er konnte seinen Blick nicht lösen. Nie zuvor hatte er nackte Frauenkörper gesehen. Fast schämte er sich seiner Blicke, aber er starrte weiter auf die Brüste dieser Figuren. So schön sahen sie also aus.

Erst als sein Nacken schmerzte, wandte er den Blick ab. Schweren Herzens ging er weiter, noch einmal einen Blick zur Decke hebend.

Eine Durchgangstür führte ihn durch einen kleinen Raum. Das war wohl das Kabinett, in dem ehemals Verhandlungen geführt wurden. Wie schon im ersten Raum registrierte er auch hier, wie sehr die Zimmer des Schlosses einer Renovierung bedurften. Er hatte geglaubt, dass alles schon viel mehr verfallen war. Aber nein, der Glanz der alten Zeit war noch allgegenwärtig.

So auch im nächsten Raum, erheblich größer als der vorherige. Offensichtlich war er im ehemaligem Schlafgemach, wie er durch das noch vorhandene Himmelbett unschwer erkennen konnte. Durch eines der Fenster sah er die Kirchturmspitze der Johannikirche.

Vom Flur aus, den er wieder betreten hatte, führte die nächste Tür in einen Raum, in dem ein braunes Ruhebett stand. Rote Damastvorhänge verhüllten die Fenster, sie waren bestickt mit allerlei Fabelwesen. Dies musste das Tafelgemach sein.

Den faulen Johann vergaß er. So sehr war er ergriffen von der Pracht und Herrlichkeit, die er trotz des desolaten Zustandes erkennen konnte.

Jetzt hatte er noch eine Tür vor sich, die er voller Neugierde öffnete. Was mochte ihn hier erwarten?

Ein riesiger Kamin war es, den er zuerst wahrnahm, also befand er sich im Kaminzimmer, für das er immer Holz in den Vorbau gelegt hatte. Ein Feuerschirm mit japanischen Bildern stand davor. Blasebalg und Feuerzangen lagen daneben. Vorhänge aus blauem Damast schmückten die Fenster. Tische aus Holz und Stein, sowie geflochtene Lehnstühle standen im Raum.

Dann schaute er zur Decke hinauf.

Wieder stockte ihm der Atem. Was für ein Deckenschmuck.

Eine Kriegerin mit Helm und Waffen sah zu ihm herunter. Das musste die Minerva sein. Vor einigen Tagen hatte er der Unterhaltung zwischen einem der Dienstmädchen und der Köchin gelauscht. Dabei wollte das Dienstmädchen wissen, welche Figur dargestellt war. So erinnerte er sich jetzt, dass es sich um die Göttin der Kunst und Wissenschaft handelte, die auch für die kunstvolle Kriegsführung stand. Wie hießen die Männer noch gleich, die dieses Werk vollbracht hatten? Nach einem Augenblick des Nachdenkens fiel es ihm ein.

Carcani war der Name der Brüder. Beachtlich, dachte er. Auch diesen beeindruckenden Raum verließ er nur ungern.

Wieder auf dem Flur, begab er sich nach links. Es reizte ihn sehr, den überdachten Wehrgang zu betreten. Sein Weg dorthin führte ihn durch ein sehr kleines Zimmer, in dem sich ein hoher Steinkamin befand. Hier gab es nichts Besonderes für ihn zu entdecken, also ging er weiter.

Vom Wehrgang, den er vom Hof immer sehnsüchtig angesehen hatte, beobachtete er einen Augenblick, was sich unten im Schlosshof abspielte. Dienstmädchen, Küchenmädchen, einige der Gärtner und auch Handwerker sah er geschäftig hin- und herlaufen.

Wie gut er es doch hatte, hier oben zu sein und so beeindruckende Räume ansehen zu können.

Er drückte sich eng an die Wand, um von unten nicht gesehen zu werden. Dabei bemerkte er etwas weiter oben drei kleine Fenster, hinter denen sich offenbar ein Raum befand.

Ach ja, er war ja auf der Suche nach Johann. Wie gut, dass ihm wieder einfiel, weshalb er hier war, dachte er schmunzelnd.

Zügig durchquerte er den langen Wehrgang, jetzt wieder auf seine Aufgabe konzentriert. Gerade wollte er links abbiegen, als seine Aufmerksamkeit auf einen schmalen Gang, rechter Hand gelenkt wurde.

Zwei Steinstufen führten zu einer schlichten Holztür. Was sich dort wohl befand? Er öffnete die Tür.

Ihm blieb die Luft weg. Er stand bewegungslos und staunte.

Die Augen weit aufgerissen fasste er mit der Hand an sein Herz.

Er befand sich in der Schlosskapelle. Aber natürlich, den Turm der Kapelle konnte er doch täglich sehen. Aber dass er hier einmal hereinkommen würde, hätte er nicht für möglich gehalten.

Welch eine Herrlichkeit mag das einmal gewesen sein? Welch ein Glanz mag in früheren Zeiten diesen Raum beherrscht haben?

Er hatte gehört, dass diese ehemalige Filialkirche des Oberpredigers von Allstedt schon seit geraumer Zeit nicht mehr benutzt wurde. Aber einen so christlichen Raum dermaßen verfallen zu sehen, tat ihm in der Seele weh. Selbst die Orgel, die es hier gegeben hatte, war verschwunden.

Jasper schluckte einige Male trocken.

Er schlich andächtig über die Steinfliesen. Mochte nichts berühren, nichts anfassen. Oben sah er die Balustrade, direkt vor ihm war die Kanzel zu sehen, die links und rechts von zwei lebensgroßen Engeln eingerahmt war. Diese hielten einen Schalldeckel über der Kanzel und über ihnen schien ein Strahlenkranz zu schweben, der aussah, als sei er aus reinstem Gold.

Auch registrierte er die drei kleinen Fenster. Das waren wohl die, die er vorhin im Wehrgang ausgemacht hatte.

Als er sich umdrehte, konnte er oben die Fürstenloge sehen. Dort saß also der Großherzog und sah auf seine Untergebenen herab.

„Lieber Gott, ich danke dir, dieses sehen zu dürfen", flüsterte er in den Raum, weil es ihn zutiefst bewegte.

Schnell ging er hinaus, setzte sich auf eine der Stufen und schloss die Augen. Diese Bilder und Eindrücke musste er erst einmal verarbeiten.

Wenn er seinem Kumpel heute am Abend davon erzählen wollte, musste er einfach noch einen Augenblick die inneren Bilder sortieren.

*

Er wandte sich nach einer Weile nach rechts und wusste, dass er sich jetzt in dem herrschaftlichen Bereich befand, der gerade renoviert wurde. Vermutlich stand er genau über dem Schloss-eingang.

Hier hörte er auch Geräusche, die von den Handwerkern stammen mussten. Hämmern und Sägen, Rufe und Schritte war zu vernehmen.

Ein wenig beneidete er die hohen Herrschaften darum, dass sie eigentlich keinen Fuß nach draußen gehen brauchten. Durch das gesamte Schloss führten, wie er gerade selbst festgestellt hatte, Verbindungstüren. Selbst die Vorburg konnte durch den Brückengang erreicht werden.

Nachdem er eine der vielen Türen geöffnet hatte, war ihm klar, dass er sich wohl gerade vor dem Zimmer aufhielt, welches der

Großherzog bewohnte, wenn er in Allstedt weilte. Ihm wurde etwas unbehaglich, weil er das Gefühl bekam, etwas Unrechtes zu tun. Er schloss die Tür und ging weiter.

Gerade, als er seinen Rundgang fortführen wollte, hörte er eine empörte Stimme:

„Was zum Teufel hast du Bengel hier verloren?"

Der Schlossvogt kam ihm entgegen gehetzt. Wut stand ihm ins Gesicht geschrieben. Und ehe Jasper sich versah, wurde er am Kragen gegriffen, in die Luft gehoben und angeschrien.

„Verdammter Bengel, was hast du hier verloren?"

„Herr Vogt, ich wurde doch vom Stallmeister beauftragt, hier nach dem faulen Johann zu suchen", verständnislos zappelte Jasper in seiner Umklammerung.

„Aber doch nicht in den Privatgemächern des Großherzogs. Bist du denn von Sinnen, Junge? Was soll ich jetzt nur mit dir machen?"

Jasper versuchte mit den Füßen auf dem Boden zu stehen und wand sich aus dem kräftigen Griff. Er verteidigte sich, indem er noch einmal den Auftrag wiederholte, den er erhalten hatte. Die Wut des Schlossvogtes verringerte sich.

„Ich habe mich hier zwar nicht zu rechtfertigen, du Schlaumeier, aber ich sehe, dass du nicht in falscher Absicht hier herumschleichst. Es waren natürlich die Gebäude der Vorburg gemeint. In denen solltest du suchen. So, leere deine Taschen aus, ich will sehen, dass du nichts gestohlen hast."

Voller Empörung ob dieser unglaublichen Unterstellung tat Jasper wie geheißen.

Der Schlossvogt war`s zufrieden, nahm ihn am Kragen und zog ihn hinter sich her, bis sie auf dem Schlosshof standen.

„Und jetzt sieh zu, dass du in den anderen Gebäuden nach Johann suchst!" Er schubste ihn mit den Armen in Richtung des Gebäudetraktes, welches den ersten Burghof umgab.

Langsam hatte Jasper schon keine Lust mehr, den faulen Johann zu suchen. Viel lieber hätte er sich jetzt mit jemandem unterhalten, um von den vielen Eindrücken zu erzählen.

*

Seine Konzentration war dahin, sein Elan auch. Durst quälte ihn, und er ging zurück um aus dem Eimer, den er am Vormittag gefüllt auf dem Brunnenrand hatte stehen lassen, zu trinken.

Das Wasser schmeckte nicht besonders, weil es recht warm geworden war, aber sein Durst konnte gestillt werden.

Nachdem er sich erfrischt hatte, fühlte er sich wieder ein bisschen lebendiger und stapfte los.

Er traute sich schon gar nicht mehr, die Zimmer der Burg zu betreten.

Wo sollte er denn hier suchen? Zum einen gab es die Wohnung des Schlossvogtes auf der linken Seite, darüber waren die sogenannten „neuen Zimmer", in denen die fürstlichen Gäste verweilten. Dann gab es die verschiedenen Wohnungen der höheren Bediensteten und oben unter dem Dach die Zimmer der niederen Bediensteten.

Er wusste nicht, was er machen sollte. Also spazierte er über die Flure und vertrödelte ein bisschen Zeit.

Als er dann ergebnislos zurück war, hörte er die Turmuhr schlagen, und stellte fest, dass er weitere zwei Stunden mit der Suche verbracht hatte. Vergeudete Zeit, dachte er. Schließlich musste er den Innenhof des Schlosses heute noch fegen.

Der Stallmeister war nirgends zu sehen, also schnappte er sich seinen Reisigbesen und kehrte den Schmutz zusammen. Seine Holzkarre war bald bis zum Rand voll und er machte sich auf den Weg zum Abfallhaufen, um die Karre dort zu leeren.

Danach brachte er die Schubkarre in den Stall. Jetzt müsste er

41

nur noch einmal Holz in die Küche tragen, und dann wäre schon fast das Ende des Arbeitstages erreicht.

Küchenmädchen saßen auf Holzschemeln und waren mit dem Reinigen der Töpfe und des Geschirrs beschäftigt.

Am Esstisch in der Nische saß der Stallmeister, der den passenden Beinamen der „Fürchterliche" trug, und schmauchte gemütlich eine Pfeife, während er sich mit der Köchin unterhielt.

Hier wirkte er so harmlos und freundlich, wie zu dem Zeitpunkt, als Jasper ihn in dem Wirtshaus kennengelernt hatte.

Der Mann war ja fast überall zur gleichen Zeit, dachte Jasper.

„Ah, Junge, da bist du ja wieder. Und? Johann gefunden?", wollte er wissen.

„Nein Herr, es tut mir wahrlich leid, aber ich habe ihn weder gefunden, noch konnte mir jemand sagen, wo er sich aufhält."

Die Mütze hatte Jasper aus Respekt vom Kopf genommen, während er antwortete.

Die Köchin meldete sich zu Wort.

„Vielleicht liegt der Kerl betrunken im Stroh bei den Pferden in der Stuterei. Wundern tät es mich nicht."

„Da sagst du was, Katrin", meinte der Stallmeister. „Geh noch mal rüber, Jasper, suche die Stallgebäude ab. Ansonsten weiß ich auch nicht."

Jasper verneigte sich, setzte seine Mütze auf und strahlte übers ganze Gesicht.

Zu den Stallungen der Stuterei, die sich vor dem Burggelände, neben dem Haus des Rossarztes befanden, durfte er jetzt auch noch. Und zwar ohne zu arbeiten. Einfach nur ein wenig herumlaufen und schauen. Was für Tag.

Die Köchin rief ihn zurück.

„Du hast doch bestimmt Hunger?" Und schwupp warf sie ihm ein Wurstende zu, welches er mit herzlichen Dank auffing.

*

Schnell hinaus aus dem Innenhof, über die Brücke laufen, die beiden Burghöfe überqueren, durch das mächtige Eingangstor des Turmes hindurchgehen und sein Begehr mitteilen. Denn er musste erst dem Wachsoldaten, der in seinem Wachthaus saß, erklären, weshalb er hindurch wollte.

Nach einem kurzen Plausch mit dem behinderten Mann, er hatte im Krieg ein Bein verloren, erfuhr Jasper, dass diese Wachaufgabe früher von Bürgern der Stadt verrichtet wurde.

Der Großherzog hätte aber dafür gesorgt, dass invalide Soldaten sich hier ihr Geld verdienen konnten. Und so waren er und einige seiner Kameraden zu Schlosssoldaten geworden. So hatte Jasper wieder neue Informationen erhalten. Der Soldat erklärte Jasper, dass er nicht ständig durch den Torturm laufen müsse, wenn er auf das Gestütsgelände wollte. Er bräuchte nur im zweiten Innenhof durch eine der Stalltüren gehen, durch die er auf der Rückseite durch die Gärten gehen konnte. Jasper verabschiedete sich und dankte für den Rat.

Danach musste er noch durch das Tor, welches mit einer Pforte versehen war.

Dann waren es nur wenige Meter am Haus des Rossarztes vorbei und schon war er an dem langgezogenen Gebäude angekommen, in denen einige Zuchtstuten mit ihren Fohlen, aber auch einige der Arbeitspferde untergebracht waren.

Eine ganz andere Welt empfing ihn hier.

Alles sah sehr gepflegt aus.

Der Geruch von Heu und Stroh, von Mist und Pferd stieg ihm angenehm in die Nase.

Langsam ging er voran. Eilig hatte er überhaupt nicht, denn das hier war seine Welt. Er genoss es, einfach nur herumzugehen.

„Otto!", rief er, als er den dicken Otto, seinen Zimmerpartner, mit einer Forke in der Hand aus dem Pferdestall kommen sah.

Da es hier mehrere Männer mit gleichen Vornamen gab, war es unausweichlich, diese mit Zusätzen zu versehen, da man sonst immer nachfragen musste, welcher gerade gemeint war. Aber unabhängig davon, hatte hier jeder einen Zusatznamen bekommen.

Und dieser Otto war eben der Dicke. Lieb und nett, immer hilfsbereit und das reinste Arbeitspferd.

Ein wahres Muskelpaket war dieser junge Mann.

„Jasper, was machst du denn hier? Ich denke du hast heute im Schloss zu tun?", fragte der neugierig.

„Ich wurde vom Stallmeister geschickt, um zu gucken, ob der faule Johann sich hier irgendwo aufhält. Du hast doch beim Mittagsmahl sicher mitbekommen, dass er nicht zur Arbeit erschienen ist?", wollte Jasper wissen.

Otto stützte sich auf seine Forke, wischte sich den Schweiß von der Stirn, und erwiderte:

"Wenn der sich hier irgendwo versteckt hätte, hätten wir ihn längst gefunden. Aber ist schon komisch, dass schon wieder einer fehlt, was?"

„Schon wieder einer, wie meinst du das?"

Otto schaute ein wenig verwirrt, überlegte kurz und erwiderte:

„Na ja, im Herbst ist doch Karl aus Sangerhausen nicht wieder aufgetaucht. Den haben wir doch auch tagelang suchen müssen. Hat dir das noch keiner erzählt?"

Doch, sicher, das hatte er schon gehört, aber es war ihm tatsächlich entfallen.

Stimmt überhaupt! Im Herbst, nachdem der Großherzog nach einer Jagd mit Familie abgereist war, fehlte am nächsten Tag der Karl, hatte es geheißen.

Karl soll ein schmächtiges Männchen gewesen sein, das zunächst kleinere Reparaturarbeiten an den Gartengeräten ausgeführt hatte. Er wuchs aber über sich hinaus, wenn er mit einer besonderen Aufgabe betraut wurde, oder in den Stallungen tätig sein durfte, war Jasper erzählt worden.

Immer wieder hätte er die Leute verblüfft, wie viel Kraft er dann aufwenden konnte und mit welchem Ehrgeiz er bei der Sache war. Einmal, so wurde Jasper erzählt, habe er Otto vertreten dürfen, als der mit einer schweren Erkältung dass Bett hüten musste. Danach sei Otto gar nicht gut auf den Karl zu sprechen gewesen, weil er glaubte, dass Karl ihn beim Stallmeister schlecht gemacht hätte.

Ach ja, Gerede gab es immer, überlegte Jasper.

„Aber, Otto, es hieß doch, dass der Karl zu seiner Familie nach Sangerhausen zurückgekehrt sei", fiel Jasper wieder ein.

„Ja, so hieß es. Aber ich habe von einem seiner Neffen gehört, dass das nicht stimmt. Die haben ihn bis heute nicht wiedergesehen. Schon komisch. Und jetzt ist der faule Johann weg."

Die beiden standen sich noch eine Weile nachdenklich gegenüber, bis Jasper plötzlich seine Beobachtung vom Vortag einfiel.

Er erzählte Otto davon, beschrieb ihm genau, was er beobachtet hatte. Otto fand es sehr aufregend, stand mit offenem Mund da und lauschte.

Sie kamen überein, dass Jasper alles dem Stallmeister erzählen sollte.

„Aber erst, wenn ich hier alles noch einmal abgesucht habe, Otto. Du weißt doch, wie gerne ich hier endlich mal alles in Ruhe betrachten wollte. Und jetzt habe ich die Gelegenheit, es einfach zu machen. Das möchte ich ausnutzen."

Otto tippte an seine Mütze, wünschte Jasper viel Spaß und meinte, dass er jetzt in der nächsten Pferdebox mit dem Ausmisten weitermachen müsste.

„Das ist ist harte Arbeit, Jasper, das ist nicht nur Vergnügen, wie du ja schon bemerkt hast. Und geh ja nicht zu nah an die kostbaren Pferde, verstanden? Nicht, dass ich noch Ärger bekomme!", damit verschwand er im Stall.

*

Gemütlich, aber auch nachdenklich, spazierte Jasper zunächst über das Gelände.

Er dachte auch über seine Beziehung zu Otto nach, dessen Verhalten ihm gerade komisch vorgekommen war.

Sie teilten eine Kammer miteinander und bei verschiedenen Unterhaltungen hatte Jasper registriert, dass Otto nicht der Hellste war. Allerdings kannte er ihn noch nicht allzu gut. Immerhin war er ja erst seit wenigen Wochen auf dem Schloss tätig. Wenn ihn aber in den vergangenen Tagen wieder einmal das Heimweh anfiel, war Otto, mit dem er sich darüber austauschte, ihm wie ein Freund vorgekommen. Aber war er das wirklich?

Fast schämte er sich, so über Otto zu denken.

Tat er ihm Unrecht? Sollte er, Jasper, sich nicht glücklich schätzen, einen Vertrauten gefunden zu haben, mit dem er sich unterhalten konnte?

Der nicht gleich losmarschierte, um anderen zu berichten, was er gehört hatte? Der nicht lachte, wenn er etwas von Sehnsucht nach dem Zuhause hörte? Der zustimmend nickte, wenn Jasper erwähnte, dass ihm seine liebe Mutter und die Freunde fehlten? Das war doch wohl Freundschaft?

Er wurde von seinen Überlegungen abgelenkt, weil noch sehr junge Katzen um seine Beine streunten. Von ihnen gab es hier viele, die wegen der Menge an Mäusen gut satt wurden. Der Stallmeister hatte in sämtliche Stalltüren unten kleine Öffnungen herausschneiden lassen, so dass sie ungehindert in die Gebäude hinein - und hinauslaufen konnten.

Was für eine praktische Idee, dachte Jasper, als er einer der

Katzen dabei zusah, wie sie mit einer Ratte im Maul aus einem der Löcher herauskam.

Er versuchte, eines der kleinen Kätzchen zu streicheln, aber sie waren zu argwöhnisch und ließen sich nicht berühren. Sobald er glaubte, eines von ihnen zu fassen zu haben, waren sie unglaublich schnell davon gehuscht. Lachend ließ er von seinem Vorhaben ab.

Ab und an war das Wiehern oder Schnauben der Pferde zu hören. Kräftige friedliche Pferde waren es. Sie wurden für Arbeiten auf dem Gelände, für den Pflug und das Ziehen der Fuhrwerke hier gehalten.

Er streichelte diese bemerkenswert wuchtigen Tiere, die so sanftmütig waren. Rappen und Füchse mit langem Behang über den Hufen. Ihre muskulösen Schultern bewunderte er genauso wie ihre langen Mähnen. Und obgleich sie nicht besonders groß waren, er schätzte sie auf fünf Fuß Schulterhöhe, konnten sie in Land- und Forstwirtschaft immense Gewichte transportieren. Außerdem wurden sie auch vor Gespanne gestellt. Wundervolle Arbeitstiere eben.

Wie weich die Nüstern waren, wie sie in seine Hände schnaubten, wohl in der Hoffnung, eine Karotte oder Apfel zu bekommen.

Gerne hätte er ihnen etwas zu fressen gegeben.

Aber er ging weiter auf seinem Rundgang und kam am Misthaufen vorbei.

Erstaunt stellte er fest, dass der dampfende Misthaufen, umschwärmt von Fliegen und Mücken, seit gestern um einiges in die Höhe gewachsen war. Aber eigentlich brauchte er sich gar nicht zu wundern, denn in den Stallungen fiel zu dieser Jahreszeit besonders viel Pferdemist an.

Hühner pickten geschäftig in dem Haufen herum – die würden sicher satt werden und gute Eier legen.

Von dem faulen Johann war nichts zu sehen, aber seine gemütliche Erkundungstour machte ihm Vergnügen, denn er näherte sich dem Stallteil mit den Zuchtstuten.

Er war sehr gespannt, was ihn dort erwartete. Bisher war es ihm verboten worden, diesen Teil der Anlage zu betreten. Aber jetzt würde er sehen, wofür die Stuterei Allstedt so weit über die Grenzen hinaus bekannt geworden war. Jetzt durfte er die Stuten und ihre Fohlen aus nächster Nähe sehen. Wie schön, dass der faule Johann verschwunden war, dachte er. So wird mir doch unverhofft mein großer Wunsch erfüllt.

Er öffnete die Stalltür. Leise.

Und dann sah er sie.

Die Isabellen, von denen er so viel gehört hatte. Die wertvolle Pferderasse, mit denen sein Großvater gearbeitet hatte.

Prustendes Schnauben und verhaltenes Wiehern empfing ihn.

Goldgelbes Fell und nahezu weiße Mähnen und Schweife, relativ kleine Ohren, eine schlanke und dennoch kräftige Statur. Eine wahre Augenweide waren diese Isabellen. In der nächsten Box standen zwei Rappen. Genauso schön wie die goldgelben Pferde, wirkten sie aber durch ihr schwarzes Fell um einiges edler. Jasper spazierte glücklich weiter durch durch den Stall – und dann staunte er.

Am Ende des Stalles befanden sich die Boxen mit dem Schönsten, Edelsten, Prächtigsten, das er je gesehen hatte.

Was für ein Anblick – er hätte niederknien mögen. Wie angewurzelt blieb er stehen und schaute.

„Ein Leben für diese Pferde", hatte er schon manches Mal gehört, jetzt konnte er verstehen, was damit gemeint gewesen sein könnte.

Groß, weiß, rötliche Augen.

Lange Mähne, die weit herunterhing, langer Schweif, der gerade Fliegen verscheuchte. Und helle Hufe! Er konnte sich nicht sattsehen. Ein Traum von einem Pferd.

Und nicht nur dieses erste war so schön, nein, jede Stute, die hier stand, war eine Augenweide. Selbst die Fohlen hatten schon etwas Majestätisches. Aufmerksam schauten sie zu ihm, vertrauensvoll kamen sie näher und schnupperten an seiner hingehaltenen Hand. Ihm standen die Tränen in den Augen.

Mit euch möchte ich arbeiten, dachte er. Euch möchte ich beschützen und behüten, euch bestens versorgen.

Wie gut konnte er in diesem Augenblick seinen Großvater verstehen.

Gerne hätte er Stunden hier verweilt, aber er musste sich loslösen.

Eines war ihm soeben klar geworden. Er hatte sein Ziel für die Zukunft gefunden, und das hieß: Stallbursche oder Höheres für diese Pferde werden.

*

Nachdem er in Ruhe das gesamte Gelände erkundet hatte, in jeder Box, hinter jedem Heu- und Strohhaufen geschaut hatte, in dem Geräteschuppen nachgesehen hatte, war es wohl an der Zeit, dem Stallmeister Meldung zu machen.

Er seufzte und machte sich auf den Rückweg zum Schloss.

Seinen Vorgesetzten fand er im zweiten Burghof und berichtete ihm von seiner erfolglosen Suche. Verärgert schnauzte dieser Jasper an, als hätte der etwas mit dem Verschwinden zu tun.

Ständig mussten alle die schlechte Laune und die Unzufrieden-heit dieses Menschen ertragen, so jetzt auch Jasper.

Dunkelrot lief der Stallmeister an, seine Augen traten ihm fast aus den Augenhöhlen.

Mit donnernder Stimme schrie er:

„Ja, dann zum Teufel mit dem Kerl. Sollte er sich noch einmal hier blicken lassen, kann er gleich sein Bündel packen und verschwinden. Und du, du Nichtsnutz, siehst jetzt zu, dass du deine Arbeit erledigst!"

Jasper hatte ob dieser Schimpfkanonade den Kopf eingezogen.
Was für eine Ungerechtigkeit. Nichtsnutz war er geschimpft
worden. Das war nicht recht.

Er arbeitete doch wirklich hart. Tat doch schon mehr, als ihm
geheißen wurde. Und ausgerechnet jetzt, wo er für sich
entdeckt hatte, was sein Ziel sein sollte, hörte er diese
Beschimpfung.

Mit gesenktem Kopf, aber doch zügigen Schrittes griff er sich
seinen Besen und fegte mit Wut den Kehricht zusammen.

Und endlich war die Arbeit für den heutigen Tag beendet.

Nichts wie weg hier, dachte er. In seiner Kammer saß schon der
dicke Otto auf seinem Bett.

Die Beine hatte er hochgelegt. Die schmutzigen Stiefel
hinterließen Spuren auf der Bettwäsche, aber das war Otto
ohnehin egal. Mit Sauberkeit hatte er es nicht so.

„Du siehst ja aus, als hätte es gehagelt," begrüßte er Jasper.

„Lass mich bloß in Ruhe. Mir reicht es für heute. Der
Fürchterliche hat mich in Grund und Boden geschnauzt, als
wäre ich für Johanns Verschwinden verantwortlich."

Auch er ließ sich auf seiner Bettstatt nieder, zog allerdings
vorher die Stiefel aus. Seine Mütze warf er in die Kammerecke,
strich sich mit den Händen die dunkelbraunen, fast schwarzen
Haare glatt und seufzte vernehmlich.

„Was für ein Tag, Otto, ich bin total erledigt. Aber was ich
heute im Schloss alles gesehen habe, kannst du dir nicht
vorstellen."

Otto richtete sich neugierig auf, und Jasper begann mit seinen
Schilderungen.

Tief beeindruckte er Otto mit seinen Beschreibungen. Als er
von der maroden Kapelle hörte, fragte er Jasper: "Ob dort wohl
Thomas Müntzer seine Fürstenpredigt gehalten hat, was meinst

du, Jasper?"

„Das kann wohl nicht gut sein, Otto, ich glaube, dass es zu der Zeit, das war doch wohl 1524, noch gar keine Kapelle gegeben hat. Wenn ich mich recht erinnere, hat mein Großvater mir damals erzählt, dass das in einem Raum des Schlosses gewesen war. Wen können wir wohl danach fragen?"
Beide überlegten, wer ihnen diese Frage wohl beantworten könne. Jasper meinte, dass man am Sonntag doch wohl den Pfarrer um Auskunft bitten könnte.
Otto lachte, weil er der Meinung war, dass der Pfarrer doch mit dem Schloss nichts zu tun hätte, ihnen aber vielleicht erzählen könnte, weshalb Martin Luther den Thomas Müntzer als Satan von Allstedt bezeichnet hätte.
Jasper schmunzelte.
„Nein, mit dem Schloss kennt sich der Herr Pfarrer vielleicht nicht aus, Otto, aber zur Geschichte der Kirche dürfte er sicher einen guten Durchblick haben."
Eine Weile plauderten sie noch über den Müntzer, aber Ottos Wissen in diesem Bereich war kärglich bis nicht vorhanden. Er wusste nur, dass Thomas Müntzer ganz wichtig für die Religion gewesen war und dass er in Allstedt gepredigt hatte. Da hätte Jasper einiges mehr beisteuern können, aber er wollte mit seiner Erzählung zum Ende kommen. Außerdem wollte er unbedingt davon hören, was mit dem Karl aus Sangerhausen passiert war.
Beide stellten Spekulationen darüber an, wen Jasper gesehen haben könnte, aber außer dem Stallmeister, und das auch nur wegen seiner mächtigen Gestalt, fiel ihnen keiner ein.
Jetzt war Otto mit der Geschichte des verschwunden Karls dran.
Er machte es mächtig spannend, wiederholte aber eigentlich nur die kurze Geschichte, die er Jasper bereits am Nachmittag

präsentiert hatte.

Auf dessen Nachfrage erfuhr er dann nur, dass der Karl eines Tages einfach nicht zur Arbeit erschienen war, und bis heute eben von niemandem wieder gesehen wurde.

„Aber das ist doch eigenartig, dass hier zwei Männer einfach so verschwinden können", meinte Jasper. „Was mag nur dahinterstecken?"

„Glaubst du, dass ein Geist die beiden geholt hat?", fragte Otto ziemlich leise.

„Ein Geist? Wieso? Gibt es hier Geister?", Jasper schauerte es. Das wäre ja ganz fürchterlich. Dann wollte er hier nicht länger sein.

„Nee, das heißt, ich weiß es nicht, aber es ist doch zu komisch, oder? Na ja, es gibt da die Geschichte von der Prinzessin, die hier noch herumspuken soll. Die soll ein Zimmer so merkwürdig eingerichtet haben." Otto sah ein wenig verängstigt aus.

„Du, Otto, dass muss das Zimmer sein, von dem ich gerade erzählt habe. Tatsächlich habe ich so etwas Sonderbares bisher weder gesehen, noch davon gehört. Ein ganzes Zimmer voller gemalter kleiner Bilder. Das fand ich auch fast unheimlich. Außerdem ist mir ganz kalt geworden, als ich hineinschaute."

Beide schwiegen.

„Wenn der Weg hinunter nach Allstedt nicht so weit wäre, würde ich jetzt gerne ein Bier mit dir trinken gehen, Otto. Mir ist mulmig zumute bei der Vorstellung, dass es hier spukt."

„Ach, daran solls nicht liegen. Ich habe einen kleinen Vorrat im Stall versteckt. Komm, in den Hof runter schaffen wir es wohl noch. Gute Idee, das mit dem Bier, Jasper!"

Kurze Zeit später waren sie an Ottos Versteck angekommen. Jasper schaute sich auf dem Weg dorthin immer wieder um.

Ein Geist. Wie schauerlich. Wenn das nun stimmte?

Wo sollten die beiden Männer denn auch sein?

Auf dem Gelände waren sie nirgends, und in Sangerhausen war der eine auch nie wieder aufgetaucht.

Otto reichte ihm den Krug mit Bier.

Woher er den Krug nebst Inhalt hatte, wollte er nicht verraten, und es war Jasper auch egal. Das Bier war warm, aber das tat dem Genuss keinen Abbruch.

Abwechselnd tranken sie aus dem Krug. Es tat ihnen gut. Schon nach wenigen Schlucken waren sie wieder ganz obenauf.

Nach noch mehr Schlucken fanden sie die Geschichte mit einem Geist eher zum Lachen, und noch etwas später meinte Otto großspurig:

„Den lass mal kommen, den Geist, dem werd ich es schon zeigen." Dabei ballte er die Fäuste und drohte damit Richtung Schloss, so dass sie beide herzhaft lachten.

Auch Jasper fand den Geist gar nicht mehr bedrohlich.

Lächerlich so was. Es gibt keine Geister, beruhigte er sich.

Aber auf dem Rückweg zur Kammer schaute er sich wieder ständig um.

Er fühlte sich beobachtet.

Sein Nacken war verschwitzt, auf seinem Rücken kribbelte es.

Darum blieb er auch ganz nah bei Otto, dem es scheinbar richtig gut ging.

Als sie endlich in ihren Betten lagen, plauderten sie, nachdem sie die Kerzen gelöscht hatten, noch eine Weile über all das, was Jasper am heutigen Tag gesehen hatte.

Und natürlich und ganz besonders ausführlich über die Isabellen.

*

Hier war Otto in seinem Element. Hier zeigte er Wissen, hier wusste er etwas zu erzählen.

„Weißt du, Jasper, die Isabellen stammen ursprünglich aus Spanien. Weil die Königin Isabella von Kastilien so vernarrt in diese Rasse, vor allem in die sahneweißen Pferde war und diese Rasse dort gezüchtet wurde, wurden sie bald nach ihr benannt."

„Wann war das Otto, hast du eine Ahnung?"

„Ich glaub das war so um 1500. Jedenfalls hat dann der Kurfürst von Hannover diese Isabellenpferde für seine Prunkkutsche bekommen und so kamen sie dann auch irgendwann nach Allstedt und werden seither hier gezüchtet. Der Stolz sind unsere Albinos. Du hast sie ja gesehen. Ha, und wusstest du, dass die hier gezüchteten Pferde unseren Großherzog und seine Gemahlin, ihre Kaiserliche Hoheit, die Großherzogin Maria Pawlowna, am 9. November 1804 bei Auerstedt abgeholt haben? Acht Stück, die aufs Schönste verziert worden waren, sind, begleitet von zwei Stallmeistern des Weimeraner Hofes, hingebracht und gegen die Postpferde ausgetauscht worden. Mann, das hätte ich sehen mögen."

Otto schwelgte und Jasper staunte, dass Zahlen und Fakten so selbstverständlich aus Ottos Mund kamen.

Dann sprachen sie nichts mehr.

Jasper dachte an seine Mutter, und daran, wie viel er ihr bei einem nächsten Besuch erzählen könnte. Aber das Interessanteste wollte er ihr schon in den nächsten Tagen in einem Brief mitteilen.

Er bekam ja in einigen Monaten seinen ersten Lohn. Und zwar 40 Taler. Davon wollte er ihr gerne die Hälfte schicken, damit sie es ein wenig leichter haben würde.

Es dauerte nicht mehr lange, bis beide eingeschlafen waren.

## *Sonnabend*

Am nächsten Morgen wachte Jasper mit brummendem Kopf auf. Er war warmes Bier nicht gewohnt. An der Pumpe im Hof hielt er den Kopf lange unter das erfrischende kalte Wasser. Zu dumm nur, dass er mit einer Hand selber pumpen musste. Gerne hätte er nur den Kopf drunter gehalten. Lange und ausgiebig.

Trödeln konnte er sich nicht erlauben, die Arbeit wartete nicht. Und auf den überflüssigen Spruch „Wer trinken kann, kann auch arbeiten" hatte er auch keine Lust. Außerdem war es laut Gesindeordnung verboten, betrunken zur Arbeit zu erscheinen. Nun gut, betrunken war er ja auch nicht mehr, aber wenn der Stallmeister es sowieso auf ihn abgesehen hatte, und bei ihm noch Bier riechen konnte, wäre wohl eine deftige Geldstrafe fällig. Und genau die konnte er sich nicht leisten.

Außerdem wollte er diese Arbeitsstelle unbedingt behalten. Jetzt erst mehr als zuvor.

Otto war schon wieder mit seiner Mistforke zugange. Wie macht der das nur?, fragte sich Jasper.

Egal was los war, Otto arbeitete. Beneidenswert.

Während er selbst nach kurzer Zeit seinen Aufgaben nachging, dachte er darüber nach, was er mit seinem ersten Lohn machen wollte. Die Hälfte für seine liebe Mutter war klar. Aber der Rest?

Vielleicht würde er von der Hälfte, die ihm blieb, wiederum eine Hälfte sparen. In Allstedt gab es eine Sparkasse, bei der er seine erste Geldeinlage tätigen könnte.

Das wäre was.

Aber eine neue Arbeitshose war auch notwendig. Seine war schon recht zerschlissen. Ja, eine Arbeitshose war zunächst das Wichtigste. Vielleicht wusste Otto, wie er am günstigsten daran käme. Oder ein Hemd?

Seines war nicht mehr das neueste, hatte seine besten Tage schon hinter sich. Nein, eine Hose war wichtiger. Ja, die würde er kaufen. Und dann blieb vielleicht noch ein kleines Taschengeld, um mal ein Bier trinken zu gehen. Er schuldete Otto jetzt etwas.

Der Stallmeister hetzte ihn von einer Aufgabe zur nächsten. Jetzt sollte er auch noch Holz hacken. Im Grunde hätte ihn das nicht gestört, aber bei dem Brummschädel heute -.

Während des Mittagsmahls drehte sich wieder alles um den verschwundenen Johann, und Jasper hatte sich vorgenommen, nach der Mahlzeit mit dem Stallmeister zu sprechen.

Als er ihm dann von seiner Beobachtung erzählt hatte, meinte dieser nur, er hätte wohl Gespenster gesehen. Außerdem musste Jasper sich eine Schimpftirade anhören. Ob er statt zu arbeiten faul die Gegend betrachten würde, ob er, der Stallmeister, ihm nicht genügend Arbeit gegeben hätte, dass der faule Johann bestimmt nicht wieder auftauchen würde, wenn einer in der Gegend herum träumt, und so weiter. Glücklich war Jasper nicht. Hätte er besser den Mund halten sollen?

Er wurde zurück an die Arbeit verwiesen.

Sehr empört über die Anschuldigungen ging er wie befohlen Holz hacken.

Er schlug mit der Axt all seine Wut in das Holz ein, so dass die Holzscheite im hohen Bogen zur Seite flogen. Es tat gut, sich auf diese Weise ein wenig abzureagieren. Sollte der faule Johann doch bleiben, wo er war. Es war Jasper völlig egal, wo der sich aufhielt. Und weiter schlug er auf das Holz ein, bis ihm der Schweiß von Stirn und Rücken lief.

Nicht nur durch die eigene Anstrengung war er so ins Schwitzen geraten, auch die Sonne, die recht kräftig vom Himmel herab schien, tat das ihre dazu.

Erstaunt betrachtete er nach einer Weile den Holzhaufen, den er gespalten hatte. Nicht schlecht für den kurzen Augenblick, dachte er anerkennend. Was Wut doch an Energien freisetzt.

Er sammelte die Holzstücke auf, trug sie zu der Ecke, in der sie aufgestapelt werden mussten, und war mit sich und dem Ergebnis seiner Arbeit sehr zufrieden.

Er wischte sich zum wiederholten Mal den Schweiß von der Stirn und freute sich darauf, dass er am nächsten Tag, endlich Sonntag, Zeit haben würde, einen Brief an seine liebe Mutter zu schreiben.

Auch auf den Kirchgang freute er sich. So käme er doch mal wieder in die Stadt.

Otto hatte ihm während des Aufstehens heute früh versprochen, ihn zu begleiten, um mit ihm gemeinsam den Pfarrer zu befragen.

Anschließend wollten sie im Wirtshaus einkehren und in aller Ruhe ein Bier trinken. An diesem Sonntag sollte ein Konzert im Bürger- und Schießhaus veranstaltet werden. Immer im Wechsel mit dem Gasthaus, das hier oben vor der Burg stand, wurde eine solche Veranstaltung zum Vergnügen der Stadtbewohner abgehalten. Noch hatte er an keinem teilgenommen, aber vielleicht würde Otto ihn begleiten? Warum hatte Otto seine Liebste, die Hanne, eigentlich nicht heute zum Tanz eingeladen? Na ja, das ging ihn eigentlich nichts an.

Vielleicht würde Otto ihm aber auch einiges von Allstedt zeigen, schließlich war der hier aufgewachsen und kannte sich aus.

So könnte er dem Brief an seine Mutter sicher noch das eine oder andere hinzufügen. Sie sollte schon möglichst genau erfahren, wo sich ihr einziger Sohn aufhielt, was er erlebte, und wie es ihm ging.

Und der faule Johann konnte ihn mal gerne haben. Und alle Geister und Gespenster auch.

Bei Tag sah die Welt doch gleich viel friedlicher aus, als in der Dämmerung oder bei Nacht.

Er pfiff leise vor sich hin, als er auf dem Weg zum Wasserholen über die Höfe schlenderte.

Die Hände hatte er dabei lässig in den Hosentaschen und die Mütze weit nach hinten in den Nacken geschoben.

„Nennst du das arbeiten?"

Das durfte doch nicht wahr sein, hatte der „Fürchterliche" es schon wieder auf ihn abgesehen?

So schnell es ging, nahm Jasper die Hände aus den Hosentaschen. Ihm war mulmig zumute, weil er sich keiner Schuld bewusst war und den wütenden Ausdruck im Gesicht des Fürchterlichen nicht deuten konnte.

Was wollte dieser garstige Mensch nur ständig von ihm?

„Wenn du nicht genug zu tun hast, kannst du verschwinden. Für Pfeifen und Schlendern wird hier keiner gebraucht und auch nicht bezahlt."

Jasper fielen keine Gegenworte ein. Viel zu perplex war er.

Er schluckte trocken und spürte, wie sein Gesicht rot anlief.

„Der Alte, der Friedrich, liegt immer noch faul zu Bett. Also, sieh zu, dass du dich um die Turmuhr kümmerst. Und wenn du damit fertig bist, hilfst du dem Otto beim Ausmisten der Ställe. Dann kommt keine Langeweile bei dir auf. Ich werde dich schon zum Arbeiten bringen. Und wage ja nicht, in der Gegend herum zu gucken!"

Das war doch die Höhe! Als hätte er nichts getan. Jasper hätte gerne gekontert, sah aber, dass er im Augenblick den Kürzeren ziehen würde.

Also nickte er, drehte sich um, ging schnellen Schrittes in den Stall um den Fetteimer zu holen und begab sich zum Turm.

Nichts wie weg aus der Reichweite dieses Mannes. So ein Blödsinn, die Turmuhr schon wieder aufzuziehen, aber es nützte nichts. Da oben hätte er zumindest seine Ruhe. Und schauen würde er trotzdem. Das konnte der Fürchterliche schließlich nicht kontrollieren.

*

Heute waren ihm die vielen Stufen nicht zu anstrengend. Es war ja noch früh am Nachmittag. Heute nahm er die Treppe hinauf recht flink.

Nach getaner Arbeit stellte er sich wieder hinter das Fenster und ließ seine Blicke schweifen.

Noch einmal schaute er zum zweiten Burghof, dorthin, wo er seine Beobachtung gemacht hatte.

Es kam ihm vor, als sei das Ewigkeiten her.

Was hatte er genau gesehen? Was an der Person war ihm so bekannt vorgekommen?

Er schloss die Augen und versuchte sich zu erinnern.

Ihm fiel nur der Vergleich mit dem Stallmeister Furcht ein. Aber das konnte wohl schlecht möglich sein. Was sollte der an dem Abend schon davongeschleppt haben. Der konnte hier doch machen was er wollte, und brauchte sich nicht in der Dämmerung herumschleichen.

Oder waren es doch nur Hirngespinste gewesen?

Nun, er hatte keine plausible Erklärung und entschied, den Stallmeister lieber durch seine längere Abwesenheit nicht zu ärgern und wieder an seine Arbeit zurückzukehren. Schließlich musste er noch Wasser und Holz für die Küche schleppen und die Höfe fegen.

Der Tag neigte sich schneller dem Ende, als Jasper geglaubt hätte. Den Fürchterlichen hatte er nicht mehr zu Gesicht bekommen.

Den Alten, Friedrich, der für die Uhr zuständig war, fand er sitzend in dessen Kammer vor, und erhielt von ihm Bescheid, dass die Uhr zukünftig wieder von ihm gewartet werden würde. Er bedankte sich bei Jasper für dessen Hilfe noch einmal herzlich, hatte aber keine Lust auf eine Unterhaltung.

## Sonntag

Der Sonntag grüßte mit dunklen Wolken, aber das tat der guten Laune keinen Abbruch.

Im Gegenteil. Regen war hier oben eine Seltenheit, und jeder Regenguss wurde mit Begeisterung begrüßt.

Jasper freute sich ebenso wie Otto auf den Kirchgang. Was würden sie an so ihrem freien Vormittag alles erleben? Gestern hatte Otto versprochen, dass Jasper ihn zur Mittagszeit nach Hause begleiten solle. Dort würde sie sicher ein prächtiges Sonntagsessen erwarten. Einen guten Braten würde seine Mutter ihnen servieren. In der Kirche würden sie seine Eltern treffen, dann wollte er alle miteinander bekannt machen, und nachdem sie mit dem Pfarrer gesprochen hätten, gäbe es ein kräftiges Mahl. Das war mit seinen Eltern am letzten Sonntag schon so besprochen. Die Vorfreude darauf war groß.

Pünktlich um sechs Uhr hatte Otto die Pferde gefüttert. Helfen durfte Jasper ihm nicht. Da war Otto eigen.

„Das ist für längere Zeit das letzte Mal, dass sie hier ihr Futter bekommen, Jasper. Morgen kommen sie alle auf die Weiden. Dann gibt es auch für dich hier Knochenarbeit. Dann müssen wir alle Boxen sorgfältigst ausmisten und frisches Stroh einstreuen, damit für die Jagdgäste alles vorbereitet ist."

„Weißt du, Otto, manchmal habe ich das Gefühl, die Pferde haben es hier besser als wir. Jeden Tag genügend Futter und Wasser, immer einen sauberen Stall und ausreichend Pflege", seufzte er.

„Ha ha, und dann vom Reiter schinden lassen, oder vor den Pflug gespannt werden, nee, ich denke, ich würd nicht tauschen wollen", lachte Otto.

Sobald diese Tagesaufgabe erledigt war, und sie beide ihr Frühstück, Gerstengrütze und Brot, dazu Wurst und Käse, zu sich genommen hatten, machten sie sich auf den Weg hinunter nach Allstedt.

*

Der Weg hinab war auf beiden Seiten von einer sehr hohen Burgmauer eingefasst. Ab und an hingen sie darüber, um hinab zu sehen. Auch zur Fohlenweide schwenkte dabei ihr Blick. Welch Ruhe Jasper beim Anblick der Fohlen mit ihren Müttern überkam. Und, dachte er, die haben es gut hier.

Natürlich waren sie nicht alleine auf dem Weg zum Gottesdienst, auch fast alle anderen Bediensteten wollten in die Kirche. Vor ihnen liefen kleine Gruppen, und andere folgten ihnen.

An diesen Zusammenschlüssen der Leute war gut zu erkennen, wer mit wem nur bekannt oder befreundet war. Einige gingen Arm in Arm, andere lachten und scherzten miteinander. Hinauf und hinab rief man sich etwas zu. So ein Ruhetag stimmte doch alle fröhlich. Nur der alte Friedrich, der heute noch ausruhen und wieder zu Kräften kommen wollte, hatte sich nicht angeschlossen.

Als Otto den schwebenden, trippelnden Gang der Köchin, die in einer Gruppe vor ihnen lief, nachmachte, und dabei vor Vergnügen fast grunzte, fand Jasper das gar nicht witzig.

Er mochte nicht, wenn Menschen veralbert wurden. Als er das zu Otto sagte, bekam er nur ein knappes „Nun stell dich mal nicht so an", zu hören.

*

Nach kurzer Zeit waren sie in der Stadt angekommen. Unterwegs erfuhr Jasper, dass in Allstedt im Augenblick ungefähr 2500 Einwohner lebten.

Ihr Weg führte durch eine vielfache Lindenallee und Otto berichtete, dass seit einigen Jahren unter diesen Linden der alljährliche Jahrmarkt im Sommer stattfinden würde.

„Früher wurde der auf dem Marktplatz vor dem Rathaus abgehalten. Und schau, Jasper, dort rechts steht die Ölmühle. Gleich hinter dem Kammergut Vorwerk. Und das Bürger- und Schießhaus kennst du doch wohl schon?"

Von hier unten sahen die unzähligen Kirschbäume, die bis zum Schloss hinauf wuchsen richtig hübsch aus. Zwischendurch standen auf der anderen Seite einige kleine Gartenhäuser. Auch eine Ziegelei gab es. Auf der rechten Seite war der Hang mit Eichen und Buchen bewachsen. Wie Otto erklärte, nannte man dieses Waldstück „den Hagen".

Von hier unten waren die Wege, die hinauf führten, gut zu erkennen. Das eine war der Fußweg, der links am Schloss herumführte, das andere der Fahrweg mit dem parallel geführten Fußweg, den sie gerade herunter gekommen waren.

„Hast du schon gehört, Jasper, dass man die höchste Höhe da oben, den „Hutberg" nennt?"

„Nein, wusste ich nicht. Aber wieso „Hutberg"?"

„Hihi, das nennen wir so, weil es das Haupt, also wie ein Hut, des ganzen Schlossberges ist."

*„Na,* dachte Jasper, *über Otto kann ich doch schon wieder staunen."*

Der Weg führte sie jetzt durch eine Pappelallee in die Stadt. Zwei Türme waren zu sehen. Wie Otto erklärte, waren es die Türme der Wigberti und der neuen, der St. Johannis Kirche.

Nur noch am Teich vorbei, dann über die kleine Brücke, und schon wären sie in der Stadt, meinte Otto. Auf dem Weg zeigte er nach links und erzählte, dass dort der alte Scharfrichter wohnen würde. Und wenn man von hier außen um die Stadt gehen würde, käme man vorbei an der Salpeterhütte. Und dann, dann konnte man den Marstall gar nicht übersehen. Wenn man danach noch weiter dem Bogen folgte, käme man zum Kirchhof, der auch wiederum von einer Mauer umgeben war.

Den Marstall hatte Jasper schon aus der Ferne gesehen, als er während seiner ersten Tage in Allstedt auf Arbeitssuche gewesen war. Aber nah heran war er noch nicht gekommen. Das wollte er unbedingt nachholen.

Der Ort, an dem schon seit dem 12.Jahrhundert Pferde gezüchtet wurden, und seit dem 16.Jahrhundert die Isabellenzucht für so große Erfolge sorgte, der Ort, an dem er einmal tätig sein wollte, zog ihn förmlich an. Otto holte ihn aus seinen Gedanken zurück.

„Aber viel wichtiger ist doch wohl, wie du zum Wirtshaus kommst", knuffte er Jasper in die Seite. Beide grinsten vor sich hin.

Sie kamen auf dem Weg zur Kirche an der alten Wassermühle, die direkt an der Rhone lag, vorbei. Das aus rotem Stein gebaute Fachwerkgebäude mit dem Wasserrad, welches durch die Rhone betrieben wurde, war Jasper schon bei seiner Ankunft in Allstedt aufgefallen. Jetzt fragte er Otto, was dort eigentlich gemahlen wurde.

„Getreide", war die kurze Antwort.

Auf der gegenüber liegenden Seite stand ein beachtlich großes Fachwerkgebäude, von dem Jasper wissen wollte, wozu es diente.

„Ach, das ist unser Hospital und Siechenhaus", erklärte Otto und schritt kräftig aus.

Sie schlenderten weiter und nach kurzer Zeit kamen sie an dem stark in Mitleidenschaft gezogenen länglichem Gemäuer der Wigberti Kirche mit ihrem romanischen Turm, an dem sich sogar eine Uhr befand, vorbei.

„Guck mal, Jasper, hier sind jetzt Armenwohnungen untergebracht. Aber in dieser Kirche soll Thomas Müntzer oben im Turm gewohnt haben. Ist schon verrückt, was? Mein Vater hat mir erzählt, dass die Kirche um 1200 gebaut worden sein soll. Stell dir nur mal vor, wie alt die ist."

„Nun ja, Otto, doch um einiges jünger als Burg und Schloss. Aber schon beeindruckend, wie wichtig dieser Ort für die Geschichte dieser Landschaft ist. Was hier in Allstedt alles passiert ist. Beeindruckend, findest du nicht auch?"

Otto nickte zustimmend.

*

Die dunklen Wolken hatten sich inzwischen verzogen. Es würde also wieder keinen Regen geben. Dafür ließ sich die Sonne sehen und schickte ihre warmen Strahlen hinab.

Etliche Kirchgänger waren inzwischen auf den Beinen. Otto hatte eifrig zu grüßen, auf Schultern zu klopfen oder einen Spruch von sich zu geben. Hier und dort wurde ein kleiner Plausch gehalten und auch Ottos Eltern kamen ihnen entgegen. Unverkennbar, dachte Jasper. Beide genauso dunkelblond wie der Sohn, beide groß und rundlich.

Otto machte Jasper mit seinen Eltern bekannt. Die Einladung für das Mittagessen wurde ausgesprochen und von Jasper mit respektierlicher Höflichkeit dankend angenommen.

Schon riefen die Glocken der St. Johanniskirche zum Gottesdienst.

Das Innere der Kirche ließ ihn schon wieder staunen. Was für ein hoher heller Raum dies war.

Jasper schätzte, dass sie vermutlich 36 Fuß lang und vielleicht 26 Fuß breit war. Der aus Sandstein bestehende Altar mit seiner Kanzel aus Stuck und Holz hatte eine imposante Höhe. Ein Treppenaufgang schwang sich bis zur oberen Etage.

Jasper registrierte, dass der heilige Raum über zwei weitere Etagen verfügte, die von hier unten wie abgeteilte Zimmer wirkten und in ordentlichen Abständen von hölzernen Stützbalken getragen wurden.

Flüsternd erkundigte er sich bei Otto, wofür die gedacht seien und erhielt Auskunft.

Die südliche Seite war für die Sakristei, in der sich die Gewänder der Geistlichen befanden, und wo sie sich umziehen konnten. Auch die Kerzen, der Wein und andere, für die Predigten benötigten kirchliche Gegenstände befanden sich dort. Darüber befand sich der Ratsstuhl und darüber der Amtsstuhl. Die nördliche Seite war gedacht für den Amtsstuhl und darüber gab es den Fürstenstuhl.

Leise machte Otto ihn noch auf den Kanzelkorb aufmerksam, indem er wisperte, dass der aus dem 16.Jahrhundert stammen sollte. Hoppla, Otto konnte sich ja doch was merken.

Neugierig wollte Jasper noch wissen, weshalb sie den Eingang am Turm der Kirche benutzt hätten und nicht den scheinbaren Haupteingang, der vom Rathaus herführend so hübsch mit Lindenbäumen eingefasst war. Otto antwortete ihm, dass der Eingang nur von den Großherzögen benutzt werden durfte, weil das der kürzeste Weg zu der Fürstenloge war. Damit gab Jasper sich zufrieden.

Die Kühle, die Ruhe, die Gebete und Gesänge genoss er sehr. Dies war etwas so Vertrautes, dass er sich wohl fühlte. Begeistert sang er die Kirchenlieder mit, schmunzelte aber über den Klang der Orgel. Er schaute hinter sich, um die Orgel, die so schief klang, anzusehen. Er hatte schon davon gehört, dass es viel Ärger mit dem Orgelbauer gegeben hat, weil schon bei der Abnahme 1778 zu viele Fehler entdeckt worden waren. Bis heute war der Streit deswegen noch nicht beigelegt.

Sie nahm beinahe die gesamte Rückseite der Kirche ein.

Dann sah er zur Decke hinauf und bewunderte die Stuckquadrate, die die Decke wie einen Himmel wirken ließen.

Der Pfarrer hatte trotz seines fortgeschrittenen Alters eine tiefe Stimme, die bei den Kirchenliedern angenehm zum Tragen kam.

Otto und Jasper verließen nach dem Gottesdienst als letzte die Kirche. So hatten sie Gelegenheit, den geistlichen Herrn anzusprechen und ihre Bitte um Informationen vorzutragen.

Er forderte sie mit einer Handbewegung auf, ihn zu begleiten.

„So gläubigen und wissbegierigen Schäfchen meiner Gemeinde will ich doch gerne mit Rat und Tat zur Seite stehen. Kommt mal mit in meine Arbeitsstube. Bei einem Glas Wein lässt es sich besser plaudern", meinte er redselig. Sie brauchten nur wenige Meter zu gehen, schon waren sie in der Wohnung des Pfarrers, die sich in der Superintendentur befand. Otto hatte ihm zugeflüstert, dass der Pfarrer zugleich Superintendent und Oberpfarrer der Stadt sei.

Der freundliche Mann hieß die beiden sich auf die vorhandenen Stühle zu setzen, ließ sich erläutern, was sie genau wissen wollten, füllte dabei drei Becher mit Wein, setzte sich gar wichtig auf einen Lehnstuhl, rieb sich nachdenklich das Kinn, und begann mit seinen Ausführungen.

*

„Thomas Müntzer hat, als er nach Allstedt kam, im Turm der Wigbertikirche eine Wohnung gehabt. Es hieß, er wolle damit auffallen und dem Himmel näher sein, von dem er sich Offenbarungen erhoffte. Er war Martin Luther in Wittenberg begegnet, wo er an dessen Lesungen teilnahm.

In diesen Lesungen wetterte Luther gegen die korrupte päpstliche Kirche. Zunächst war Müntzer dem sehr zugetan, aber schnell entwickelte er eigene Ideen, die Luther nicht gefielen, denn Müntzer glaubte an eine lebendige Offenbarung. Er meinte, dass jeder Gläubige das Wort Gottes in sich trage, ohne dass es der Bibel oder eines Priesters bedürfe.

Als Müntzer 1523 als Priester in die St. Johanniskirche nach Allstedt kam, predigte er, als erster Priester überhaupt, in

67

deutscher Sprache. Das war natürlich für alle überwältigend. Das erste Mal verstanden die Menschen, die ja des Lateinischen nicht mächtig waren, die Worte der Bibel.

Müntzer hat dann auch die Liturgie und sogar Kirchenlieder übersetzt und hier in Allstedt drucken lassen, um sie dem gemeinen Volk zukommen zu lassen.

Dass er sich hier in eine Frau verliebte und diese zu seinem Weib nahm, ist euch bekannt?"

„Ja, ich erinnere mich, davon gehört zu haben, aber wie die Frau hieß, weiß ich nicht mehr", meinte Jasper.

„Sie hieß Ottilie von Gersen und gebar ihm im März 1524 einen Sohn. Durch die Ehe und das Kind war die Turmwohnung natürlich zu klein geworden, so dass er mit seiner kleinen Familie eine andere Wohnung in Allstedt bezog. Aber lasst mich weiter erzählen.

Müntzer gründete 1523 den Allstedter Bund, der schnell über 500 Anhänger, überwiegend Bauern, fand, und forderte zu einem Zusammenschluss aller Gläubigen auf, um gegen die Päpstlichen Abgaben zu protestieren. Durch diese Aufforderung wurde er zum Anführer von Unruhen.

Besonders dem Grafen Ernst I. von Mansfeld waren die Predigten von Müntzer ein Dorn im Auge. Er verbot seinen Untertanen an den Gottesdiensten teilzunehmen und wurde darum von Müntzer beschimpft." *Du bist der Christenheit nichts nutze, du bist ein schädlicher Staubbesen der Freunde Gottes,"* soll er dem Grafen gesagt haben. Das hat der Graf sich natürlich nicht bieten lassen und klagte ihn an. Vor einer Kommission, die der Kurfürst Friedrich einberufen hatte, bekam Müntzer die Möglichkeit, sich zu rechtfertigen.

Dumm war, dass er in seiner „Fürstenpredigt", die er dann vor der Kommission unter Leitung des Herzog Johann 1524 im Schloss Allstedt hielt, sogar Drohungen aussprach. So meinte er, wenn die Fürsten das Christentum nicht mit den Bauern bekennen, sollte ihnen das Schwert genommen werden."

Otto unterbrach den Redefluss des geistlichen Herrn. „Das verstehe ich nicht. Was heißt das genau, Herr Pfarrer?"

„Nun ja, er wollte damit sagen, dass die Obrigkeit abgeschafft werden müsste, weil sie nicht mehr wert sei als das einfache Volk. Verstehst du, Otto? Jedenfalls war es dann so, dass die Bauern immer heftiger gegen Abgaben protestierten, weil sie zukünftig sogar von ihrem Vieh den Zehnten an die Kirche geben sollten. Als sie dann aus Protest dagegen sogar die Klosterkapelle niederbrannten, verbot der Kurfürst den Allstedter Bund und auch das Predigen des Thomas Müntzer.

Müntzer wurde wegen der genannten Anlässe verhört, konnte aber nach Mühlhausen fliehen, wo er sich den Bauernaufständen anschloss.

Martin Luther, der sich mit den Herrschern nicht überwerfen wollte, predigte wider die räuberischen und mörderischen Rotten der Bauern und nannte Müntzer den Satan von Allstedt."

Der Pfarrer dachte einen Augenblick nach und Otto nutzte die Gelegenheit zu einer weiteren Frage.

„Herr Pfarrer, können Sie das bitte noch einmal erklären? Wieso wollte Luther sich nicht überwerfen?"

„Ach Otto, Luther war der Meinung, dass auch die Obrigkeit von Gott sei. Außerdem hatte er einen sehr wichtigen Fürsprecher. Der sächsische Kurfürst, Friedrich der Weise, hatte ihm doch zur Flucht und anschließend zu einer Unterkunft verholfen, als Luther von seinen Thesen nicht abschwören wollte. Wohl auch deshalb ging er auf Distanz zu den Bauern.

Wisst ihr denn nicht, dass Luther seine erste deutschsprachige Bibel 1522 eben jenem Kurfürst gewidmet hatte? Und wie ihr sicher in der Schule gelernt habt, war Müntzer der Anführer der Bauernaufstände, die am 15. Mai 1525 bei Frankenhausen stattfanden. Sie wollten für ihre freiheitlichen Rechte und gegen jahrhundertelange Unterdrückungen durch die Obrigkeiten kämpfen. Unter der Fahne des Regenbogens wagten sie den Aufstand, aber die Schlacht der circa 8000 Bauern gegen die Fürsten wurde verloren. Deren Anführer, darunter Thomas Müntzer, wurden wenige Wochen nach Schlachtende enthauptet."

„Wieso war denn ein Regenbogen auf ihren Fahnen?", wollte Jasper wissen.

„Nun, soweit ich weiß, stand der Regenbogen für die göttliche Herrlichkeit, die Einheit und den Frieden."

Der Pfarrer trank einige Schlucke Wein, sah die beiden jungen Männer an und fragte:

„Das war wohl recht viel für euch, aber ihr wolltet diese Auskunft. Eigentlich ist es so, dass Müntzer die erste Revolution auf deutschem Boden ausgeführt hat. Was für ein starker Charakter er gewesen sein muss."

„Verzeihung, Herr Pfarrer, ich würde gerne noch etwas über die Fürstenpredigt wissen. Wo genau hat Müntzer die gehalten, und warum war die Rede so anmaßend?", wollte Jasper wissen.

„Und was ist mit dem Karl aus Sangerhausen, und gibt es auf dem Schloss Geister?", fragte Otto ganz leise.

„Otto, was ist das denn? Wieso fragst du nach Schlossgeistern und dem Karl?", der Pfarrer sah ihn staunend an.

Otto erzählte von dem verschwundenen Johann und meinte, dass er gehört hätte, der Karl sei nie in Sangerhausen aufgetaucht.

„Ach, Otto, da mach dir mal keine Gedanken. Der Karl ist nach Rostock ausgewandert. Er wollte unbedingt zur See. Man stelle sich vor. Seine Familie sollte nichts davon erfahren, weil sie seine Idee nicht gutgeheißen hätte. Aber da ihr euch solche Gedanken macht, verrate ich es euch.

Also, der Karl ist vielleicht schon lange auf den Weltmeeren unterwegs. Beruhigt euch das?"

Und wie es beruhigte. Für einen Augenblick zumindest. Aber dennoch stellte Jasper die Frage, woher der Herr Pfarrer die Auskunft hätte. „Vom Karl persönlich?", wollte er wissen.

„Hm, wenn ich mich recht erinnere, hat nicht der Karl, sondern euer Stallmeister, der Herr Furcht, mir diese Nachricht überbracht. Also macht euch keine Gedanken mehr."

Otto war zufrieden, in Jasper machte sich Unbehagen breit. Warum, wusste er nicht.

Aber als der Pfarrer wegen der Geister nachhakte, erzählte Jasper von seinen Beobachtungen auf dem Turm, und ihren Überlegungen, ob vielleicht ein Geist, zum Beispiel der Geist der Prinzessin, den Johann geholt haben könnte.

Der Pfarrer hielt eine längere Rede über nicht vorhandene Geister, so dass beide irgendwann besänftigt waren. Mit einem Blick auf seine Standuhr meinte der fromme Mann dann, wenn sie jetzt noch etwas über die Fürstenpredigt von Thomas Müntzer wissen wollten, müsse er sich ein wenig kurz fassen, denn in einer halben Stunde käme noch ein Bittsteller.

„Die Fürstenpredigt, die Thomas Müntzer vor dem Kurfürst Johann von Sachsen und dessen Sohn Johann Friedrich gehalten hatte, war, meine lieben jungen Männer, deshalb so bedeutend, weil er die weltlichen Fürsten dazu aufrief, für eine radikale Gesellschaftsform einzutreten und sich nicht mit Luthers konservativen Vorstellungen zufrieden zu geben.

Er forderte zu einer menschlichen Gerechtigkeit auf, und meinte, dass die einfachen Menschen fähiger als die Obrigkeiten seien, dass Wort Gottes in sich zu tragen. Weiter erzählte er den Fürsten, dass die weltliche Obrigkeit zwar von

Gott eingesetzt wurde, diese aber nicht das Recht hätten, sich in geistliche Angelegenheiten zu mischen. Er forderte die Fürsten auf, mit ihrem Schwert Auserwählte und Gottlose zu trennen und die Gottlosen zu vertilgen. Täten sie es nicht, sollte ihnen ihre Macht genommen werden und die Gottlosen Regenten, die sündigen Pfaffen und Mönche sollten getötet werden. Er hoffte auf die Unterstützung der sächsischen Fürsten im Kampf gegen die Obrigkeit.

Das war ganz schön heftig, was er da von sich gegeben hatte. Und damit, meine Lieben, bin ich mit meinen Ausführungen fertig. Und wenn ich dich, Otto, so anschaue, habe ich das Gefühl, dass ich dir viel zu viele Informationen mitgeteilt habe."

Schmunzelnd sah er auf den rotgesichtigen und sehr schläfrig wirkenden jungen Mann herab.

„Ach ja, eines noch zum Schluss. Die Predigt hat Thomas Müntzer in der Kapelle des Kurfürsten, die es wohl tatsächlich schon im 16.Jahrhundert gegeben hat, gehalten. Und jetzt habe ich zu tun, meine Herren."

Sehr herzlich bedankten sie sich bei dem Pfarrer für dessen Zeit und ausführliche Erklärungen.

Eine solche Menge an Informationen wollte erst einmal verdaut werden.

*

Gerne wären sie jetzt ins Wirtshaus gegangen, um ein kräftigendes Bier zu trinken. Allerdings machte Otto Jasper auf die Uhrzeit aufmerksam. Ein Blick zur Kirchenuhr zeigte ihnen, dass es fast zwölf Uhr, und somit Zeit für das Mittagsmahl war.

Mit immer noch vom Zuhören geröteten Gesichtern schritten sie kräftig aus, um zügig das Haus von Ottos Eltern zu erreichen.

„Bier bekommen wir natürlich auch. Wobei meine Eltern während des Essens eigentlich nichts trinken, aber dir zu Ehren wohl eine Ausnahme machen werden", erklärte Otto.

Jasper war mit allem zufrieden. Er freute sich auf ein gutes Essen, nette freundliche Menschen und häusliche Umgebung.

Seine Mutter fehlte ihm gerade an den Sonntagen sehr.

So gemütlich war es zu Hause immer gewesen. Egal wie knapp das Geld auch immer war, sie hatten die Sonntage genossen.

Kirchgang, Essen, anschließend immer einen kleinen Spaziergang, an dem sie sich über sämtliche Neuigkeiten ausgetauscht hatten, fehlten ihm sehr.

Hier kannte er ja erst wenige Menschen, und durch die viele Arbeit würde das wohl noch eine Zeitlang so bleiben.

Darum war er dankbar, in bester Stimmung und in Vorfreude darauf, was ihn gleich erwartete.

So freundlich wurde er in dem kleinen Häuschen begrüßt. So wohl fühlte er sich in der behaglichen Küche, die zwar winzig, aber dafür getrennt von der Wohnstube, zum Hof hinaus lag.

Gemütlich fand er es hier. Sogar eine rosa blühende Pflanze im Tontopf stand auf der schmalen Fensterbank. Er wollte schon fragen, um welche Blume es sich handelte, als Ottos Mutter seinen Blick registrierte.

„Geranie heißt diese Pracht. Ich habe sie im letzten Jahr als Ableger bekommen. Sie lässt sich ganz leicht vermehren", merkte sie voller Stolz an. Jasper meinte, dass seine Mutter wohl auch Gefallen an einer so hübschen Blume hätte. Woraufhin er zur Antwort bekam, dass er vor dem nächsten Besuch zu seiner Mutter vorbeikommen könne, um einen Ableger für sie zu erhalten. Freudig wollte Jasper später dann auf dieses Angebot zurückkommen.

*

Dann wurde das Essen aufgetragen. Wie gehofft gab es einen Braten. Schwein. Eine kräftige Soße wurde über die dicken Scheiben gegossen, Kartoffeln waren als Beilage selbstverständlich, und sogar Gemüse, in diesem Fall waren es Erbsen und Möhren, rundeten das köstliche Mahl ab.

Jasper war voll des Lobes und erntete ein freundliches Lächeln von Ottos Mutter.

„Endlich mal einer, der meine Küche lobt", freute sie sich, „die beiden Herren hier, schlagen sich nur immer den Bauch voll, ohne ein Wort darüber zu verlieren."

Scheinbar hatte er bei ihr den richtigen Nerv getroffen.

Faul und träge und durch und durch satt, saßen sie noch in der Küche und plauderten über alles, was sich in der letzten Woche ereignet hatte.

Vom Karl aus Sangerhausen erzählten Otto und Jasper, vom vermissten faulen Johann und dem ausführlichen Gespräch bei dem Herrn Pfarrer.

Die Eltern hörten zu und gaben ihr Erstaunen darüber zum Ausdruck. Dass der Karl, den sie ja als den freundlichen Vorgesetzten von Otto kennengelernt hatten, zur See gewollt hatte, konnten sie sich nicht vorstellen. Den faulen Johann kannten sie nicht persönlich, wussten aber, dass er Ambitionen auf den Posten des Stallmeisters gehabt hatte. Darüber lachten sie herzlich.

„So ein fauler Mensch, wie Otto ihn uns geschildert hat, und dann Stallmeister werden wollen", schmunzelte Ottos Vater. Er wollte von Jasper wissen, welche Arbeit er auf dem Schloss verrichtete und wie seine Pläne für die Zukunft aussehen würden. Dann meinte er noch, dass sein Sohn, wenn er weiter so fleißig sein würde, sicher irgendwann seine Pläne, nämlich Oberstallmeister der Stuterei zu werden, in die Tat umsetzen würde. Von diesen Plänen wusste Jasper noch gar nichts und schaute Otto fragend an. Der bestätigte, was sein Vater gerade gesagt hatte.

„Man muss ja was werden wollen im Leben, und das will ich", versicherte er.

Auch Jasper hatte Pläne, wie er erklärte, aber noch keine konkreten. Er wollte sich aber auf jeden Fall hocharbeiten. Und das am liebsten in der Stuterei.

„Na, dann seid ihr wohl beinahe Konkurrenten, dann strengt euch mal an, ihr zwei", gab der Vater zur Antwort.

Otto sagte nichts mehr, saß nur mit hochrotem Kopf am Tisch. Jasper wusste gar nicht, was gerade falsch gelaufen war, dennoch hatte er das Gefühl, dass die gute Stimmung gerade zur Tür hinaus war. Allerdings rettete die Mutter die Atmosphäre, indem sie sich nach Jaspers Zuhause erkundigte, wissen wollte, wie er in Allstedt zurecht käme und, oh wie peinlich, fragte, wann er denn das letzte Mal seine Hose zur Wäscherin gegeben hätte.

Verlegen strich Jasper mit beiden Händen über seine Hosenbeine. Dass diese nicht den besten Eindruck machen konnten, war ihm bewusst. Fleckig, dreckig, und wohl auch etwas streng riechend war ihr Zustand. Er gab zu, dass er nur diese eine besaß, sich aber von seinem ersten Lohn eine neue Hose kaufen wollte, nur nicht wüsste, wie er am günstigsten an eine solche kommen würde. Ottos Mutter lächelte ihn an, verstand, dass ohne Geld keine Wäscherin bezahlt werden konnte, bot aber an, wenn im Herbst wieder Markt in Allstedt wäre, eine günstige Hose für ihn zu erwerben. Das Geld könne er ihr dann vorbeibringen, wenn ihm der Lohn ausgezahlt werden würde.

Dankbar nahm er dies entgegenkommende Angebot an. Jetzt sollte er erzählen, was ihn nach Allstedt verschlagen hatte, und er berichtete. Als er zu der Geschichte mit seinem Großvater und dessen Bekanntschaft mit Goethe kam, fragte Ottos Vater nach.

„Ist das denn möglich, junger Mann? Goethe war doch wohl zuletzt 1782 hier in Allstedt? Wie alt ist denn dein Großvater gewesen, als er Goethe getroffen haben will?"

„Ich spreche die Wahrheit, Herr Bloch. Sehen Sie, mein Großvater kam in jungen Jahren in Dienst des damaligen Großherzogs, genau in dem Jahr 1782. Gestorben ist er, als ich sechs Jahre alt war. Das war 1831, als er seinen 74ten Geburtstag gerade gefeiert hatte."

„Da hat er ja sicherlich ein sehr ereignisreiches Leben hinter sich gehabt. War er denn bei guter Gesundheit?", fragte Ottos Mutter nach.

„Ja, rüstig und gesund, bis das Herz nicht mehr wollte. Und ein emsiger Erzähler ist er gewesen. Ich glaube, wenn er mir das Buch von Goethe nicht vermacht hätte, hätte ich die Geschichte seiner Begegnung mit Goethe längst vergessen. Aber durch diesen Nachlass, den meine liebe Mutter noch für mich verwahrt, bin ich ständig daran erinnert worden. Na ja, und dann habe ich am gleichen Tag wie Goethe Geburtstag, nämlich am 28. August. Das hat meinem Großvater, wie er mir erzählte, unbändige Freude gemacht."

\*

Weil sie sich gemeinsam so angenehm miteinander unterhielten, traute Jasper sich, nach dem Geist der Prinzessin auf dem Schloss zu  fragen. Ottos Vater glaubte nicht an den Blödsinn, wie er es nannte, Ottos Mutter hingegen meinte, dass schon in früheren Zeiten von dem Umhergehen der Prinzessin geredet wurde.

„Aber, es gibt da noch eine andere Geschichte", begann sie mit nachdenklichem Gesicht „Es geht dabei um die neun Kreuze."

„Welche neun Kreuze? Davon habe ich noch gar nichts gehört", fragte Jasper.

„Nun, es soll hier vor Urzeiten Nonnenkloster gegeben haben. Von einem dieser Klöster, so heißt es, führte ein unterirdischer Gang unter der Stadtmauer an der Nordseite hindurch zum sogenannten Hornfeld. Und dort, auf dem Feld der sechs Kreuze, befindet sich die Grabstätte der neun Männer, die nach der Revolte von Thomas Müntzer, an der sie beteiligt waren, hingerichtet wurden."

„Moment", meinte Jasper, „haben Sie nicht eben von sechs Kreuzen gesprochen?"

„Ja, das stimmt. Du hörst ja aufmerksam zu, Jasper. Also, ursprünglich waren es neun Kreuze. Drei davon existieren nicht mehr. Darum sind  nur noch sechs vorhanden. Also, auf diesem Feld, dem Galgenberg, so wird gesagt, kann man um Mitternacht immer wieder Stöhnen und Wimmern hören. Und das glaube ich tatsächlich."

Ottos Vater mischte sich ins Gespräch.

„Unheimlich ist es dort tatsächlich. Die Kreuze sind in einem Stück aus Sandstein gearbeitet. Alle sehen unterschiedlich aus. Solange ich denken kann, hat man sie als warnende Denksteine bezeichnet. Und ja, von merkwürdigen Geräuschen habe ich auch immer mal wieder gehört. Eigentlich vermeiden wir alle, dort in die Nähe zu gehen. Aber Otto kann dir die Stelle ja mal bei Tag zeigen."

Jetzt wusste Otto aber auch noch etwas beizusteuern.

„Freiwillig gehe ich da nicht hin, das kann Jasper gerne alleine machen. Ohne mich. Aber hat Großmutter nicht mal erzählt, dass das mit dem unterirdischem Gang stimmen soll? Hat sie nicht erzählt, dass man vor nicht allzu langer Zeit zwei miteinander verbundene Gänge gefunden hat, als man auf den darauf gebauten Häusern die Keller genauer untersucht hat?"

Die Eltern stimmten dem zu, brachten das Gespräch dann aber auf das schöne Wetter und wie schade es doch war, dass wieder kein Regen gefallen sei. Die Mutter fragte Jasper noch einmal, wie ihm die schöne Kirche gefallen hätte, und ob er wusste, dass der Herr Superintendent auch ein heimlicher Dichter sei? Natürlich hatte er davon keine Ahnung, meinte aber, dass er diesem interessanten Mann alles zutrauen würde. Wieder hatte Jasper neue Informationen erhalten.

Dann erkundigte sich der Vater nach den Bauarbeiten, die auf dem Schloss gerade ausgeführt wurden.

„Welch Glück, dass unser Großherzog die Zarentochter, ihre kaiserliche Majestät, unsere Großherzogin Maria Pawlowna, geheiratet hat. Ohne ihr unermessliches Vermögen wäre das wohl nicht möglich. Denn wie man so hört, hat sie vor einigen Jahren wohl das Geld für die Schlossrenovierung aus ihrer Schatulle gegeben."

Ottos Mutter warf jetzt noch ein, dass es ohne die Großfürstin keine Sparkassen, Frauenvereine und Arbeitsschulen für Mädchen gegeben hätte. Das alles hatte die gute Herrscherin ins Leben gerufen und vorangetrieben. „Möge Gott sie schützen und uns lange erhalten", schloss sie ihre Worte.

Otto drängte allmählich zum Aufbruch. Ihm war langweilig und das Bier im Wirtshaus rief schon nach ihm, wie er mitteilte.

Jasper mochte im Augenblick nichts mehr zu den Geistern, beziehungsweise nichts mehr zu der unheimlichen Geschichte der sechs Steinkreuze sagen, nahm sich aber vor, der Sache auf den Grund zu gehen.

Sie brachen auf, nachdem Jasper sich ganz herzlich bedankte und versichert hatte, dass er, wenn es soweit sei, das Geld für eine neue Hose vorbeibringen würde.

„Komme ruhig am nächsten Sonntag auch wieder. Höfliche und interessante Menschen sind mir sehr willkommen",
rief Ottos Mutter noch hinterher.

*

Nach einigen Schritten meinte Otto: „Du bist vielleicht ein Klugscheißer. Wolltest du Eindruck schinden, oder warum hast du so allwissend getan?"
Jasper wusste nicht, was er meinte, er hatte sich doch ganz normal verhalten. Aber vielleicht war das schon zu viel für den nicht so intelligenten Otto. Und um gar nicht erst Streit aufkommen zu lassen, lud er Otto auf das Bier ein. „Allerdings nur einen Liter, Otto, danach ist mein Geld dann fast aufgebraucht."
Mit einem kräftigen Schlag auf Jaspers Schulter nahm Otto das Angebot an.
„Aber lass uns bitte noch kurz am Marstall vorbeischauen, wenn wir schon so in der Nähe sind", bat Jasper. Nach wenigen Augenblicken standen sie vor der rechteckigen Anlage des Gestüts, welches fast an die Stadtmauer heranreichte.
Hier war also der Ort, an dem auch Geschichte geschrieben wurde. Die Geschichte der berühmten Isabellenzucht.
Ein hohes langgestrecktes Gebäude nahm einen großen Teil der Fläche ein. So gerne Jasper einen Blick auf die Pferde herbeigesehnt hatte, so sehr wurde er enttäuscht. Denn das breite Eingangstor und auch die Eingangstür waren verschlossen. Nur das Wiehern einiger Pferde drang zu ihnen hinaus.
Nach Ottos Aussage durften sie die Anlage nicht betreten. Das sei nur denjenigen gestattet, die hier befugt seien zu arbeiten, erklärte er.
Aber das war beinahe egal. Schon hier vor dem Tor zu stehen

und den Anblick zu genießen, war eine wahre Freude. Auch konnte Jasper die Dächer der Ställe mit ihren Gauben erkennen.

So nah und doch so fern waren die Pferde, die er zu gerne gesehen hätte.

Otto erwähnte, dass Jasper, wenn er einmal zum Amtshof müsste, vom Garten des Amtsmanns einen sehr guten Blick auf den Platz hätte, auf dem die Pferde bewegt wurden. Schließlich lag das Gebäude direkt am Marstall.

Dann quengelte er, endlich sein Bier zu bekommen. Er nahm eine Abkürzung an den hohen Mauern des Marstalls vorbei. Viele Fenster und Lüftungsschächte waren hier eingearbeitet.

So konnte Jasper zumindest einen Blick in die Stallungen wagen. Viele unterteilte Boxen konnte er sehen. Wie gerade geputzt kamen ihm die Boxen vor. Geteilt waren sie durch hohe gusseiserne, runde blaue Stangen, die bis an die Gewölbedecken reichten. Die Kapitelle, die die Last der der Gewölbedecken trugen, waren schlicht gehalten. Wunderschön waren sie.

Und …. er sah einige der Hengste, die so friedlich in ihren Boxen standen. Wahre Prachtexemplare. Gelbliche, Füchse und Rappen konnte er ausmachen, und sein Herz schlug sehr schnell.

Er mochte seinen Blick nicht abwenden, aber Otto drängte es zum Bier. Bevor sie den Kirchplatz erreichten, zeigte Otto noch auf den linker Hand liegenden Amtshof.

„Damit du weißt, wo das ist", war sein kurzer Kommentar. Vorbei ging es an der Kirche und schon saßen sie in der Schenke vor ihren Bierbechern und ließen es sich schmecken. Qualm von den dampfenden Pfeifen hing in der Luft, Gegröle in allen Ecken, Geruch nach Essen und Alkohol hing im Raum.

„Sag mal, Otto", Jasper brannte diese Frage schon eine Weile auf der Seele, „was war eigentlich mit meinem direkten Vorgänger? Und wie hieß der eigentlich? Der Herr Furcht hat mir erzählt, dass der sich plötzlich woanders verdingt haben soll. Was weißt du darüber?"

„Och nee, Jasper, nun lass mal gut sein. Jetzt will ich hier nur mein Bier trinken und sonst nichts."

Und nach einer Weile: „Na gut, du lässt ja vermutlich eh nicht locker. Geheißen hat er Erwin Bruhns, und verdingt hat er sich nach Weimar. Und jetzt ist genug für heute."

*

Jasper hatte noch viele Fragen dazu, spürte aber, dass bei Otto nichts mehr zu erfahren sein würde.

An keinem der Tische war Platz, so stellten sie sich mit ihren Krügen an den Tresen und schauten in die Runde. Jasper bemerkte, dass Otto einem jungen Mädchen, recht kräftig gebaut, ständig mit den Augen folgte. Er stieß ihn in die Rippen und zog fragend die Augenbrauen hoch.

„Hast du die prallen Brüste von Hanne gesehen? Junge, Junge, ich sage dir! Die möchte ich zu gerne in die Hände nehmen. Und nicht nur das!" Lüstern raunte er Jasper seine Wünsche ins Ohr.

Von prallen Brüsten konnte Jasper nichts sehen. Schließlich hatte Hanne, wie die Magd wohl hieß, eine Bluse, bis unter den Hals geschlossen, unter ihrem Kittelkleid an.

Ach, fiel ihm plötzlich ein, Hanne war ja die Freundin von Otto.

Als sie abermals mit leeren Krügen und Tellern an ihm vorbeikam, schaute er genauer hin. Otto hatte Recht. Das, was so schicklich verborgen war, schien tatsächlich ziemlich groß zu sein. Er grinste vor sich hin, während Otto versuchte, Hanne auf sich aufmerksam zu machen, indem er ihr den Weg in die

Küche versperrte.

„Am Volksfest im Juni will ich mit dir tanzen, und danach nehme ich dich zur Gemahlin", raunte er ihr zu. Jasper fand ihn ziemlich plump, Hanne jedoch schien erfreut, denn sie strahlte über das ganze Gesicht. Nun denn.

Dass Otto sich in dieses Mädchen verliebt hatte, konnte Jasper nur insofern nachvollziehen, als sie sich recht ähnlich waren. Beide kräftig von Statur, beide scheinbar nicht sonderlich Intelligent. Denn wann immer Hanne den Mund aufmachte, und das tat sie oft, grölte sie mehr, als dass sie sprach. Ihre Stimme empfand Jasper als unangenehm, weil sie beim Sprechen fast kreischte.

Auch zwinkerte sie jedem Mann, dem sie das Bier brachte, heftig zu. Keine zehn Minuten hätte er es mit ihr ausgehalten. Aber, nun ja, das sollte nicht sein Problem sein.

Als Jasper an einem der Tische den Stallmeister beim Kartenspielen entdeckte, hatte er keine Lust mehr, sich hier noch länger aufzuhalten. Er gab Otto Zeichen, dass er gehen wollte, und der nickte zustimmend, als Jasper ihn auf den Fürchterlichen aufmerksam machte.

Wegen des getrunkenen Bieres gut gelaunt, gingen sie gemächlich Richtung Schloss.

Sie schlenderten um den Teich herum zur Fohlenweide.

Als sie einen Platz gefunden hatten, von dem aus sie zum Schloss hinauf blicken konnten, kehrte Jasper noch einmal um, ging zum Teich und zog seine Stiefel aus. Strümpfe trug er nur, wenn es wirklich kalt war. Er stieg in den Teich.

„Was wird das denn, Jasper?"

„Ich versuche mal, meine Hose ein wenig sauberer zu be-kommen", lachte er in Ottos Richtung.

Kräftig rubbelte er über den Stoff. Mit zu Fäusten geballten Händen rieb er auf seiner Hose herum.

Das kühle Nass tat ihm gut, und nach kurzer Zeit war er zufrieden mit dem Ergebnis.

Besser als nichts, dachte er, lief zu Otto und legte sich am Rande der schon grünen Wiese neben ihm nieder.

Sie hingen eine Weile, jeder für sich, ihren Gedanken nach, beobachteten Wasservögel, Käfer und Schmetterlinge, die zuhauf um sie herumkrabbelten, flogen und schwirrten.

In ihren Gedanken unterschieden die sich ganz gewaltig. Während Jasper über all das nachdachte, was er heute gehört hatte, schwelgte Otto in seiner Fantasie von Hanne.

„Sag mal, Otto, willst du die Hanne tatsächlich heiraten? Du hast es vorhin so einfach ausgesprochen, aber war das nicht ein wenig voreilig?"

„Nee, war es nicht. Ich will sie wirklich heiraten. Hast du mal ihren Körper genau angesehen? Kräftig gebaut, wundervolle Brüste, und die Tochter des Gastwirts. Was will ich mehr? Außerdem hat sie ein Auge auf mich geworfen, das hast du doch wohl auch gemerkt? Und vor allem – ich habe ihr neulich schon einen Kuss abgerungen."

Das waren natürlich Argumente, denen Jasper nichts entgegen zu setzen hatte. Außerdem war Otto mit seinen 21 Jahren immerhin vier Jahre älter als Jasper und hatte natürlich schon eine andere Lebensplanung als er.

*

Die Luft wurde erstaunlich schwül, die Kleidung klebte ihnen, obwohl sie nur faul im Gras lagen, am Körper. Jaspers Hose war noch fast genauso nass wie vorhin, als er aus dem Teich herausgekommen war. Aber das störte ihn nicht. Der Nachmittag war noch lang, und irgendwann würde sie trocken sein.

Über ihnen zogen immer dunkler werdende Wolkenbänke von

Westen auf. In jeder Wolke konnte Otto Brüste erkennen. Egal wie sie auch geformt waren, er sah Brüste und nervte Jasper damit ganz gewaltig.

Die Sonne versuchte mit aller Kraft gegen die Wolken an zu strahlen.

In der Ferne konnten man erkennen, dass es regnete. Graue Streifen zogen sich dort hinten den Himmel herunter.

Plötzlich sprang Jasper auf.

„Otto guck mal! Ein Regenbogen direkt über der Burg! Das ist doch wohl ein Zeichen? Ein Zeichen von Thomas Müntzer?!"

„Hm", grunzte Otto träge, „wenn das ein Zeichen sein soll, dann wohl vom Satan."

Dabei fing er an zu lachen und ergänzte: „Vielleicht hat ja der, also der Müntzer, der Satan von Allstedt, die Männer geholt."

Jasper fand das weder zum Lachen noch lustig. Wie dämlich war Otto eigentlich?

Viel hatte er jedenfalls nicht im Kopf. Ob sich da wirklich eine Freundschaft entwickeln konnte?

Aber der Regenbogen war so wunderschön, dass Jasper die respektlosen Worte Ottos wieder vergaß und dessen Farben genoss.

Als der Himmel von allen Seiten zuzog, machten sie sich auf den Rückweg zur Burg.

Im Gegensatz zu Otto, der die Pferde versorgen musste, hatte Jasper frei. Was sollte er bei dem Wetter in seiner Kammer mit sich anfangen? Hätte er noch ein bisschen mehr Geld in der Tasche gehabt, wäre er noch mal ins Wirtshaus gegangen, aber so?

Ach, er würde den Brief an seine Mutter schon einmal beginnen. Das Geld, dass er ihr beim nächsten Brief beilegen wollte, könnte er ja schon einmal ankündigen, damit sie eine Freude hatte.

84

Von den verschwunden Männern wollte er nur am Rande etwas erwähnen, sie sollte sich nicht sorgen. Dass es ihm gut ging, er fleißig arbeitete und sich mit den Menschen hier gut verstand, wollte er ihr berichten. Auch dass er sich eine neue Hose bestellt hatte. Denn das würde sie freuen.

\*

Bevor er jedoch in seine Kammer ging, wollte er den Alten besuchen und sich nach dessen Gesundheit erkundigen. Auch musste er ja wissen, ob er noch einmal in den Uhrenturm hinaufsteigen müsste, oder ob der Alte dazu tatsächlich schon wieder in der Lage sei.

Schon vor der Tür im Gesindebereich sah er ihn auf den Stufen sitzen und genüsslich seine Pfeife rauchen. Na, das sah ja gut aus. Er setzte sich neben den Alten und sie plauderten eine Weile.

Er berichtete Jasper, dass er die Uhr schon wieder aufgezogen und das Uhrwerk geschmiert hatte. *„Schon wieder?"*, dachte er noch, als der Alte zugab, dass er nur geguckt hatte, ob Jasper alles ordentlich gerichtet hatte.

Und dann traute er sich, den Alten nach seinem Vorgänger auszufragen. Wer er gewesen war, weshalb er gegangen war, und wie der Stallmeister mit ihm ausgekommen war.

So erfuhr er, dass der Erwin Bruhns ein ganz schlaues Köpfchen gewesen war, mit dem der Stallmeister nicht gut zurecht kam, eben weil der Erwin so hervorragende Kenntnisse über Pferde, Zucht und Pflege und über Landwirtschaft hatte, und außerdem von allen Leuten wohl gelitten war.

Das alles hatte den Stallmeister immer wieder gegen ihn aufgebracht, so dass der Erwin es nicht mehr ausgehalten hatte und sich in Thüringen nach einer neuen Stelle umsehen wollte.

„Weißt du, Junge, der „Fürchterliche" erträgt es nicht, wenn jemand klüger ist als er. Auch nicht, wenn jemand von den Leuten hier oben anerkannt und gemocht wird. Damit hat er so seine Probleme."

„Ja, das kann ich mir vorstellen. Aber Friedrich, wer hat dir denn erzählt, dass der Erwin nach Thüringen wollte? War er es selbst gewesen?"

„Ne, ich glaube, das hat der Stallmeister uns mitgeteilt. Weil Erwin nämlich eines Morgens nicht zur Arbeit erschienen ist."

Jetzt schluckte Jasper. Das war doch merkwürdig. Eigentlich wusste hier keiner etwas Genaueres, und alle glaubten den Worten des Stallmeisters.

Jetzt sprach er mit dem Alten über seine Ängste bezüglich der verschwundenen Männer.

„Ach, Junge, verschwunden ist doch wirklich nur der faule Johann. Von den anderen beiden hast du doch gerade gehört, was mit denen ist. Nun mach dir mal keine Gedanken, es ist schon alles gut."

Für Jasper war gar nichts mehr gut.

Hier stimmte doch etwas nicht.

Hier stimmte sogar eine ganze Menge ganz und gar nicht.

Wohl war ihm nicht, aber für den Alten schien das Gespräch beendet, denn er erhob sich mühsam und verabschiedete sich mit dem Hinweis, in sein Bett zu wollen.

\*

Es war noch früh, die Sonne hatte den Kampf gegen die Regenwolken gewonnen. Allstedt würde wieder kein Wasser auf die Felder bekommen. Wie gut, dass es hier so ertragreiche und gute Erde gab, die sich mit wenig Niederschlag begnügte. Er kannte bisher nur dunkle, braune oder schwarze Erde. Hier hingegen war sie rötlich. Das lag, so wurde ihm mitgeteilt, als er in ersten Tagen danach fragte, am hohen Eisengehalt.

Auf seine Kammer hatte er bei dieser milden Luft noch keine Lust.

Also schlenderte er, in der Hoffnung, noch jemanden zu treffen, über die Burghöfe.

Bevor er den Schlossinnenhof erreichte, hörte er Gesang, der aus der Richtung des Brauhauses erklang. Frauenstimmen.

Er kannte das Lied, dass gerade gesungen wurde und ging zu der Gruppe der Dienstmägde, die er gerade ausgemacht hatte.

Drei junge Mädchen saßen auf einer dort aufgestellten Bank, die hinter einem Fuhrwerk verborgen stand und sangen ein Lied, welches Goethe einst verfasst hatte.

Lässig stellte er das rechte Bein auf die Bank, die Hände legte er auf das Knie, so dass das kleine Loch, das sich dort befand, nicht zu sehen war, und hörte ihnen zu.

Froh war er, dass der gröbste Schmutz der Hose vorhin ausgewaschen war. Es wäre ihm sehr unangenehm gewesen, wenn die Mägde seine Hose vorher gesehen hätten.

*Was hör ich draußen vor dem Tor,*
*was auf der Brücke schallen?*
*Lasst den Gesang vor unserm Ohr*
*im Saale widerhallen*
*Der König sprachs, der Page lief,*
*der Knabe kam, der König rief:*
*Lasst mir herein den Alten!*

Oh, es gefiel ihm, wie sie sangen. Er stimmte in die nächste Strophe mit ein.

*Gegrüßet seid ihr, edle Herrn,*
*gegrüßt ihr, schöne Damen!*
*Welch reicher Himmel, Stern bei Stern!*

*Wer kennet ihre Namen?*
*Im Saal voll Pracht und Herrlichkeit*
*schließt Augen, euch,*
*hier ist nicht Zeit,*
*sich staunend zu ergötzen.*

Und so sangen sie gemeinsam die nächsten vier Strophen.
„Du hast eine angenehme Stimme, Jasper. Ruhig und tief. Das hätte ich gar nicht gedacht. Und dass du alle Strophen kennst! Das war recht schön!"
Jasper freute sich über das Lob des Dienstmädchens. Was für eine melodische Stimme sie hatte.
Ein wenig verlegen war er, gerade von ihr angesprochen zu werden, denn sie war ihm schon aufgefallen. Auch, als er im Schloss nach dem faulen Johann suchte.
Hübsch war sie anzusehen. Weil sie keine Haube trug, kam er ihr zartes Gesicht viel besser zur Geltung. Ihre kleine spitze Nase fiel ihm auf. Ihr blondes langes Haar war zu einem langen Zopf gebunden, der ihr den Rücken hinunter  fiel. Wie er jetzt erkennen konnte, hatten ihre Augen eine fast graue Farbe, die er umwerfend fand.
Die anderen Mädchen kicherten leise hinter vorgehaltener Hand und schauten von ihr zu ihm und umgekehrt.
Ein bisschen verlegen war er gerade, weil er spürte, wie sein Herz pochte.
Die Situation war ungewohnt. Zwischen so vielen jungen Mädchen als einziger Mann zu sein, gehörte sich wohl auch nicht. Deshalb wünschte er noch einen schönen Abend und spazierte weiter.
Wie hieß sie nur?
Er hatte ihren Namen doch schon einmal gehört.
Erika? Nein, das war es nicht.

Elsabea? Nein, aber so ähnlich.

Ah, Elisabeth! Ja, Elisabeth heißt sie, dachte er, glücklich, dass ihr Name ihm wieder eingefallen war. Mit federnden Schritten ging er weiter.

Hinter der hohen Mauer des zweiten Burghofes setzte er sich, mit dem Rücken an der Mauer, den Kopf angelehnt, die Hände in den Hosentaschen und dachte nach.

Was für ein Tag.

Die Wirtschaft, das gute Essen, die vielen Neuigkeiten, und jetzt auch noch Elisabeth.

Wie der Name klang – wie Musik.

Gefunden, dachte er. Ich habe sie gefunden.

Ein Lied, „Gefunden" von Goethe, fiel ihm ein, und er sang es leise vor sich.

*Ich ging im Walde so für mich hin,*
*und nichts zu suchen,*
*und nichts zu suchen,*
*das war mein Sinn,*
*das war mein Sinn.*

*Im Schatten sah ich ein Blümlein stehn,*
*wie Sterne leuchtend,*
*wie Sterne leuchtend,*
*wie Äuglein schön,*
*wie Äuglein schön.*

*Ich wollt es brechen, da sagt es fein,*
*Soll ich zum Welken,*
*soll ich zum Welken*
*gebrochen sein?*
*Gebrochen sein?*

Er schaute um sich – niemand zu sehen, der ihn hätte hören können. Er sah eine dunkelrote Mohnblume, die direkt neben ihm an der Mauer wuchs. Er strich mit den Händen über die feinen roten Blütenblätter und sang weiter.

*Ich grubs mit allen den Würzlein aus,*
*zum Garten trug ichs,*
*zum Garten trug ichs,*
*am hübschen Haus,*
*am hübschen Haus,*

*und pflanzt es wieder am stillen Ort,*
*nun zweigt es immer,*
*nun zweigt es immer,*
*und blüht so fort,*
*und blüht so fort.*

Dann schloss er die Augen und dachte an Elisabeth.

\*

Durch irgendein Geräusch wachte er auf. Er hatte gar nicht bemerkt, dass er eingenickt war.
Er reckte sich, schaute sich um – nichts.
Die Sonne stand schon recht tief, warf aber ihre Strahlen auf das Gras neben ihm.
Aus unbestimmtem Grund dachte er an Thomas Müntzer. Den Satan von Allstedt. Und an die Männer, denen die Sandsteinkreuze zugedacht worden waren. Ob ihre Seelen wirklich noch herumgeisterten?
Ein Schauer lief ihm über den Rücken. Unbehagen kroch durch seinen Körper.
Eigentlich war er kein ängstlicher Mensch, aber im Augenblick

konnte er nichts gegen dieses aufkommende Angstgefühl machen.

Sein Blick ging nach links.
Ein Schatten näherte sich ihm.
Der Schatten eines Menschen. Groß und gewaltig kam er ihm vor.
Gänsehaut lief seine Arme rauf und runter.
Der Schatten wurde länger, er registrierte, dass er näher und näher kam, aber er mochte und konnte sich nicht umdrehen.
Sein Herz schlug heftig und jagte, seine Haut kribbelte, der Schatten kam bedrohlich näher.
Groß und breit.
Noch näher, noch größer.
Er war kaum in der Lage zu atmen.
Er sah, wie der Schatten zum Schlag ausholte und schrie.
Mit lautem Klatsch landete eine Hand auf seiner linken Schulter.
„Heh, Jasper, schläfst du hier, oder was ist los mit dir? Und was schreist du denn?"
„Otto!", rief Jasper erleichtert, „du hast mir einen Riesenschreck eingejagt, du Idiot! Ich habe mir fast in die Hose gemacht."
Otto kriegte sich vor Lachen nicht wieder ein. Er meinte, dass er wohl noch nie einen solchen Hasenfuß wie Jasper gesehen hätte.
Angst vor einem Schatten, wenn er das erzählen würde!
Jasper drohte ihm Prügel an, wenn er darüber reden würde.
„Woher wusstest du überhaupt, dass ich hier bin?", wollte er von Otto wissen.
„Na, von den Mädchen die dahinten auf der Bank sitzen. Ich wollte fragen, ob du mit mir und dem Gärtner noch ne Runde

Karten spielen willst, darum hab ich dich gesucht. Und dann seh ich dich hier sitzen wie ein Häufchen Espenlaub." Er lachte immer noch.

„Weißt du was, Otto, du kannst mich mal. Wenn du nicht aufhörst zu lachen, hau ich dir eine rein. Und wehe, du erzählst irgendwem von meinem Schreck. Ich hatte wohl geträumt, das ist alles."

Beschwichtigend legte Otto seine Hand auf Jaspers Schulter.

„Lass gut sein. Geträumt hast du wohl von Elisabeth? Ich habe gerade gehört, dass sie dir schöne Augen gemacht hat. Na los, komm, spiel ne Runde mit uns."

Jasper brauchte noch einen Augenblick, um den Schrecken zu verdauen, willigte dann aber ein.

Das wäre sicher eine gute Ablenkung.

Zu seiner Enttäuschung saßen die Mädchen nicht mehr auf der Bank, was er bedauerte. Hätte er Elisabeth doch gerne noch einmal angeschaut.

Der Abend nahm durch das Kartenspiel dann doch noch ein entspanntes Ende.

*

Aber als er in seinem Bett lag, holten ihn die vielen Ereignisse des Tages noch einmal ein.

Vor allem die Geschichte um Thomas Müntzer und den Kreuzen beschäftigte ihn sehr. Aber auch sein Schrecken, als er sich von einem Schatten bedroht gefühlt hatte.

Mein Gott, war das furchtbar.

Er betete und wünschte sich Gottes Schutz und Beistand.

Vielleicht sollte er noch einmal in aller Ruhe mit dem Pfarrer reden. Ohne Otto.

Die vermissten Männer ließen ihn grübeln.

Was mochte geschehen sein?

Wo waren sie geblieben?

Oder war alles ganz harmlos, und er war der, der hier Panik machte?

Er musste noch einmal mit jemandem reden.

Dann also doch noch einmal zum Kirchenherrn. Am besten wohl gleich am nächsten Tag, nach der Arbeit.

Er überlegte, ob er sich eventuell an den Schlossvogt wenden sollte. Als er ihm vom Stallmeister vorgestellt wurde, weil ausschließlich er das Personal einstellte, hatte er einen sehr guten Eindruck von dem hohen Herrn gehabt. Von dem Ereignis im Schlossgebäude einmal abgesehen, aber das war ja geklärt worden, hatte Jasper das Gefühl gehabt, dass der Schlossvogt zwar herrisch, aber auch gütig zu sein schien.

Ja, vielleicht wäre es gut, ihm seine Beobachtung zu erzählen.

Mit diesem beruhigenden Gedanken schlief er ein.

Es war noch dunkel, als er schweißgebadet aufwachte.

Er hatte geträumt.

Neun Männer wollten ihn holen.

Lange Schatten eilten ihnen voraus.

Mit Leibeskräften hatte er sich gewehrt.

Seine Bettdecke lag auf dem Holzboden. Wahrscheinlich hatte er wild um sich geschlagen.

Noch völlig benommen von diesem furchtbaren Traum hob er seine Bettdecke auf und versuchte sich zu beruhigen. So konnte es jedenfalls nicht weitergehen. Alpträume wollte er keine mehr haben. Und vielleicht war ja wirklich alles harmlos.

Ja, wenn da nur nicht drei verschwundene Männer wären.

Er musste endlich mit jemandem reden, der ihm bei der Aufklärung dieser Angelegenheit helfen konnte. Ganz fest nahm er sich vor, am morgigen Abend noch einmal zum Pfarrer zu gehen, und den um Rat zu fragen. Der wüsste sicher, was bezüglich der Verschwundenen zu tun wäre.

*Montag*

Erst als Otto ihn wachrüttelte, war ihm bewusst, dass er wieder eingeschlafen war.

Hätte ihn jemand gefragt, hätte er behauptet, den Rest der Nacht kein Auge mehr zugetan zu haben.

„Los, Jasper, raus aus dem Bett. Heute haben wir unendlich viel zu tun, und du weißt, dass du mir heute zugeteilt wurdest."

Also schnell in Hose und Hemd geschlüpft, hinunter an den Brunnen und den Schlaf wegwaschen.

Der alte Friedrich begegnete ihnen auf der Treppe. Er sah ganz zufrieden aus und nahm die Stufen mit beachtlicher Geschwindigkeit. Ein kurzer Gruß genügte.

In der Küche wartete das Frühstück schon. Otto trieb ihn zur Eile an, so dass Jasper keine Zeit hatte, sich umzusehen um einen Blick auf Elisabeth zu erhaschen. Vermutlich war die sowieso in den herrschaftlichen Räumen mit Putzarbeiten beschäftigt. Dennoch fand er es schade, sie nicht gesehen zu haben.

Wasser und Holz brauchte er heute also nicht schleppen, denn er war ja den Ställen zugeteilt.

Er freute sich darauf. Endlich einmal einen Tag nur bei und zwischen den Pferden zu verbringen.

Und wer weiß, dachte er, vielleicht ergibt sich eine Möglichkeit den Schlossvogt zu sprechen. Der würde doch vermutlich außer dem Stallmeister auch mal nach dem Rechten sehen?

Am Stallgebäude angekommen forderte Otto ihn auf, sich eine Forke zu greifen und sämtliche Stallboxen auszumisten.

Sämtliche?

Das konnte ein Mann an einem Tag doch gar nicht schaffen.

Er fragte Otto, ob das sein Ernst sei, und der bejahte.

„Ich habe dir doch gesagt, dass das hier Knochenarbeit ist. Nun zeig mal, ob du mehr drauf hast als Schönreden oder Wasser zu schleppen! Und jetzt fang an, sonst ist der Tag schon gleich zu Ende."

„Und die Pferde?" fragte Jasper.

„Hörst du hier ein Pferd wiehern oder schnauben? Die sind schon in aller Herrgottsfrühe auf die Weiden gebracht worden. Auch die Arbeitspferde sind schon abgeholt worden. Aber da hat der gnädige Herr noch in schönsten Träumen gelegen und nichts von Pferdehufen gehört. Für die Arbeitspferde müssen wir die Boxen zuerst fertig haben, weil die nachher zurück in den Stall kommen. Und jetzt leg los!", gab er barsch den Befehl.

*

Na, als Vorgesetzter wäre Otto auch kein Traum. Der konnte einen ja richtig schinden, stellte Jasper fest.

Scheinbar genoss er es sogar, hier herumzukommandieren. Nun gut, es war wohl sein gutes Recht.

Jasper nahm sich vor, kräftig loszulegen, um Otto keinen Grund zur Beschwerde zu geben.

Gegen Mittag, wie dankbar war er, als die Hofglocke zum Essen schlug, tat ihm jeder Muskel weh. Den Rücken spürte er kaum noch, die Oberarme konnten die Mistgabel kaum noch heben.

Eine Pause war ihm jetzt sehr willkommen, und Hunger hatte er, als hätte er seit Tagen nichts mehr gegessen.

Gesprächsthema war schon wieder der verschwundene Johann. Allmählich machten sich doch mehrere der Arbeiter Gedanken darüber, dass er bis heute nicht wieder aufgetaucht war.

Jasper traute sich, nach seinem Vorgänger, dem Erwin Bruhns zu fragen. Darüber, dass er auch verschwunden sei. Aber dies wurde mit Handbewegungen abgeschüttelt. Das sei doch etwas ganz anderes, wurde ihm bedeutet. Der hatte sich doch woanders verdingt, wie der Stallmeister mitgeteilt hatte.

Auch seine Frage nach dem Karl aus Sangerhausen wurde abgewunken. Der sei doch zur See, hieß es. Selbst als Jasper hartnäckig nachfragte, wiederholten sie sich nur.

„Willst du hier Unruhe stiften, Jasper?", fragte einer. Als er das verneinte, und erklärte, dass er sich lediglich Gedanken mache wegen der Merkwürdigkeiten, schüttelten sie nur die Köpfe.

„Klugscheißer", hörte er. Irritiert schaute er in die Runde, aber welcher der Anwesenden dies Wort gesprochen hatte, konnte er nicht feststellen.

Aber er hatte verstanden. Hier wollte keiner nachdenken. Das Wort des Stallmeisters galt einfach zu viel.

Als Querulant wollte Jasper allerdings auch nicht gelten, das käme seinen Zukunftsplänen sicher nicht zu Gute. Also war er still, aß seine Mahlzeit und ließ seinen Blick durch die Küche schweifen.

*

Er sah sie.

Elisabeth scheuerte einen der riesigen Kupfertöpfe sauber. Sie schaute gerade in diesem Augenblick in seine Richtung und sie sahen sich in die Augen. Schon hatte er alle Sorgen und Fragen vergessen.

Dafür machte sein Herz freudige kleine Hüpfer und er spürte, dass sein Gesicht gerade so rot anlief wie ihres.

Viel zu schnell war die Pause vorüber. Der Mist wartete.

Er nickte ihr zu, als er die Küche verließ. Sie nickte zurück.

Summ summ summ, machte sein Herz.

Vergnügt überquerte er die Burghöfe, pfeifend ging er Richtung Stall, bis Otto ihm kräftig auf die Schulter klopfte.

„Na, da hat es wohl einen erwischt, was? Lasst euch bloß nicht am Schlagfittich kriegen, ihr zwei. Du weißt ja, Jasper, die

Kammern der Dienstmädchen sind uns verboten!"

„Ach Otto, was willst du? Ich mag sie doch nur leiden. Und Schlagfittiche sind doch wohl die Schwungfedern der Gänse. Und Gans bin ich doch wohl nicht. Und Elisabeth auch nicht. Und solltest du etwas Derartiges behaupten, kannst du meine Faust kennenlernen."

„Ha, Jasper, da hat es dich ja wirklich erwischt. Aber keine Sorge, Elisabeth ist ne ganz hübsche, die würde ich nie als Gans bezeichnen."

Damit war der Frieden dann ganz schnell wieder hergestellt und sie machten sich an die Arbeit.

Der Fürchterliche kam am späten Nachmittag, um zu kontrollieren, und zu Jaspers großem Erstaunen hatte er nichts zu nörgeln. Es ging also auch ohne. Na prima.

Seine Gedanken wanderten von Elisabeth zu den verschwunden Männern und wieder zurück zu Elisabeth. Fast automatisch hob er Forken voller Mist auf seine Karre, um diese dann immer wieder auf dem Misthaufen auszuleeren.

Die Katzen fanden dies ganze Spektakel scheinbar sehr spannend, denn ständig liefen sie zwischen Jasper, der Mistforke und seiner Karre hin und her. Vermutlich wollten sie nur Mäuse fangen, die durch die gründliche Stallreinigung aufgescheucht wurden. Wie Jasper beobachtete, herrschte kein Mangel an Mäusen. Hier und da liefen sie hektisch zwischen seinen Füßen durch.

So merkte er kaum, wie die Zeit verging, und staunte, als er feststellte, dass alle Boxen fertig waren. Otto stand auf seine Forke gestützt, wischte sich mit einem Tuch über Gesicht und Schulter und grinste über das ganze Gesicht.

„Fertig. Mensch Jasper, da hast du dich gut geschlagen. Das Bier heute Abend haben wir uns redlich verdient. Und morgen in der Frühe werden wir dann frisches Stroh einstreuen und haben hier oben alles geschafft."

Dem konnte Jasper nur zustimmen. Einen ganzen Bottich Bier könnte er leeren.

Otto machte ihn dann noch darauf aufmerksam, dass am nächsten Tag nach dem Auslegen des Strohs die Pferdeställe für die Gäste der Jagdgesellschaft unten neben dem Toreingang fertiggemacht werden müssten, damit die Gäste saubere Ställe für ihre Pferde vorfinden würden. Das sei noch mal ein Berg Arbeit, aber nichts im Vergleich zu dem, was sie heute geschafft hatten.

Weil noch ein wenig Zeit bis zur Abendmahlzeit war, fegten sie gemeinsam die letzten Reste des alten Strohs zu den Stalltüren hinaus und alberten ein bisschen herum. Ob Jasper nun Elisabeth zum Tanzen ausführen solle, oder Otto seine Hanne von Herzen drücken wolle, sie scherzten und lachten und waren trotz ihrer Erschöpfung guter Dinge.

*

Nach dem Abendessen setzten sie sich zu anderen Arbeitern auf die Bänke vor den Pferdeställen und genossen ihr Bier. Inzwischen hatte Jasper erfahren, dass Otto seinen Krug stets vom Gastwirt, der hier oben vor der Burg seine Gastwirtschaft hatte, gefüllt bekam, weil er ihn von Jugend an kannte. Und das zu einem sehr günstigen Preis, wie er augenzwinkernd verriet.

In dieser kleinen Gruppe, in der sie zusammensaßen, brachte Jasper das Gespräch noch einmal auf den verschwundenen Johann.

Keiner wollte mehr so recht etwas davon hören. Es schien, als sei das so lange her, dass es niemanden mehr interessierte. Der Gärtner meinte, wenn Jasper immer noch keine Ruhe geben könne, solle er sich doch bei der Familie des Johann erkundigen. Dafür müsse er sich aber zum Friedhof begeben, denn dort lägen sie alle.

Alles lachte, nur Jasper grübelte ein wenig.

Da er hier nichts erreichen konnte, nahm er sich vor, nach dem Biertrinken noch einmal hinunter in die Stadt zu gehen, um den Pfarrer aufzusuchen.

Er musste endlich Klarheit haben.

Deshalb verabschiedete er sich von der noch gemütlich beisammen sitzenden Gruppe und machte sich auf den Weg.

*

Von der Burgmauer, die hinab führte, konnte er die Pferde mit ihren Fohlen auf der Weide bewundern und was er sah, berührte ihn tief. Aber er wollte jetzt nicht verweilen, um den Anblick zu genießen, das könnte er auf dem Rückweg noch machen. Jetzt zog es ihn mit Macht zum Pfarrer.

Und er hatte Glück.

Der Geistliche war nicht nur zu Hause, er bat ihn auch gleich ins Arbeitszimmer und hieß ihn, Platz zu nehmen.

„Na, wo drückt denn der Schuh, junger Mann?", wollte er teilnahmsvoll wissen.

Jasper erzählte, was ihn seit Tagen bedrückte, berichtete auch von seinen Alpträumen und davon, dass sich scheinbar keiner wirklich Gedanken über die verschwundenen Männer machte.

Der Pfarrer ließ sich noch einmal in aller Ausführlichkeit beschreiben, was Jasper bedrückte.

Zwischendurch nickte er verständnisvoll, trank sein Bier, bot Jasper auch eines an und schüttelte zwischendurch den Kopf.

Schließlich meinte er, dass das Zusammentreffen der Umstände innerhalb so kurzer Zeit tatsächlich merkwürdig erscheine, er am kommenden Sonntag von der Kanzel predigen wolle, dass die Gemeindemitglieder, die Genaueres zu den verschiedenen Angelegenheiten wüssten, sich vertrauensvoll an ihn, den

Pfarrer, wenden mögen.

Vom Thema ablenkend wollte er wissen, ob Jasper noch Fragen zu Thomas Müntzer hätte, oder ob er daran interessiert sei, noch von einem anderen „Ketzer" zu erfahren? Er halte ihn für sehr wissbegierig und würde sich freuen, seinen Wissensschatz anzureichern.

Dass er mit dieser Äußerung bei Jasper auf offene Ohren stieß, hatte er wohl vermutet.

Gut gelaunt setzte er deshalb an.

„Es gab hier noch den Gottfried Arnold, der 1666 in Annaberg geboren wurde. Er  hatte in Wittenberg Theologie studiert. Da er aber eine große Abneigung gegen das Treiben der Professoren hatte, nahm er kein Pfarramt an, sondern wurde Hauslehrer. Nachdem er 1697 eine kirchengeschichtliche Schrift veröffentlichte, wurde er als Professor der Geschichte an die Gießener Universität berufen, wo er allerdings nur ein Jahr blieb.

Bekannt wurde er, als er 1699 sein Buch   „*Unparteiische Kirchen- und Ketzerhistorie*" in Druck gab. Darin versuchte er darzustellen, dass sich gerade bei den Ketzern die Reinheit des Christentums erhalten hatte und in den unterdrückten Minderheiten Kraft und Frömmigkeit steckte. Durch dieses Werk von Arnold ist tatsächlich der Grundsatz der Glaubens- und Gewissensfreiheit erstanden."

„Das ist ja wahrlich interessant, Herr Pfarrer, aber was hat dieser Arnold mit Allstedt zu tun?"

„Warte mal ab, Jasper, sei etwas geduldiger und lausche, was ich erzählen will. Arnold hielt sich geraume Zeit in Quedlinburg auf, wo er wegen seiner pietistischen Einstellung mit den orthodoxen Pfarrern in Streit geriet, so dass sie ihn vertreiben wollten. Jedoch hatte Arnold in König Friedrich I einen Fürsprecher und Beschützer gefunden, so dass er bleiben konnte.

Nachdem er dann sein Werk „*Das Geheimnis der göttlichen Sophia*" veröffentlichte, in dem er die göttliche Weisheit als echte Braut des geistlichen Menschen benannte und Vermischungen mit einem lebenden Weib als Hindernis zur höchsten Seligkeit darstellte, erregte er erhebliches Aufsehen und sorgte für Unruhe."

Jasper unterbrach den Pfarrer ungern, fragte aber noch einmal, was das mit Allstedt zu tun hätte.

„Genau darauf will ich jetzt kommen. Also, wegen eines Schmuckdiebstahls bei einem befreundeten geistlichen Ehepaar hatte die Allstedter Polizei Nachricht zu ihnen gesandt, dass ein Dieb mit dem Schmuck hier gefasst wurde. Arnold begleitete das Ehepaar auf die Fahrt hierher. Sie sollten den Schmuck als den Ihren identifizieren. Die Witwe Herzogin Sophie Charlotte des Herzogs Johann Georg von Eisenach, der mit 33 Jahren an den Pocken verstarb,  hatte im Schloss ihren Witwensitz. Sie war eine begeisterte Anhängerin Arnolds. Sie bat Arnold, ihr und ihrem Hofstaat eine Predigt zu halten. Sie war nach der Predigt so angetan von ihm, dass sie Arnold zum Hofprediger berief. Es heißt, dass er nicht in der Kapelle – er war ja kein Priester – sondern im Gemach der Herzogin gepredigt habe. Dies gefiel dem regierendem Herzog Johann Wilhelm von Eisenach, dem Schwager der Herzogin, überhaupt nicht, denn er befürchtete, dass Arnolds Anwesenheit eine Gefährdung des kirchlichen Friedens bedeuten würde.

Um es jetzt ganz kurz zu machen, fasse ich eng zusammen. Arnold, der ja behauptete die Ehe sei ein Hindernis auf dem Weg zum höchsten Glück, heiratete auf dem Schloss die Tochter des Freundespaares. Der Herzog Johann Wilhelm wollte Arnold loswerden, die Witwe wollte ihn behalten, ließ ihn sogar auf das Schloss übersiedeln, wo ihm gar eine Tochter geboren wurde. Es gab jahrelangen Streit, in welchem Arnold vom König stets Unterstützung erhielt. Erst 1704, als der Schwiegervater seine Pfarrstelle in der Altmark von Arnold besetzt haben wollte, weil er nach Hinterpommern versetzt wurde, endete der Streit. Der König stimmte dem Anliegen zu und Arnold hielt im Jahr 1705 seine Abschiedsrede auf dem Schloss. Diese Abschiedsrede ist übrigens ein Jahr später in Arnold Predigtsammlung gedruckt worden. Sie heißt „*Die evangelische Botschaft der Herrlichkeit Gottes in Jesu Christo*. So, Jasper, jetzt habe ich dir genug erzählt. Obwohl deine Augen beinahe strahlen", lachte er.

„Ich danke Ihnen ganz herzlich, Herr Pfarrer. Allstedt ist ja tatsächlich auch ein Ort der kirchlichen Veränderungen. So bekommen die Stadt und das Schloss eine ganz neue Bedeutung für mich. Allerdings muss ich gestehen, dass ich mit den Begriffen Pietät und Orthodoxie nicht wirklich etwas anfangen kann."

Der Pfarrer nickte geduldig.

„Gut, dass du nachfragst. Die Orthodoxie beinhaltet die Übereinstimmung mit dem Lehrbegriff der Kirche. Und bedeutet soviel wie rechtgläubig, den Symbolen einer Kirche genau entsprechend.

Der Pietismus hingegen wandte sich gegen diese strengen Regeln. Er drang auf frommes Denken und Handeln statt auf toten Buchstabenglauben. Kannst du damit etwas anfangen?"

Jasper war froh, nachgefragt zu haben, denn jetzt konnte er mit den Begriffen umgehen. Dennoch kam er noch einmal auf die verschwundenen Männer zurück.

Da der Pfarrer aber nichts weiter dazu zu sagen wusste, gab er Jasper den Rat, entweder mit dem Amtmann im Amtshof oder mit dem Schlossvogt zu sprechen. Sollte Jasper seine Hilfe benötigen, sei er gerne für ihn da.

Damit verabschiedete er Jasper und gab ihm Gottes Segen mit auf den Weg.

Dieser war mit dem Ausgang des Gesprächs nicht zufrieden. Unabhängig von der hochinteressanten Geschichte über Gottfried Arnold, hatte er mehr erwartet. Einen guten Rat zumindest oder eine konkrete Aussage. Aber bisher war er nicht weitergekommen, als er ohnehin schon war. Enttäuscht zog er von dannen.

Aber er hatte Glück, nicht zum Schloss hinauflaufen zu müssen, denn gerade als er durch die Pappelallee ging, hielt ein Fuhrwerk und er wurde vom Kutscher gefragt, ob er ein Stück den Berg hinauf mitfahren wolle. Dankbar nahm er die Fahrgelegenheit an. Der Kutscher war ein sehr neugieriger Mensch, der Jasper nahezu Löcher in den Bauch fragte. Woher er käme, was er auf dem Schloss arbeiten würde, wie viele Leute dort zur Zeit beschäftigt waren, ob der Großherzog anwesend sei, usw..

Jasper gab gerne Auskunft, wurde er doch an seine eigene Wissbegierde erinnert.

Auf dem Bergsporn angekommen, verabschiedeten sie sich freundlich und wünschten sich noch einen guten Abend.

Mit gesenktem Kopf, in Gedanken versunken, schritt er Richtung Wachthaus.

Jetzt war guter Rat teuer. Was sollte er unternehmen? Wen sollte er denn jetzt noch auf die verschwunden Männer ansprechen? Oder sollte er alles auf sich beruhen lassen?

Die letzte Möglichkeit gefiel ihm fast am Besten – aber er konnte nicht.

Konnte nicht schweigen, nicht vergessen, nicht einfach zur Seite schieben.

Also, was?

*

Als ob das Schicksal es gut mit ihm meinte, sah er den Schlossvogt an der Burgmauer gelehnt ins Tal hinunter sehen.

Seine Mütze nahm Jasper ab, um höflich seinen Gruß zu erbieten.

„Na, junger Mann, hast du dich gut eingelebt, hier oben?"

So eine freundliche Nachfrage hatte Jasper nicht erwartet und bedankte sich höflich.

Der Schlossvogt schien redselig zu sein. Er winkte ihn heran, zeigte auf die Gegend unterhalb des Schlosses und fragte Jasper, was er von den Isabellen hielte.

Zunächst noch verhalten und schüchtern, äußerte Jasper seine Bewunderung für die edlen Pferde, dann war er aber so in seinem Element, dass er immer freier und offener zu sprechen wagte.

Der hohe Herr machte es ihm aber zusehends leicht, indem er die Kenntnisse, die Jasper über die Pferdezucht an den Tag legte, lobte. Inzwischen lehnte auch Jasper an der Burgmauer, fast hatte er vergessen, mit wem er dort stand.

„Nun, dein Wissen beeindruckt mich, junger Mann. Wie steht es denn mit deinen Kenntnissen über unsere Hoheitlichen? Was weißt du denn über die Geschichte unseres Großherzogs?"

Was sollte Jasper darauf antworten?

Er begann einfach damit, dass er wusste, dass das Schloss und die Burg seit 1572 dem Herzogtum Sachsen-Weimar und seit 1741 dem Herzogtum Sachsen-Eisenach gehörte, und der erste Herzog des vereinten Landes Sachsen-Weimar-Eisenach Ernst-August gewesen war.

Auch konnte er erzählen, dass die Herzogin Anna-Amalia über das Herzogtum nach dem Tode ihres Mannes die Regentschaft übernommen hatte, bis ihr Sohn, Herzog Carl August, der 1757 geboren wurde, die Regierung mit 18 Jahren übernahm.

Der Schlossvogt nickte zustimmend und gab seinem Erstaunen über Jaspers Wissen zum Ausdruck.

Er hatte offensichtlich Spaß an der Unterhaltung.

„Dabei ist wichtig zu wissen, dass Großherzog Carl August vom Kaiser Joseph II. am 6.Juli 1775 für volljährig erklärt wurde und die Regierung im September des Jahres übernahm. Er war also sehr, sehr jung, als er diese verantwortungsvolle Aufgabe übernahm. Nur weiter, junger Mann, nur weiter. Erzähle, was du noch weißt!"

Jasper kramte in seinem Gedächtnis, war froh, sowohl in der Schule, als auch bei seinem Großvater gut zugehört zu haben, und fuhr fort.

Geheiratet hatte Carl August die hessische Prinzessin Luise. Soweit er sich erinnerte, war der Herzog zu dieser Zeit schon mit Goethe befreundet, den er zu sich an den Hof holte.

1815 wurde Herzog Carl August zum Großherzog ernannt.

„Unser jetziger Großherzog, Carl Friedrich, wurde 1783 geboren und übernahm nach dem Tod seines Vaters die Regierung 1828."

Schulterklopfend wurde ihm Anerkennung zugesprochen.

„Da hast du aber eine Menge im Kopf. Jetzt will ich dir auch einiges erzählen. Denn, weißt du, Jasper, es ist ja schön, wie du Zahlen und Fakten gelernt hast. Aber wie sieht es mit dem Menschlichen aus? Hinter all den Zahlen, die du aufgezählt hast, stecken doch auch Menschen. Den verstorbenen Großherzog wirst du ja schwerlich einmal gesehen haben. Dafür warst du zu jung. Er war ein stattlicher Mann. Außerhalb der Etikette, die es bei Hofe gibt, liebte er es, sich mit einfachen Mitteln fortzubewegen. Zumindest, wenn es zur Jagd ging. Ich erinnere mich an seine alte Droschke mit den kaputten Federn. Wer ihn darin begleiten durfte, hatte heftigste Stöße auszuhalten. Ich sehe ihn noch vor mir, wie er bei diesen

Jagden immer einen alten abgetragenen grauen Mantel und seine Militärmütze auf dem Kopf getragen hatte. Zigarre rauchend genoss er die Fahrten, begleitet von seinen Lieblingshunden. Stell dir nur vor, er hat sogar im Freien unter dem Sternenhimmel kampiert. Manchmal, so hörte ich, hat er auch selbst eine kleine Hütte aus Tannenreisig gebaut. Ja, er liebte alles Derbe und auch Unbequeme. Für Verweichlichung hatte er absolut nicht übrig. Hast du eigentlich unseren jetzigen Großherzog schon einmal zu Gesicht bekommen?"

Jasper verneinte und war neugierig, was jetzt kommen würde.

Ein Vertrauensgespräch mit dem Schlossvogt? Er konnte kaum glauben, was hier gerade geschah.

Der Schlossvogt erwähnte, dass er fast dreißig Jahre im Dienste der Großherzöge stand.

Unter Carl August sei er seinen Dienst angetreten. Und der habe ihm erzählt, in welch erbärmlichem Zustand das Schloss und die Burg Allstedt zu Beginn seiner Regierungszeit gewesen seien.

Da das meiste Geld immer schon in den Weimeraner Hof geflossen sei, waren die Allstedter sehr froh, dass ihr Herrscher Gelder für Ausbau und Erneuerung sowohl in die Schlossanlage, als auch für das wertvolle Gestüt investiert hatte.

So wurden die ärgsten Schäden beseitigt. Carl August sei ein Machtmensch gewesen, der aber auch das Volk immer im Auge hatte und das Wohl seines Landes habe ihm mehr am Herzen gelegen als alles andere.

Mit seinem Freund Goethe habe er sich um Verbesserung in allen erdenklichen Bereichen der Landschaft gekümmert, denn auf gemeinsamen Reisen mit ihm habe er genau beobachtet, wie woanders Landwirtschaft und Viehzucht betrieben wurde. Vieles von dem, was sie Neues entdeckt hatten, wurde zum

Besten des Landes hier auch umgesetzt.

„Wusstest du zum Beispiel, wie sehr Goethe die Stuterei geschätzt hat? Und wusstest du, dass er mehrere Zeichnungen von Allstedt angefertigt hat? Er mochte diese Gegend sehr gerne. Mehrere Wochen haben er und der Großherzog hier gemeinsam verbracht, um zu beratschlagen, wie das Geld am besten eingesetzt werden konnte."

Jasper erwähnte, dass sein Großvater Goethe hier in Allstedt begegnet sei und erntete ein Nicken des Schlossvogtes.

Er erklärte Jasper, dass der Weimeraner Hof einen sehr hohen Schuldenstand hatte, immerhin sei ein enormer Personalstand zu bezahlen. Dazu kämen die unzähligen Immobilien in Weimar und wohl 15 herrschaftliche Gebäudekomplexe, darunter wohl 10 Schlösser und Jagdhäuser, die unterhalten und gepflegt werden mussten. Nicht zu vergessen sei dabei der Marstall, der eine Menge Geld verschlingen würde. Am Anfang dieses Jahrhunderts hat der verstorbene Großherzog sogar aus Afrika, er glaube, dass es Marokko war, Berberhengste eingekauft, um das Blut der hier gezüchteten Pferde aufzufrischen. Das habe sicher ein kleines Vermögen gekostet. Auch die Erhaltung der Wartburg, Martin Luther zu Ehren, war ein ziemlicher Kostenaufwand und sei es immer noch.

„Und dann die politischen und gesellschaftlichen Verpflichtungen. Es sind oft an die 100 Personen, die bewirtet werden müssen. Davon ganz abgesehen müssen auch Kunstgegenstände und musikalische Veranstaltungen bezahlt werden. Von den Kosten, die Kriege verursachen, einmal ganz abgesehen. Wie du hörst, ist es nicht nur angenehm, von Adel zu sein."

So hatte Jasper das bisher noch nicht gesehen.

Zu seiner Verblüffung war der Schlossvogt in seinen Erzählungen gar nicht zu bremsen und fuhr fort.

„Zu all dem, was ich eben aufzählte, kommen die großartigen Jagden, die der Großherzog Carl August veranstaltet hat. Auch da wurden nicht selten über 80 Leute bewirtet, was die Kasse natürlich stark beanspruchte. Und die Hundezucht nicht zu vergessen. Er liebte alle Wasserhunde und vor allem seine neuesten Jagdhunde. Die schlanken grauen glatthaarigen Vorstehhunde, die er aus Frankreich mitbrachte und die wir schon Weimeraner nennen, weil es sie sonst nirgendwo gibt, ließ er sogar mit in sein Schlafgemach. Dazu kam noch, dass er mit seiner Geliebten, der Frau von Heygendorff, drei Kinder, zwei Söhne und eine Tochter und von mehreren Frauen Söhne hatte. Diese Söhne hat er immer zu Förstern und Jägern ausbilden lassen. Man erkannte sie, neben der Ähnlichkeit zu ihm, auch daran, dass er sie mit Du ansprach. Die Söhne seiner Geliebten aber ließ er an den Weimeraner Hof. Ja, er hat es sich in allen Bereichen gut gehen lassen, unser verstorbener Großherzog."

Jasper traute sich zu fragen, wer denn die Frau von Heygendorff gewesen sei, und was die Großherzogin dazu gesagt habe.

„Nun, die Großherzogin konnte wohl schlecht etwas gegen die Launen ihres Mannes unternehmen. Als er sich in die großartige Sängerin und Schauspielerin verliebte, hatte er mit ihr ja schon gemeinsame Kinder, so dass die Erbfolge gesichert war. Übrigens hat er Frau von Heygendorff ein Rittergut geschenkt, dass einer ihrer Söhne vor kurzem geerbt hat."

Jasper staunte nicht wenig. Wer hätte gedacht, dass das Leben des vom Volk so sehr verehrten Carl August so verlaufen war?

*

Nachdenklich strich sich der Schlossvogt über seinen Bart. Jasper mochte nichts sagen, denn er hoffte, noch mehr von den unglaublichen Episoden zu erfahren.

Der Schlossvogt kam noch einmal auf Goethe zu sprechen.
Er sei Erzieher des jetzigen Großherzogs gewesen. Hatte ihn mehr als fünfzig Jahre durchs Leben begleitet. Hätte ihm das Zeichnen und die Liebe zur Kunst vermittelt und wurde bei Hofe als geistiger Mentor betrachtet.

„Weißt du, Jasper, unser jetziger Großherzog hat eine sehr harte Jugend - das hat er mir selbst einmal erzählt - hinter sich. Sein Vater hatte ihm die strengsten Erziehungsmethoden auferlegt. Nahezu barbarisch seien die gewesen. Sogar Essensentzug über eine längere Zeit hatte er durchstehen müssen, um, wie sein Vater meinte, Entbehrungen zu lernen. Dabei ist er ein sehr sensibler Mensch, unser gütiger Großherzog Carl Friedrich. Er ist musikbegeistert, kunstinteressiert, dabei so humorvoll und auch volkstümlich. Schließlich unterhält er sich gerne mit seinen Untertanen, um ihre Probleme und Nöte anzuhören. Was kaum jemand weiß, ist, dass er hervorragend Tierstimmen nachmachen kann. Ich selber habe gehört, wie er verschiedene Vogelstimmen nachmachte. Und ich habe Drechslerarbeiten von ihm gesehen, aus Elfenbein hergestellt, die ein geübter Drechsler nicht besser hätte hinkriegen können. Und kaum zu glauben, dass dieser heute so kräftig gebaute Mensch einmal ein sehr gut aussehender schlanker junger Mann gewesen ist."

*

Einen Augenblick schwiegen sie beide. Jasper war verblüfft über die Dinge, die er erfahren hatte. So leicht war es dann wohl tatsächlich nicht, adelig mit allen Verpflichtungen zu sein. Zumindest hätte er nicht mit der Jugendzeit des jetzigen Großherzogs tauschen mögen.
„Der Marstall", setzte der Schlossvogt wieder an, „und die Stuterei waren vor langer Zeit erheblich größer als heute. Jetzt haben wir nur noch 140 Pferde. Ich sehe deinem Gesicht an,

dass dir das viel vorkommt. Aber, Junge, damals waren es mehr als 200 Stück. Und wenn der verstorbene Großherzog gemeinsam mit Goethe nicht so auf die Fortführung der Zucht gedrängt hätte, und keine Gelder geflossen wären, wer weiß, ob wir heute überhaupt noch züchten würden."

Jasper wagte eine Frage: „Aber unser jetziger Großherzog liebt doch die Pferde auch, heißt es? Müsste es ihm nicht ein Vergnügen sein, sein Geld hier hineinzustecken?"

„Doch, ganz bestimmt. Zu unser aller Glück hat er ja die Tochter des russischen Zaren Paul I geheiratet. Dadurch ist so viel Vermögen ins Land gekommen, dass es wieder aufwärts geht. Seit dieser Heirat geht es auch dem Weimeraner Hof hervorragend. Vor drei Jahren erst hat unsere kaiserliche Großfürstin Geld für Baumaßnahmen des Allstedter Schlosses bewilligt. So soll die Kapelle vollständig saniert werden. Ich hörte, dass sie ganz in Weiß neu erstehen soll und wohl in den nächsten Jahren auch eine Orgel bekommt. Du hast ja gesehen, in wie vielen Bereichen hier gerade gearbeitet wird. Sie weiß um die geschichtliche Bedeutung dieser ganzen Anlage. Und das Schöne ist, dass ihr Sohn, unser Erbherzog Carl Alexander, auch sehr an diesem Gebäude hängt. Er ist nämlich von Goethe mit erzogen worden und knüpft Erinnerungen an diesen Ort. Nach dem Tod seines Großvaters hat er schon erwähnt, dass er an Allstedt Gefallen gefunden hat und immer mit Freude an diesen Ort denkt. Erst im letzten Jahr wurde der Maler Adolph Kaiser beauftragt, Bilder vom Schloss zu malen. Diese sollen, wie ich hörte, dem Prinzen von Preußen vermacht werden. Außerdem wird der Erbgroßherzog seit zwei Jahren an der Regierung beteiligt. Aber das meiste Geld fließt nach wie vor in den Weimeraner Hof und die Wartburg."

So viele Informationen.

Der Schlossvogt setzte noch einen drauf, als er Jasper fragte, ob er schon gehört hätte, dass Carl Alexander sich noch in diesem Oktober verehelichen würde? Als Jasper den Kopf schüttelte, ergänzte er, dass der seine Cousine aus Den Haag, Prinzessin Sophie von Oranien-Nassau, ehelichen würde. Sie sei die Tochter König Wilhelms II. der Niederlande und Alexanders Tante Anna Pawlowna, die, genau wie Alexanders Mutter, eine Tochter des russischen Zaren sei.

\*

Jasper schwirrte der Kopf. Es war inzwischen schon schummrig geworden, aber um nichts auf der Welt hätte er dieses Gespräch unterbrochen. Diese Gelegenheit würde sicher so schnell nicht wiederkommen. So redselig wie im Augenblick würde er den Schlossvogt vermutlich nie wieder antreffen. Aber sein eigenes Anliegen kam ihm doch wieder in den Kopf. Wie sollte er das Gespräch nur dorthin lenken?

Er hatte wohl etwas unruhig gewirkt, denn der Schlossvogt fragte ihn:

„Was druckst du plötzlich herum, junger Mann, was liegt dir auf dem Herzen? Kann ich dir noch etwas erklären, hast du etwas nicht verstanden?"

„Nein, Herr, es geht da noch um etwas anderes. Ich weiß nicht recht, wie ich es sagen soll."

Jasper drehte und wand sich. Es war ihm unangenehm, dieses so interessante Gespräch in eine völlig andere Richtung zu lenken.

Der aufmunternde Blick seines Vorgesetzten machte ihm Mut und er begann.

Von all seinen Sorgen bezüglich der verschwundenen Männer erzählte er.

Seine Beobachtung vom Burgturm ließ er genauso wenig aus wie die Gespräche mit dem Pfarrer. Auch seine erfolglose

Suchaktion, die der Schlossvogt ja zum Teil mitbekommen hatte, ließ er nicht unerwähnt. Verlegen kam er dann auch noch auf die Geister und seinen Alptraum zu sprechen.

Er traute sich nicht, sein Gegenüber anzusehen.

Der schwieg. Eine lange Ewigkeit, wie es Jasper vorkam. Gerade wollte er sich für seine Worte entschuldigen, als der Schlossvogt ihn nachdenklich ansah und meinte, dass er froh sei, diesen Bericht gehört zu haben.

In so direktem Zusammenhang habe er die Geschichte der Männer noch nicht wahr genommen.

Betroffen schüttelte er den Kopf.

„Jasper, ich werde mich um die Angelegenheit kümmern. Das klingt ja, von deinen Geistern mal abgesehen, denn Geister gibt es nicht, recht merkwürdig. Ich weiß noch nicht, ob deine Fantasie mit dir durchgegangen ist, oder ob da tatsächlich ein Zusammenhang besteht. Aber ich werde mich kümmern."

Noch einmal fassten sie gemeinsam zusammen.

Der Karl aus Sangerhausen war also der Erste, der verschwand und angeblich zur See wollte.

Das war im Herbst gewesen.

Dann war Jaspers Vorgänger, der Erwin Bruhns, den der Schlossvogt, wie er gerade noch einmal betonte, als Nachfolger für den jetzigen Stallmeister ins Auge gefasst hatte, im März verschwunden.

Er hatte sich, nach dem, was Jasper gehört hatte, also woanders verdingt.

Und jetzt gerade seit einigen Tagen fehlte vom faulen Johann jede Spur.

Jasper bestätigte alles.

Tatsächlich wagte er die Frage, ob Otto denn nicht für die Nachfolge des jetzigen Stallmeisters in Frage käme.

„Der Otto Bloch. So so, hm, das hatte ich nie ins Auge gefasst, aber ich werde ihn mal bei seiner Arbeit beobachten und mit dem Stallmeister Rückfrage halten. Der Otto, so so", wiederholte er nachdenklich.

Jasper erwähnte jetzt ganz mutig, dass er das Gefühl habe, durch seine vielen Fragereien bei den anderen nicht mehr so gut angesehen zu sein.

Der Schlossvogt klopfte ihm auf die Schulter.

„Dann halte dich zukünftig ein bisschen zurück. Du scheinst ja ein ganz intelligenter Bursche zu sein. Aus dir kann hier noch etwas werden. Halte Augen und Ohren offen und berichte mir, wenn du etwas Wesentliches zu hören bekommst. Ich werde mich morgen mal beim Amtmann in Allstedt erkundigen, ob er Pässe für die Männer ausgestellt hat, die die Stadt angeblich verlassen wollten. Der wird es ja wissen."

Viele Steine fielen von Jaspers Schulter. Er fühlte sich unendlich erleichtert. Wie gut es doch gewesen war, mit diesem Mann zu sprechen.

Der Mond, fast voll und rund, lugte inzwischen hinter dem Burgturm hervor. Es war still und friedlich, nur hier und da rief ein Käuzchen in den Abend hinein.

Jasper begann zu frieren. Ob von der feuchten Abendluft, oder durch die Anspannung des intensiven Gesprächs, vermochte er nicht zu sagen.

Der Schlossvogt bemerkte sein leichtes Zittern, schob ihn vor sich her und so kam er, ohne beim Wachsoldaten groß Erklärungen für sein spätes Erscheinen abzuliefern, problemlos in den Burgbereich.

Er bedankte sich in aller Höflichkeit beim Schlossvogt.

Dieser wünschte eine gute Nacht, und erinnerte noch einmal daran, dass Jasper zunächst einmal schweigen solle. Auch über die stattgefundene Unterhaltung.

„Das war ein vertrauliches Gespräch, Jasper. Vermutlich war

ich so redselig, weil ich heute Nachricht erhalten habe, dass mein geliebter Bruder verstorben ist. Also, Stillschweigen."

Tief betroffen sprach Jasper sein Beileid aus.

Jetzt hatte er auch eine Erklärung für dieses lange Gespräch.

Ja, in der Trauer, dass wusste er, hatten Menschen ein tiefes Mitteilungsbedürfnis und wurden von Erinnerungen überrollt.

Unendlich müde stieg Jasper die Stufen zu seiner Kammer hoch.

Lautes Schnarchen begrüßte ihn. Otto schlief und hatte sein spätes Kommen gar nicht bemerkt. Auch gut. So brauchte er dafür keine Erklärungen abgeben und konnte sich schlafen legen.

Unendlich lange, so schien es ihm, brauchte er, um unter seiner Bettdecke warm zu werden. Langsam fielen schwere Lasten von ihm ab.

So entspannt, wie er heute im Bett lag, war er schon lange nicht mehr gewesen.

Zwei Menschen wollten ihm helfen.

Der Pfarrer und der Schlossvogt.

Welch Erleichterung.

Er ließ das Gespräch noch einmal Revue passieren.

Unglaublich, was da gerade stattgefunden hatte.

Unglaublich überhaupt, was in den letzten Tagen geschehen war.

Als ihm endlich wohlig warm geworden war, schlief er ein, ohne es bewusst wahrzunehmen.

## *Dienstag*

Am folgenden Morgen war Ottos erste Frage, wo er sich denn noch so lange herumgetrieben habe. Er bekam zur Antwort, dass Jasper beim Pfarrer gewesen war und wollte neugierig wissen, was das Gespräch ergeben hatte.

Als Jasper ihm berichtete, dass es lediglich eine Wiederholung des Sonntages gewesen, und nichts Neues dabei herausgekommen war, grunzte Otto irgend etwas Unverständliches und war schon auf dem Weg zum Brunnen.

„Nun beeil dich, Jasper, das Frühstück und die Arbeit warten nicht auf dich!"

Ehe Jasper sich versah, stand er schon wieder mit der Mistforke im Stroh.

Zuerst wurden die Pferdeboxen, die sie am Vortag gereinigt hatten, neu eingestreut. Am späten Vormittag hatten sie diese Arbeit erledigt.

Jetzt ging es zu den Ställen, die sich für die Gastpferde im unteren Bereich des Burgturmes befanden. Diese Anlagen verblüfften Jasper immer noch. Wer wohl einst diese Idee hatte, die Pferde hier hinunter zu führen und sie im Gebäude der Vorburg unterzubringen?

Otto wusste es nicht. Vielleicht könnte er den Stallmeister um eine Auskunft bitten. Aber das hatte Zeit. Jetzt nur nicht mehr unangenehm auffallen.

Das Wetter würde wohl bald umschlagen.

„Nach dem Vollmond schlägt das Wetter immer um", hieß es seit Urzeiten.

Wenn dem so wäre, würden sie wohl endlich den lang ersehnten Regen bekommen.

Die Erde brauchte dringend Nässe, wenn eine gute Ernte erreicht werden sollte.

Viel redeten die beiden nicht. Zu anstrengend war die Arbeit, die Otto baldmöglichst erledigt haben wollte. Er hätte noch etwas vor, raunte er Jasper zwischendurch zu.

Na, was das wohl sein könnte? Jasper mutmaßte, dass es um ein Treffen mit Hanne ging, hatte aber keine Lust, nachzufragen.

Er verspürte Lust, Elisabeth am Abend zu treffen. Vielleicht würde sie mit ihm ein wenig spazieren gehen? Er würde bei der Abendmahlzeit nach ihr Ausschau halten und sich hoffentlich trauen, sie zu fragen. Das konnte doch nicht so schwer sein? Otto konnte so was doch scheinbar auch.

Mit griesgrämigem Gesicht erschien der Stallmeister. Er wollte scheinbar kontrollieren, ob alles zu seiner Zufriedenheit erledigt wurde.

Er grunzte unverständliche Worte, die aber nicht unfreundlich klangen.

„So, nun, ich sehe, ihr habt vernünftige Arbeit geleistet. Könnte noch etwas zügiger gehen, aber sieht alles recht ordentlich aus. Jasper, du kehrst nachher noch die Burghöfe. Otto, du kontrollierst auf den Weiden, ob bei den Pferden alles in Ordnung ist. Nun denn, weitermachen."

Schon war er wieder verschwunden.

Die beiden schauten sich an, grinsten, zogen die Augenbrauen hoch und arbeiteten weiter.

Otto begann ein Lied zu pfeifen und Jasper begleitete die Melodie, ebenfalls pfeifend. So brachte die Arbeit doch gleich mehr Spaß. Was es doch ausmachte, nicht ständig grundlos angeschnauzt zu werden.

Nicht mehr lange, und das Abendessen würde den Hunger besänftigen.

Die Höfe fegte Jasper in Rekordzeit. Er nahm es nicht so genau. Nur den gröbsten Schmutz fegte er zusammen. Dann

war das Tageswerk vollbracht.
Ob er Elisabeth ansprechen könnte?

*

Das Schicksal meinte es wieder gut mit ihm.
Noch bevor er die Küche betrat, kam sie ihm auf dem Schlosshof entgegen.
Sie wollte, wie sie ihm sagte, gerade Kräuter für die Köchin holen. Er wagte tatsächlich, sie zu fragen, ob sie nachher noch ein wenig mit ihm spazieren gehen möchte – und sie sagte mit hochrotem Kopf:
„Ja gerne, Jasper."
Sie vereinbarten, dass sie sich, wenn die Turmuhr zur siebenten Stunde läutete, vor dem Burgturm treffen wollten. Verlegen ging sie schnell weiter in Richtung des Gartens.
Er wusste gar nicht, wie ihm geschah.
Sein Herz jagte, sein Körper schien zu vibrieren. Er grinste über das ganze Gesicht. Konnte dieses Grinsen auch nicht abstellen.
Mit federnden Schritten ging er in die Küche, um zu essen.
Die Köchin sah ihn. Sah ihn direkt an.
Sie kam auf ihn zu und flüsterte ihm ins Ohr.
„Wenn du, mit deinen strahlenden blauen Augen und diesem Grinsen im Gesicht eines meiner Mädchen betören willst, pass auf, was du tust. Wenn du einer von ihnen das Herz brichst, kriegst du es mit mir zu tun."
„Ich habe doch gar nichts gemacht", rechtfertigte Jasper sich, und seine gute Laune sank auf den Nullpunkt. Was wollte sie nur von ihm.
„Hör zu, dass du hübsch bist, haben die Mädchen hier schon mitbekommen. Aber dein Grinsen eben jetzt sagt mir, dass du was im Schilde führst. Wenn ich dich nicht so mögen würde,

hättest du schon Kontakt mit meinem Holzlöffel gehabt. Also, nimm dich in Acht!"

Sie wandte sich wieder ihrer Herdstelle zu und Jasper wurde von mehreren angestarrt.

„Was wollte die Köchin von dir?", fragte Otto neugierig. „Die sah ja ziemlich böse aus. Hast du was ausgefressen?"

„Ne, hab ich nicht. Dann würde ich wohl kaum genau so hungrig sein wie du", konterte Jasper und sah, dass Otto den Witz nicht verstanden hatte. Das war ihm aber egal und er langte bei den Broten, bei Wurst und Käse tüchtig zu.

Otto ließ ihn dann auch in Ruhe. Quer über den Tisch wurde über die Arbeit des Tages geredet.

Jeder hatte etwas zu erzählen. Es wurde gelacht und gescherzt. Man merkte, wie froh alle über den Feierabend waren.

Für Jasper stand nach dem Essen nur noch ein zügiges Davoneilen an. Nicht dass Otto noch etwas von ihm wollte. Er wollte nicht Rede und Antwort stehen.

So machte er sich am Brunnen noch etwas frisch, spazierte durch die Pferdeställe, streichelte den Arbeitspferden, die in den Boxen standen, über die weichen Nüstern und freute sich unbändig, gleich Elisabeth zu treffen.

Endlich war es soweit. Eilig war er durch den Uhrenturm heraus spaziert.

Einen freundlichen Gruß hatte er dem Wachsoldaten zugerufen, und jetzt stand er an der Burgmauer um auf Elisabeth zu warten.

Würde sie kommen?

Freute sie sich genauso wie er?

Was sollte er mit ihr reden?

Wohin sollte er mit ihr spazieren?

Er hatte keine Gelegenheit mehr darüber nachzudenken, denn plötzlich stand sie neben ihm und wünschte einen guten Abend.

Verlegen schauten sie sich an. Was sollte Jasper jetzt sagen? Er war nicht geübt in solchen Dingen.

Er verhaspelte sich ein wenig, als er vorschlagen wollte, in die Stadt zu gehen, und stattdessen etwas von Bier trinken sagte.

Als er ihren fragenden Blick sah, bemerkte er seinen Versprecher. Rot angelaufen entschuldigte er sich und fragte, ob sie eine Idee hätte, wohin sie gehen könnten.

„Ach, einfach nur ein bisschen schlendern, Jasper. Nach der Arbeit ist mir heute nicht mehr nach großartigen Unternehmungen zumute."

Sie spazierten gemächlich den Weg zur Stadt hinunter. Jasper fragte nach ihrer Familie und Herkunft und erfuhr, dass sie aus Allstedt käme, 16 Jahre alt sei, ihre Familie in der Stadt leben würde, sie noch fünf Geschwister hätte, wobei nur ein Bruder älter, die Schwestern und der kleinste Bruder alle jünger seien als sie. Er erzählte, dass er sich als Einzelkind immer Geschwister gewünscht hätte und sie um die große Geschwisterzahl beneidete.

Woraufhin sie ihm mitteilte, dass eher er zu beneiden sei, weil viele Geschwister auch viel Verzicht bedeuten würden.

„Aber wir lieben uns alle sehr, und unsere Eltern haben alles getan und tun es noch, damit es uns gut geht", lächelte sie ihn an.

Oh, dieses Lächeln. Durch und durch ging es ihm.

Sie unterhielten sich über die Arbeit bei Hofe und stellten fest, dass sie beide das Ziel hatten, mehr aus sich zu machen. Beide wollten sie mehr für sich erreichen.

„Dank der kaiserlichen Hoheit, unserer Großherzogin, habe ich eine bessere Schulbildung als meine Mutter erhalten. So kann ich, im Gegensatz zu ihr, nicht nur wirklich gut schreiben und lesen, sondern auch vernünftig rechnen."

Jasper war beeindruckt von ihrer Selbstsicherheit. Sie gefiel ihm immer besser.

Inzwischen hatte er ihr von seinen Bedenken bezüglich der verschwundenen Männer erzählt. Aufmerksam hatte sie zugehört, hier und da etwas gefragt, und schließlich darin zugestimmt, dass die ganze Geschichte sonderbar genug sei, um sich weiter darum zu kümmern.

Sie waren am Stadtrand angekommen, hatte die Rhone schon überquert, als Jasper die Kreuze wieder einfielen.

Er fragte, ob sie wüsste, wo diese Kreuze stünden, denn er würde sie gerne aus der Nähe sehen.

Sie machte ihm klar, dass jeder Allstedter wüsste, wo sich diese Kreuze befänden, sie aber eigentlich keine große Lust hätte, diesen unheimlichen Ort zu besuchen.

Erst nachdem er sie ganz herzlich gebeten hatte, ihm zumindest die Wegrichtung zu zeigen, damit er bei Gelegenheit allein hingehen könnte, meinte sie, da er dabei sei, würde sie doch jetzt gleich mit ihm an den Ort gehen.

Eine Pferdedroschke rollte geräuschvoll an ihnen vorbei. Elisabeth hob grüßend die Hand.

„Das war unser Doktor, hoffentlich hat seine Fahrt keinen allzu ernsten Grund."

Sie schlenderten weiter. Jaspers Herz machte Hüpfer. Er fand ihre Nähe sehr angenehm und sagte es ihr auch. Verlegen schaute sie ihn von der Seite an und meinte, dass er ihr ebenso gehe.

Dann schwiegen sie etwas befangen und doch schon fast vertraut.

Nach kurzer Zeit waren sie angekommen und Jasper staunte.

Vor ihnen standen tatsächlich steinerne Kreuze.

Bisher hatte er sich nicht vorstellen können, wie groß sie sein sollten und wie sie wohl aussahen. Jetzt stand er direkt davor.

Elisabeth hatte seine Hand ergriffen, worüber er sich freute. Ja, nicht nur freute, wie ein kleiner Blitz fuhr diese Berührung durch seinen Körper.

Dennoch war es ein merkwürdiges Gefühl.

Zuletzt wurde er als kleines Kind an die Hand genommen. Von seiner Mutter oder vom Großvater. Danach nie mehr.

Und jetzt hielt er die Hand von Elisabeth.

Schön. Besonders schön.

Die Steinkreuze waren nicht sehr groß. Eines allerdings reichte ihm fast bis an die Hüfte, die anderen waren um einiges kleiner.

Jedes Kreuz war anders geformt. Einige der Steine erinnerten ihn eher an Kleeblätter.

Eines war so abgerundet, dass es eher wie ein gebogener Stein aussah, ein anderer war nur noch unförmig und mit Mühe als Kreuz zu erkennen. Aber das lag an der Verwitterung, die den Steinen nach über 300 Jahren zugesetzt hatte.

Zutiefst beeindruckt war er. Was für eine Erinnerung an die Männer, die anders glauben wollten als zu der Zeit üblich. Die für ihre Rechte gekämpft hatten. Was sie wohl sagen würden, wenn sie wüssten, dass sie bis heute nicht vergessen waren. Dass es heute selbstverständlich ist, die Predigten in deutscher Sprache zu hören und dass es die evangelische Kirche so weit gebracht hat.

Er berührte die Steine, strich mit den Händen darüber.

Einige Minuten stand er einfach nur da und schaute.

Elisabeth bat ihn nach einem Augenblick, den Platz wieder zu verlassen, ihr sei nicht wohl dabei, sich bei näher rückender Dämmerung  hier aufzuhalten. Sie erinnerte ihn daran, dass hier um Mitternacht immer wieder Ächzen und Stöhnen zu hören sei, und man nicht wüsste, ob hier doch etwas Böses herumgeisterte.

Er schaute ihr in die Augen und meinte, dass er ja da sei, um sie zu beschützen. Das brachte ihm einen liebevollen langen tiefen Blick ein.

Sie machten sich auf den Heimweg. Eine Zeitlang schwiegen sie beide. Ihre Hände hielten sich immer noch umfasst.

Warm waren ihre, warm waren seine. Mit dem Daumen strich er über ihre Handfläche.

Es war schön, sie so nah bei sich zu spüren. Er mochte sie sehr.

Sie unterhielten sich über ihre Familien und darüber, was sie bisher im Leben erlebt hatten.

Beinahe hätte er von dem Gespräch mit dem Schlossvogt erzählt, konnte sich aber gerade noch bremsen, weil er sich an das gegebene Versprechen erinnerte.

Für Jaspers Gefühl waren sie viel zu schnell wieder vor dem Turm der Burg angekommen.

Beinahe zeitgleich, wie abgesprochen, lösten sie ihre Hände voneinander. Es sollte niemand sehen, dass sie sich näher gekommen waren.

„Es riecht nach Regen", meinte sie. Und jetzt, wo sie es gesagt hatte, schnupperte er und gab ihr Recht. Die Luft roch anders.

„Es wäre schön, wenn endlich Wasser auf die Felder kommt", meinte er.

Verlegen hauchte Jasper einen schnellen zarten Kuss auf ihre Wange. Als sie ihn anlächelte, war er der glücklichste Mensch auf Erden.

Sie verabschiedeten sich, nicht ohne sich zu versichern, dass sie, sobald es die Gelegenheit ergeben würde, wieder einen Spaziergang machen wollten.

„Und keine Sorge, Elisabeth, dann gehen wir nicht wieder zu den Kreuzen. Ich danke dir ganz herzlich, dass du trotz deiner Angst mit mir dorthin gegangen bist."

Der Wachsoldat schenkte sich einen Kommentar, als er sie ins Burggelände ließ, aber ein verschmitztes, wissendes Grinsen konnte er sich nicht verkneifen.

Jasper wünschte seiner Elisabeth einen angenehmen Schlaf und gute Träume. Sie wünschte ihm dasselbe.

Die beiden winkten sich zum Abschied zu. Sie ging in Richtung der Mägdezimmer, er zu seiner Kammer.

Dort angekommen, war Jasper froh, dass Otto, der ja auch etwas vorgehabt hatte, noch nicht zurück war. So konnte er sich auf sein Bett legen und an Elisabeth denken. Und das, ohne Fragen beantworten zu müssen.

Endlich konnte er über den Abend nachdenken und hätte sich eigentlich ohrfeigen können, weil er diesen ersten gemeinsamen Abend mit ihr damit verbracht hatte, einen für sie unbehaglichen Ort aufzusuchen. Was hatte ihn da nur geritten? Es hätte doch sicher angenehmere Wege oder Plätze gegeben, zu denen er mit ihr hätte gehen können.

Jetzt war es zu spät. Er hoffte, dass sie ihm nichts nachtragen würde.

Aber – er hatte ihre Wange geküsst. Fast spürte er noch ihre weiche Haut.

Es war das erste Mal gewesen, dass er ein Mädchen geküsst hatte.

Mit diesem wohligen Gefühl drehte er sich im Bett um und wollte mit den Gedanken an Elisabeth einschlafen.

Doch dazu kam er nicht.

Mit lautem Poltern kam jemand die Treppe zum Gesindetrakt herauf.

Sekunden später wurde die Tür zu seiner Kammer mit lautem Knall aufgerissen, so dass er vor Schreck hochschoss und schon aus dem Bett springen wollte, als er sah, dass Otto herein torkelte.

„He, Jasper, schläfst du schon?"

Was für eine blöde Frage.

Sollte er mit *ja* oder mit *nein* antworten?

„Otto, dir geht es wohl nicht gut. Was machst du für einen Radau?" Er zündete seine Kerze an und sah, dass Ottos Gesicht stark verquollen war. Ein blauer Rand zierte sein rechtes Auge und die Lippe war aufgeplatzt.

„Mensch Otto, was ist denn mit dir passiert, du siehst ja fürchterlich aus. Außerdem stinkst du, als ob du die Wirtschaft leergetrunken hast."

Otto schmiss sich auf sein Bett. Zunächst sagte er gar nichts – starrte nur vor sich hin. Dann setzte er sich auf, sah Jasper an und versuchte zu grinsen.

„Dem hab ichs gegeben! Das kannst du mir glauben. Der wird keine gute Nacht haben", dabei griff er sich an den Kopf, befühlte seine Lippe und wischte mit dem Handrücken das Blut weg.

„Wer denn, Otto, nun erzähl schon, mach es nicht so spannend!"

Otto berichtete.

Er habe den Sohn des Müllers dabei erwischt, wie er sich an seine Hanne heranmachte. An ihr Gesäß habe der gefasst. In den Arm habe er sie genommen und versucht, ihr einen Kuss abzuringen. Und Hanne hätte dem Idioten auch noch schöne Augen gemacht.

Da habe Otto dafür gesorgt, dass der wusste, wem Hanne gehören würde.

„Ordentlich aufs Maul hab ich ihn geschlagen. Du hättest sehen sollen, wie er erst rückwärts wankte und dann nach vorne auf die Knie ging. Aber dann ist der Idiot wieder aufgesprungen und hat auch zugeschlagen. Ich sage dir. Der hatte nen ganz kräftigen Faustschlag. Aber nicht mit mir. Der hat ja keine Ahnung wie es ist, wenn ich richtig wütend werde. Am liebsten hätte ich ihn totgeschlagen. Das kannst du mir wirklich glauben."

Er konnte sich gar nicht beruhigen. So erbost war er über seinen Nebenbuhler.

Die Schlägerei hätte wohl wirklich böse geendet, wenn der Wirt die Kampfhähne nicht nach kurzer Zeit aus der Wirtschaft geworfen und ihnen einen Eimer kaltes Wasser über die Köpfe gekippt hätte.

Der andere konnte nicht mehr gehen, nachdem Otto mit ihm fertig gewesen war, erzählte er ziemlich stolz. Mindestens einen gebrochenen Arm, wenn nicht sogar ein gebrochenes Bein würde der jetzt haben. Auch hatte er seinem Widersacher drei Zähne ausgeschlagen.

Danach hätte er, Otto, sich Hanne gegriffen, die draußen vor der Tür gestanden und der Schlägerei zugesehen hatte, und ihr klargemacht, mit wem sie so gut wie verlobt war.

„Die soll nur gleich Bescheid wissen. So was macht sie nur einmal. Nicht mit mir. Wenn ich sie noch mal beim Poussieren erwische, habe ich ihr gesagt, lernt sie mich von meiner besten Seite kennen."

Jasper war entsetzt. Im Affekt eine Rauferei anzufangen mochte gerade noch angehen, aber einem Mädchen zu drohen, ging nun doch erheblich zu weit. Und das sagte er Otto auch.

Der sah ihn an, als ob er nicht bis drei zählen könnte.

„Du bist doch ein Kümmerling, Jasper, den Frauen musst du schon zeigen, wer das Sagen hat. Du siehst ja, was sonst dabei herumkommt. Und jetzt mach deine blöde Kerze aus und lass mich schlafen."

„Aber Otto, was ist denn, wenn dich der Müllerssohn anzeigt? Das könnte doch Konsequenzen für deine Arbeit hier auf dem Schloss haben?"

„Der traut sich nicht, mich anzuzeigen, weil ich ihm schon gesagt habe, was dann mit ihm passiert. Denkst du, ich bin blöd?"

125

An Schlaf war für Jasper nach diesen Mitteilungen kaum zu denken.

In den folgenden Minuten seufzte und stöhnte Otto. Vermutlich vor Schmerzen. Danach wurden diese Geräusche von lautem Schnarchen abgelöst, so dass Jasper keine Ruhe fand.

Er dachte nach.

So viel war in den letzten Tagen geschehen. Und jetzt Elisabeth. Welch Lichtblick nach diesen verwirrenden Tagen.

Dann hörte er es.

Erst leise, dann immer lauter hörte er Regen fallen. Die Tropfen mussten riesig sein, wenn sie mit dieser Lautstärke auf das Dach trommelten. Was für ein Segen für die Landschaft. Alles würde durch und durch mit Wasser getränkt. Das Wachstum des Grases und der Früchte würden dank der Nässe vorangetrieben werden.

Jasper freute sich. Auch für die Allstedter, die vermutlich ein Dankgebet in den Himmel schicken würden.

So lange hatten alle auf den Regen gewartet. Jetzt war er da. Mit Macht plätscherte es vom Dach herunter. Er konnte hören, wie Sturzbäche vom Dach auf den Innenhof herunter prasselten.

Dieses stetige Plätschern hatte etwas Beruhigendes. Er fühlte sich in seinem Bett geborgen und unter seiner Bettdecke warm und behaglich.

Wenn nur nicht die vielen Gedanken durch seinen Kopf kreisen und ihn am Schlaf hindern würden.

*Mittwoch*

Tatsächlich hatte der Schlaf ihn wohl irgendwann eingeholt.
Wie gerädert erwachte er davon, dass Otto fluchend in seine Kleidung schlüpfte.
Sein Auge war fast zugeschwollen und statt blau schon beinahe violett.
„Sprich mich bloß nicht von der Seite an, Jasper. Ich habe einen Brummschädel, als hätte ich eine Woche durch getrunken. Dabei hab ich gestern nur ein Bier gehabt. Mann, tut mir der Kopf weh."
„Otto, du siehst fürchterlich aus. Mit deinem Auge musst du unbedingt was machen. Ich erinnere mich, dass meine Mutter bei solchen Verletzungen Scheiben von rohem Fleisch aufgelegt hat, nachdem mein Großvater nach einem Sturz so ein blaues Auge hatte wie du gerade. Sie meinte, dass damit nicht zu spaßen sei. Frag doch mal in der Küche nach. Oder soll ich das für dich machen?"
„Ne, lass gut sein. Ich kümmere mich schon darum. Aber danke für den Hinweis. Vielleicht hilft es ja tatsächlich."
Otto war beinahe umgänglich. Dem schien es wirklich nicht gut zu gehen.
Etliche Wasserlachen waren auf dem Hof noch vorhanden, aber die Sonne hatte ihren Weg schon gefunden, so dass leichter Nebel über dem Gelände hing, der sich aber schon wieder lichtete.
Die Luft war frisch und es roch würzig nach Kräutern.
Der Misthaufen verströmte seinen Duft bis hierher. Jasper fragte Otto, ob der riesige Haufen nicht mal abgetragen werden müsste?
Otto gab knurrend zur Antwort, dass das nicht seine Sorge sein solle. Er sprang über eine Pfütze um trockenen Fußes die

127

Pumpe zu erreichen.

„Komm, Jasper beeil dich. Ich habe einen Bärenhunger und könnte einen Eimer Wasser trinken, so verdorrt fühlt sich meine Kehle an", mit einem Klatsch auf Jaspers Schulter sprang er weiter.

Gemeinsam wuschen sie sich am Brunnen und begaben sich in die Küche, wo die Köchin ihnen mit entsetztem Gesicht entgegen tänzelte.

Sie wollte genau wissen, wie Otto zu seinem blauen Auge gekommen war, bekam von ihm aber nur einen Teil der Wahrheit zu hören. Für Jasper hatte er einen warnenden Blick parat, so dass der sich lieber heraushielt.

Außerdem war ihm viel wichtiger, Elisabeth zu sehen. Sie zwinkerten sich, von den anderen unbemerkt, zu.

Auf Ottos Nachfrage bezüglich eines rohen Stück Fleisches, bekam er von der Köchin zur Antwort, dass hier kein Fleisch verschwendet werden würde. Genauso gut würden Scheiben einer rohen Kartoffel helfen. Sie schnitt ihm gleich eine große Kartoffel zurecht und er legte die Scheiben mit schmerzverzerrtem Gesicht aufs Auge.

Mit der einen Hand hielt er die Kartoffelscheibe fest, mit der anderen langte er beim Frühstück kräftig zu.

„Nachher kannst du dir bei mir eine Arnikatinktur abholen, Otto. Die trägst du dann häufiger am Tag auf. Mit der Kartoffelscheibe in der Hand kannst du wohl schlecht arbeiten!"

Otto bedankte sich ausgesprochen höflich. Inzwischen war der größte Teil des Gesindes und der Arbeiter, die mit der Renovierung beschäftigt waren, zum Frühstück eingetroffen.

Otto musste sich so einigen Spott gefallen lassen, grinste aber zu allen Unkenrufen.

„Kartoffelkopf" und „Kartoffelauge" waren auch harmlose

Varianten.

Immerhin stand er im Mittelpunkt und schien es zu genießen.

Aber auch der Regen der vergangenen Nacht war ein Thema.

„Gottesgeschenk" und „Das hat für die nächste Zeit genug gebracht" wurde freudig gerufen.

Erst als der Stallmeister den Raum betrat wurde es schlagartig still. Er sah auf Otto, ging auf ihn zu und meinte nur: „Dass da keine Klagen kommen!", drehte sich um und rief im Hinausgehen:

„Otto heute in den Marstall, Jasper die Pferde auf der Koppel striegeln. Die haben es nach diesem Regenguss mehr als nötig."

Dann war er wieder verschwunden.

Die Pferde striegeln. Jasper war begeistert.

Diesen edlen Tieren so nah kommen zu dürfen, empfand er fast als Auszeichnung.

Er freute sich unbändig darauf und strahlte in die Runde, was ihm einen bösen Blick von Otto einbrachte.

Dieses offensichtliche Missgönnen ignorierte er geflissentlich.

Was wollte Otto? Der hatte es doch viel besser – er durfte immerhin in den Marstall.

Jasper wollte sich seine Freude und damit verbundene gute Laune nicht verderben lassen.

Doch dann wurde ihm siedend heiß.

*

Er hatte noch nie ein Pferd gestriegelt.

Was sollte er jetzt machen?

Er konnte doch nicht einfach auf die Pferdewiese gehen und so tun als ob.

Er wusste ja nicht einmal, welche Dinge er für das Striegeln brauchte.

Otto.

Er musste Otto fragen. Egal, wie er ihn gerade angesehen hatte. Er war doch so etwas wie ein Freund. Er musste ihm doch helfen.

Gerade erhob sich der von seinem Sitzplatz. Die Kartoffelscheibe noch immer an sein Auge gepresst. Er wollte an Jasper, der sich ihm in den Weg gestellt hatte, vorbei gehen.

„Otto, bitte, ich brauche deine Hilfe. Können wir draußen kurz reden?"

„Hilfe? Du weißt doch sonst immer alles. Wieso brauchst du Hilfe?"

Jasper zerrte ihn am Ärmel auf den Hof und sprach auf ihn ein. Erzählte, dass er noch nie gestriegelt hätte und bat Otto, ihm zu erläutern, wie und womit er das machen solle.

Otto lachte schallend.

„Ne, du, das geht nicht so einfach mal schnell. Das ist eine Wissenschaft für sich. Da gibt es viel zu bedenken und zu berücksichtigen. Kannst nicht mal striegeln. Da wirst du wohl oder übel zum Stallmeister gehen müssen, um zu beichten. Viel Spaß dabei."

Damit nahm er energisch Jaspers Hand von seinem Jackenärmel und marschierte ab.

Das durfte doch nicht wahr sein. Das sollte ein Freund sein?

Nach kurzer Überlegung kam Jasper zu dem Schluss, dass er tatsächlich keine andere Möglichkeit hatte, als dem Stallmeister seine Unkenntnis zu gestehen.

Es war ihm mehr als unangenehm, diesen Menschen zu suchen. Er fand ihn schließlich durch einen Hinweis einer der Arbeiter, die für die Renovierung zuständig waren. Der hatte ihm berichtet, dass der Stallmeister vor einigen Augenblicken mit dem Schlossvogt zu den Gartenanlagen gegangen war.

Auch das noch. So würde der Schlossvogt auch von seiner

Unkenntnis erfahren.

Aber es nützte nichts. Je schneller er diese Angelegenheit erledigte, umso schneller war er davon.

Also auf zu den Gärten.

Gerade als er um die Mauerecke bog, die in die Gärten führte, stand er sowohl dem Stallmeister, als auch dem Schlossvogt gegenüber. Als hätten sie ihn erwartet. Und so war es wohl auch.

„Na, da kommt er ja. Hat lange genug gedauert", blaffte ihn der Stallmeister an.

Der Schlossvogt hatte ein Schmunzeln im Gesicht. So arg konnte es also für Jasper nicht kommen.

„Herr Furcht, ich bitte um Entschuldigung", weiter kam er nicht, denn der Stallmeister griff ihn am Arm und zog ihn um die Ecke, so dass er vom Hof her nicht mehr zu sehen war.

Jasper verstand nicht, was das Ganze sollte. Verwirrt schaute er von einem zum anderen.

„Ich wollte nur mitteilen, dass ich noch nie..."

Der Stallmeister unterbrach ihn mit unwirscher Handbewegung.

„Ja, ja, schon gut. Dass du noch nie Pferde gestriegelt hast? Das ist mir klar, junger Mann. Das habe ich doch schon erfahren, als du dich vorgestellt hast. Hast aber lange gebraucht, dass es dir auffällt. Wir dachten schon, du würdest dich unwissend an den Pferden vergreifen und sie irgendwie putzen."

„Na, Furcht, nun mal nicht so streng mit ihm. Er ist ja jetzt hier, um seine Sache richtig zu machen."

Dabei nickte der Schlossvogt Jasper wohlwollend zu.

Der wusste überhaupt nicht mehr, was er von der Situation halten sollte.

Der Stallmeister war immer noch grantig und wollte wissen, ob

Jasper niemanden um Hilfe gebeten hätte.

„Doch, Herr, das habe ich. Den Otto habe ich gefragt, aber der wollte nicht, ich meine, dem geht es nicht so gut." Er wollte Otto nichts Schlechtes.

„So, so, der Otto wollte nicht. Na ja, dass der sich auch ausgerechnet gestern prügeln musste. Hat uns fast den Plan vereitelt. Guter Mann sonst, der Otto. Guter Arbeiter, aber mit der Intelligenz hapert es ein bisschen." Dabei strich er sich nachdenklich übers Kinn.

Plan vereitelt? Jasper war verwirrt. Was hatte das zu bedeuten? Jetzt ergriff der Schlossvogt das Wort und erklärte Jasper, dass sie beide in Ruhe mit ihm über die Ereignisse auf dem Schloss sprechen wollten. Damit keiner etwas davon mitbekommen sollte, hatten sie sich diese Strategie überlegt. Otto wäre im Marstall weit genug weg, und von Jasper hatten sie nichts anderes erwartet, als dass er den Stallmeister suchen und zugeben würde, nichts vom Striegeln zu verstehen.

Erleichtert sah Jasper die Männer an und dachte an seine Mutter, die immer gesagt hatte, dass sich Ehrlichkeit am Schluss immer auszahlen würde. Gerade konnte er feststellen, wie recht sie hatte.

*

Noch einmal sollte er, nach Aufforderung des Schlossvogtes, die Zusammenfassung vom Verschwinden der Männer von sich geben. Einschließlich seiner Beobachtung vom Uhrenturm.

Als er geendet hatte, fragte der Stallmeister grimmig, wie er nur darauf gekommen war, dass er ihn zu sehen glaubte. Jetzt war Jasper sehr verlegen, weil er diese Vermutung doch gar nicht geäußert hatte. Also schwieg er und wartete ab.

„Um es kurz zu machen, Jasper", meinte der Schlossvogt, „ich habe mich beim Amtmann erkundigt, ob die drei sich bei ihm abgemeldet haben. Das ist nicht der Fall. Herr Furcht war immer davon ausgegangen, dass die Angaben, die er erhalten hatte, stimmten. Dem ist wahrscheinlich nicht so. Jetzt überlegen wir, was geschehen sein könnte, und kommen auf keinen gemeinsamen Nenner. Deine Suche nach dem faulen Johann war ja auch ergebnislos. Du warst wirklich überall?"

Jasper nickte.

Wie Verbündete standen sie still und nachdenklich.

„Die Sache muss aufgeklärt werden, bevor der Großherzog mit seiner Jagdgesellschaft hier eintrifft", meinte der Schlossvogt. „In einigen Tagen wird es hier übervoll mit Menschen sein. Die Verantwortung, dass unserem Herrn oder einem seiner Jagdfreunde etwas geschieht, ist zu groß."

Jasper war gespannt, was jetzt geschehen sollte.

„Der Amtmann schickt noch heute seine Männer zu den Familien aus, um herauszufinden, welche Nachrichten tatsächlich dort eingegangen sind. Sobald wir Auskunft von ihm erhalten, wirst du bei ihm vorstellig um noch einmal deine Version der Angelegenheit zu berichten. Wir werden hier trotz deiner ergebnislosen Suche noch einmal alles bis in den letzten Winkel absuchen. Und du hältst Augen und Ohren sehr weit auf, um etwas Brauchbares aufzuschnappen", bekam er vom Schlossvogt Anweisung.

Das waren ja Neuigkeiten. Endlich kam Bewegung in die Angelegenheit.

Der Stallmeister sah Jasper nachdenklich an.

„Wer hat eigentlich behauptet, dass ich mit deinem Vorgänger, dem Erwin Bruhns, Schwierigkeiten gehabt habe? Wir haben uns zwar tatsächlich häufig in den Haaren gelegen, aber das war für uns beide eher Spaß, weil wir uns gegenseitig schätzten und der Erwin sehr genau wusste, dass ich ihn wegen seiner Kompetenz zu meinem Nachfolger ausbilden wollte."

„Wer es mir erzählt hat, weiß ich nicht mehr, Herr Furcht. Aber es hieß tatsächlich, dass ihre Differenzen so groß waren, dass Erwin sich nach Weimar verdungen hat."

Kopfschüttelnd staunte der Stallmeister über diese Äußerung.

„Sehr bedenklich, das Ganze. Wenn man nur wüsste, was davon zu halten ist. Nun, hoffen wir mal, dass sich möglichst schnell alles klären wird."

Die beiden Männer schauten sich an.

„Und jetzt kannst du dich auf den Weg zur Stutenweide machen. Einer der Stallburschen des Marstalls wird schon für die Pferdepflege dort sein und dir zeigen, wie geputzt wird. Ich halte dich für einen sehr wissbegierigen und intelligenten jungen Mann. Die praktischen Erfahrungen fehlen dir zwar noch, aber daran kannst du arbeiten. Mal sehen, was wir aus dir machen können", kam es zu Jaspers großem Erstaunen vom Stallmeister.

Mit ehrfurchtsvoller Verbeugung verabschiedete er sich.

Sein Herz schlug heftig gegen seine Brust. Er hatte das Gefühl, gerade mehrere Zentimeter gewachsen zu sein. So ein Lob vom Stallmeister. Damit hatte er niemals gerechnet. Das hörte sich wundervoll an. *Mal sehen, was wir aus dir machen können.* Klang das toll!

Wie stolz wohl jetzt sein Großvater auf ihn gewesen wäre?

Diese freundlichen Worte wollte er im nächsten Brief an seine Mutter erwähnen, denn auch sie wäre glücklich, zu hören, dass er auf dem richtigen Weg war, und hier in Allstedt etwas aus ihm werden würde.

Aber jetzt lief er, nein, er rannte, um zur Pferdewiese zu kommen.

Während er an der Stuterei vorbeilief, sah er, dass zwei Knechte dabei waren, den Misthaufen abzutragen und auf ein Fuhrwerk zu hieven. *Na endlich, dass wurde auch Zeit,* dachte er und fragte im Vorbeirennen, wo der Mist hingebracht würde.

134

„Auf den Kartoffelacker, bevor dann die Kartoffeln gesetzt werden!", bekam er zur Antwort, die er gerade noch hörte, bevor er auch schon am Stallgebäude vorbei war.

*

Der Stallbursche war sicherlich schon mindestens fünfzig Jahre alt.

Wenn er so alt sein würde, wollte er auf jeden Fall mehr erreicht haben als dieser Mann, der ihn am Rand der Wiese erwartete.

Aber nett und freundlich und die Ruhe in Person war er.

Hans heiße er, stellte er sich vor.

„Na, dann wollen wir mal sehen, was du kannst oder wo es fehlt", schmunzelte er Jasper an.

„Ehrlich gesagt fehlt mir alles, um Pferde zu pflegen", gab Jasper zu.

Mit leichtem Stöhnen gab Hans ihm zunächst Unterricht in den Utensilien, die zur Fellpflege der Pferde gebraucht wurden. So lernte Jasper die verschiedenen Bürsten und Kämme kennen, die er gleich anwenden sollte.

Jaspers Herz klopfte in Vorfreude heftig gegen seine Brust.

Jetzt war er diesen schönen wertvollen Pferden so nah. Er durfte sie berühren, ihnen das Fell pflegen.

So wunderschön waren diese Tiere.

Neugierig waren einige der Stuten mit ihren Fohlen näher gekommen.

Es war seiner Nase nicht entgangen, dass das Fuhrwerk mit dem Mist gerade vorbei rollte.

Fleißig waren die Knechte, wenn sie so schnell eine Fuhre voll hatten, stellte er nebenbei fest.

Jasper amüsierte sich köstlich über das ausgelassene Toben der Fohlen, hörte aber dem Hans genau zu.

So konnte er, als er abgefragt wurde, alles wiederholen, was ihm gerade beigebracht worden war.

„Na, das gibt Hoffnung. Das kriegen wir hin", meinte Hans.

Er pfiff und eine der Stuten kam im Trab vom Ende der Wiese auf die beiden zu.

„Das ist Isabell, die kennt mich lange und erwartet, dafür, dass sie kommt, jetzt eine Möhre oder einen Apfel", dabei griff er in die Hosentasche und förderte einen Apfel zutage, den er dem Pferd hinhielt.

Hans erklärte Jasper, dass die Pferde durch Wälzen im Dreck oder auf Gras selbst für einen Teil ihrer Pflege sorgen könnten. Auch würden sie sich gegenseitig die Mähne kraulen und an unzulänglichen Stellen kratzen. Aber die Pflege durch die Menschen sei dennoch unabdingbar.

Wie sehr Jasper es genoss, diese wunderschönen Tiere streicheln zu können.

Als große Ehre empfand er es, diese kostbaren Geschöpfe berühren und putzen zu dürfen.

Jetzt wurde Jasper aber am lebenden Objekt genau gezeigt, wie er die Bürsten einzusetzen hatte.

In kreisenden Bewegungen sollte er zunächst mit der gröberen Bürste den stärksten Schmutz herausputzen.

Immer in Fellrichtung und auch den Bauch und die Beine nicht vergessen.

„Wenn du es richtig und auch behutsam machst, bleiben die Pferde still stehen, weil sie es genießen", erklärte Hans.

Jasper konnte sehen, wie die Stute die Augen genüsslich schloss und vor sich hin döste.

Dann kam die weichere Bürste dran, die das Fell zum Glänzen brachte.

Die Mähne wurde erst mit der Bürste, dann mit dem Mähnenkamm bearbeitet.

„Beim Schweif musst du immer unten anfangen. Sonst fügst du den Pferden Schmerzen zu, weil die Verknotungen sich nicht lösen. Und rede mit den Pferden, das mögen sie. Du kannst auch leise pfeifen, damit sie ruhig stehen bleiben. Wenn sie Vertrauen zu dir gefunden haben, hast du ganz leichte Arbeit."
Dann wurde der Kopf noch vorsichtig geputzt.
Zu guter Letzt waren die Hufe dran.
„Damit die Hufe schön geschmeidig bleiben, werden sie eingefettet. Guck mal, Jasper, mit der Hand streichst du das Bein herunter, damit das Pferd weiß, was jetzt kommt und sich nicht erschrickt. Dann fasst du hier unten kräftig an. Siehst du? Von ganz alleine legen sie dir ihr Bein in die Hand und heben so die Hufe hoch. Guck, jetzt einfetten und den Huf behutsam wieder aufsetzen. So einfach geht das. Du brauchst keine Angst haben, dass sie ausschlagen, wenn du alles langsam und bedächtig machst."
Hans war ein sehr geduldiger und guter Lehrer. Jasper schaute genau zu und als er aufgefordert wurde, das nächste Pferd zu striegeln, hatte er sich alles gemerkt und die nötigen Handgriffe zu Hans vollster Zufriedenheit ausgeführt.
Nachdem alle Pferde versorgt waren, gönnten sie sich eine Pause, legten sich in das inzwischen getrocknete Gras und plauderten miteinander.
Gerne wollte Jasper wissen, was ein Stallknecht verdiente. Er als Knecht bekäme 35 Taler bei freier Kost und Unterkunft. Das schien ihm eine unvorstellbar hohe Summe, die er zuvor noch nie bekommen hatte.
Hans erwähnte, dass ein einfacher Stallbursche 40 Taler, er als erster Stallbursche aber 45 Taler bekäme.
Oh, es würde sich also auch finanziell lohnen, in der Hierarchie aufzusteigen.
Jasper wollte wissen, woher Hans kam und hörte, dass

Sangerhausen seine Geburtsstadt war.

„Sangerhausen? Ja, kennst du dann den Karl, der hier im Herbst gearbeitet hat?", fragte Jasper interessiert.

„Den Karl Breuer? Ja, den kenne ich. Seine Familie wohnt unweit meiner. Aber der ist doch weggegangen, weil er sich mit eurem Stallmeister nicht vertragen hat, oder?"

„Na ja, wo er genau abgeblieben ist, weiß hier keiner. Bist du denn seit dem Herbst mal in Sangerhausen gewesen? Hast du ihn dort irgendwo gesehen, oder gehört, wo er hin ist? Ich meinte gehört zu haben, dass er zur See wollte?"

„Der Karl und zur See? Ne, wie kommst du denn da drauf? Der hat doch sein Lebtag noch kein Meer zu sehen gekriegt. Ne, das glaub ich nicht. Der wollte doch immer nur in den Stallungen arbeiten. Wollte sich doch hocharbeiten, um irgendwann mal Stallmeister zu werden? Aber zu Hause war ich seit dem letzten Sommer nicht mehr. Weshalb interessiert dich das eigentlich?"

Jasper berichtete davon, dass neben dem Karl noch zwei weitere Männer verschwunden waren und fragte, ob das nicht bis in die Stadt oder den Marstall vorgedrungen sei.

Hans meinte, dass er davon bestimmt gewusst hätte, wenn diese Nachrichten unten im Marstall angekommen wären.

Na, das war ja spannend. Jasper wunderte sich.

Er fragte sich, was der Pfarrer wohl inzwischen unternommen hatte. Wie wollte der denn an Informationen kommen, wenn er niemandem Fragen stellte?

Merkwürdig.

Hans meinte, dass er, wenn er im Herbst seine Schwester in Sangerhausen besuchen wollte, mal nach dem Karl fragen würde. Das wäre ja viel zu spät. Nur konnte Jasper dies nicht erwähnen.

Es war nett, sich mit Hans zu unterhalten. Seine ruhige Art

sprach Jasper sehr an.

„Ist Sangerhausen weit weg von hier?", wollte er wissen. „Und ist es ein schöner Ort?", fragte er weiter.

„Ja, Sangerhausen ist sogar sehr hübsch. Zu Fuß brauchst du von hier vielleicht an die vier Stunden, ich denke es sind so 8 Meilen. Die Stadt ist viel größer als Allstedt. Ich glaube, zur Zeit leben etwas über 6000 Menschen dort. Wir haben alte schöne Gemäuer und auch recht ansehnliche neue Gebäude. Bekannt ist dir vielleicht der Hexenturm? Ein Überbleibsel des alten Schlosses. Im Turm sollen im 17.Jahrhundert mehrere Hexen verurteilt und dann verbrannt worden sein. Grauselig, diese Vorstellung. Auch der alte Münzturm ist noch erhalten. Und unser Rathaus ist noch von 1550. Aber vor allem sind wir Sangerhausener stolz auf unsere selige Jutta, so wie ihr Allstedter auf euren Thomas Müntzer."

„Äh, ich bin kein Allstedter, aber das konntest du nicht wissen. Aber Jutta? Das sagt mir nichts. Wer ist denn diese Jutta?"

„War. Es muss: wer war heißen. Sag bloß, du hast noch nie von ihr gehört? Sie ist doch eine Berühmtheit."

Jasper schüttelte den Kopf. Er kannte die Frau nicht und bat Hans, ihn aufzuklären.

„Nun, die Jutta aus Sangerhausen hat im 13.Jahrhundert gelebt. Sie soll früh Witwe geworden sein. Nachdem sie ihre Kinder wohl versorgt wusste, hat sie ihr Vermögen verschenkt und ihr Leben den Armen und Aussätzigen und der Krankenpflege geopfert. Stell dir vor, Jasper, sie ist zu Fuß alleine fast 350 Meilen als Bettlerin bis nach Culmsee gewandert. Dort soll sie lange Zeit in einer Lehmhütte im Wald als Einsiedlerin gelebt haben. Und ihre Wohltätigkeit vor allem für die Leprakranken und die Ärmsten unter den Armen hat ihr größte Verehrung eingebracht. Sogar ein Hospital, St. Georg geheißen, hat sie dem Ort Culmsee gestiftet. Sie hat soviel Gutes bewirkt, dass sie schon einige Jahre nach ihrem Tod selig gesprochen wurde. Und nicht nur wir Sangerhausener verehren sie sehr."

Jasper war tief beeindruckt von der Leistung dieser Frau.

Er lehnte, ebenso wie Hans, mit dem Rücken am Gatter. Ein Grashalm im Mund, auf dem er herumkaute und den Blick auf die wunderschönen Pferde gerichtet.

„Kannst du eigentlich reiten, Jasper?", wollte Hans wissen.

„Nein, aber ich habe schon einmal ein Fuhrwerk, beladen mit Strohgarben, gefahren. Und das ging recht gut", gab er zur Antwort.

„Na ja, das ist nun wirklich nicht vergleichbar. Na, mal sehen, vielleicht lass ich dich irgendwann mal auf dem Rücken von Isabell, meiner Lieblingsstute sitzen. Oder willst du jetzt gleich mal kurz aufsitzen?", grinste er.

Natürlich wollte Jasper. Das war doch gar keine Frage. Hans pfiff Isabell heran, streichelte sie und forderte Jasper auf, sich auf ihren Rücken zu schwingen. Jasper wusste nicht, wie er da hinauf kommen sollte und fragte Hans.

Der verschränkte seine Hände ineinander, hieß Jasper seinen Fuß hineinstellen und hob ihn hoch.

Jasper lag mit dem Bauch auf dem Pferderücken und quälte sich dabei, das eine Bein über den Rücken zu legen, was ihm auch nach kurzer Anstrengung gelang. Als er gerade stolz zu Hans herabsehen wollte, fand er sich plötzlich mit schmerzender Hüfte im Gras liegend.

Hans lachte schallend. Jasper schaute verwirrt, und fragte, wie das geschehen konnte.

Vor Lachen hielt Hans sich den Bauch und gluckste seine Antwort nur.

„Oh Mann, ich lache dich nicht aus, aber du hättest gerade dein verblüfftes Gesicht sehen sollen. Ein Pferderücken ist glatt, Junge. Wenn du dich nicht in der Mähne festhältst, und deine

Beine nicht an den Pferdebauch drückst, rutscht du einfach ab. Aber nichts für ungut – das ist jedem schon mal passiert. Hauptsache, du hast dir nichts gebrochen. Willst du es gleich noch mal versuchen?"

Nein, Jasper wollte nicht. Er hielt sich die schmerzende Hüfte, bewegte vorsichtig Arme und Beine, um zu sehen, ob etwas verletzt war, und fiel Augenblicke später in das Lachen von Hans ein.

Das musste wirklich zu komisch ausgesehen haben, als er wie ein Aal vom Pferderücken glitt.

Hans pfiff vor sich hin. Eine lustige, heitere Melodie hörte Jasper, die ihn irgendwie berührte.

Es klang so fröhlich. Er fragte Hans nach dem Lied und bekam zur Antwort, dass es "Sommerlied" heißt.

„Ich kann es dir vorsingen, wenn du willst", bot er an. Als Jasper zustimmend nickte, sang Hans mit lauter Stimme.

*Geh aus, mein Herz, und suche Freud*
*in dieser lieben Sommerzeit*
*an deines Gottes Gaben.*
*Schau an der schönen Gärten Zier*
*und siehe, wie sie mir und dir*
*sich ausgeschmücket haben, sich ausgeschmücket haben.*

So ein schöner lebendiger Text.

Jasper erkundigte sich, ob es noch mehr Strophen gäbe, was Hans bejahte.

Die folgenden Worte ergriffen sein Herz ebenso, wie die erste Strophe.

Er bat Hans, die Verse einige Male zu wiederholen, damit er Elisabeth dieses beschwingte, zu Herzen gehende Lied vorsingen könnte. Besonders die letzte Strophe hatte es ihm angetan.

*Ich singe mit, wenn alles singt*, wie sehr das seine Seele ansprach.

Er und Hans verstanden sich wirklich prächtig. Die Pause, die sich gegönnt hatten, war etwas lang ausgefallen, so dass die Mittagsmahlzeit schon in greifbare Nähe gerückt war. Es wurde Zeit, aufzubrechen, und es fiel Jasper schwer sich zu verabschieden.

Beinahe ein väterlicher Freund war ihm Hans in diesen Stunden geworden.

„Guck mal im Marstall vorbei, wenn du in der Stadt bist", wurde er freundlich aufgefordert.

„Ja, das mache ich gerne, Hans. Und ganz herzlichen Dank für alles!"

\*

Am Stallgebäude vorbeikommend bemerkte Jasper, dass der Misthaufen entgegen seiner Erwartung noch nicht wesentlich geschrumpft war. Zwar stand das Fuhrwerk mit dem geduldigen Pferd noch daneben, aber von den Knechten war keine Spur zu sehen.

Na, so fleißig waren sie dann wohl doch nicht.

Auf dem Weg zur Küche überlegte er, was der Schlossvogt und der Stallmeister inzwischen erreicht haben könnten.

Da er jetzt wusste, dass die Reise nach Sangerhausen zu Pferd wohl etwas mehr als eine Stunde dauern würde, und zunächst Menschen ausfindig gemacht werden müssten, die über den Verbleib von Karl etwas äußern könnten, wäre wohl vor dem Abend nichts zu erfahren.

Wie lang der Weg nach Weimar war, wo nach seinem Vorgänger, dem Erwin Bruhns, geforscht werden würde, konnte er nicht abschätzen. Vermutlich waren es mehr als 35 Meilen.

Als er sich auf den Weg aus seinem Heimatdorf nahe Weimar machte, hatte er die Strecke nicht an einem, sondern an mehreren Tagen zurückgelegt, weil er auf Arbeitssuche gewesen war.

Wenn aber die Pferde unterwegs gewechselt würden, müssten eigentlich für die Hin- und Rückreise drei Tage genügen.

Drei Tage – das war eine lange Zeit.

Da wären die Nachrichten aus Sangerhausen um einiges schneller zu erwarten.

Aber vor dem morgigen Tag würde er wohl nichts Neues erfahren. Dann bliebe immer noch der Verbleib des faulen Johann, von dem er wusste, dass er keine Angehörigen mehr hatte.

Ein trauriges Los war dem Johann vor etlichen Jahren widerfahren, hatte Jasper gehört. Nachdem Johanns Eltern gestorben und ihm ihr bescheidenes Haus hinterlassen hatten, und er es gerade mit seinem Weib und seinem Sohn für sich hergerichtet hatte, sei es bei einem furchtbaren Gewitter niedergebrannt.

Sein Weib und sein einziges Kind seien in den Flammen umgekommen, während Johann in der Wirtschaft gesessen hatte, um sich zu betrinken. Das habe er nie überwunden und suchte im Schnaps sein Vergessen, denn Verwandte, die ihm hätten helfen können, gab es nicht.

Wie sollte man denn herausfinden, wo er geblieben war?

Die ganze Angelegenheit nahm merkwürdige Ausmaße an.

Viel lieber wäre es Jasper gewesen, wenn er wieder ein ganz normales einfaches Leben führen könnte, ohne über irgendwelche absonderlichen Geschehnisse nachdenken zu müssen.

Dann hätte er ausschließlich die Freude daran, Elisabeth begegnet zu sein.

Obwohl und vielleicht weil sich sein Leben gerade durch all die Ereignisse zum Positiven verändern würde.

Wie schön es doch wäre, auch durch die Befürwortung der beiden einflussreichen Vorgesetzten im Arbeitsleben voran zu kommen.

Sein Kopf war so voll mit Gedanken und sein Herz so erfüllt von dem, was ihn berührte.

Seine Freude über das Arbeiten mit den Pferden, aber auch über die Begegnung mit Elisabeth.

Die Freundschaft zu Otto, die so ganz anders war, als seine Freude darüber, dem Hans begegnet zu sein. Otto war so oft mürrisch, dann aber wieder lustig und gut drauf.

Wie unterschiedlich die Menschen doch waren.

Er summte das gerade erlernte Lied vor sich hin.

Wie ein Herzöffner kam es ihm vor. Was Elisabeth wohl dazu sagen würde?

Sein Magen meldete sich laut knurrend, darum beeilte er sich, in der Küche einen Platz zu erhaschen, an dem er als einer der Ersten seine Mahlzeit erhalten würde.

Elisabeth war nicht zu sehen, was er schade fand. Nun, er würde sie spätestens am Abend irgendwo treffen können.

Hoffte er.

Der Tag konnte noch sehr lang werden.

Am Nachmittag würde er wieder Wasser schleppen, die Burghöfe fegen und Holz heranholen.

Dies alles störte ihn heute überhaupt nicht.

Hatte er doch mit den Pferden arbeiten dürfen und eine Bekanntschaft gemacht, die ihm schon jetzt viel bedeutete.

Die Gespräche drehten sich in der Küche fast alle um die baldige Ankunft der Jagdgesellschaft.

Jasper fragte in die Runde, ob einer der Anwesenden den Großherzog schon einmal gesehen hatte. Verschiedene

144

antworteten stolz mit ja.

Die Köchin, die die Frage aufgeschnappt hatte, tänzelte an den Tisch und begann schwärmerisch von ihrer Begegnung mit dem Großherzog zu erzählen.

„Im Schlosshof bin ich beinahe einmal mit ihm zusammengestoßen. Ich war auf dem Weg zu meiner Kammer, ging gerade am Brunnen vorbei, als er vor mir stand. Er ist fast doppelt so kräftig wie ich", lachte sie in die Runde. „Und er war so gütig, einige Worte an mich zu richten. Sagte mir, dass er sich freue, wie gut ich die Küche in seiner Abwesenheit regieren würde. Ihm seien nur lobende Worte zu Ohren gekommen." Dabei schwang sie ihren Kochlöffel und drohte mit verschmitztem Gesicht „Nicht, dass sich daran etwas ändert, meine Lieben!"

Alles lachte und die Stimmung wurde durch diese kleine Geschichte noch lebendiger.

Jeder wollte mit einer Begegnung prahlen und so bekam Jasper bestätigt, was er schon gehört hatte. Der Großherzog war scheinbar ein sehr menschlicher Herrscher.

Es war fast schade, als die Pause um war und alle sich wieder ihrer Arbeit widmen mussten.

Seiner Mutter hatte er wieder eine ganze Menge zu berichten. Das wollte er in den nächsten Tagen, wenn er mehr erfahren hätte, auch gleich in einem ausführlichen Brief niederschreiben.

*

Wie es Otto wohl ging? Ob sein Auge schon etwas abgeschwollen war?

Wie mag es ihm im Marstall ergangen sein?

Nutzte sein Freund diese Möglichkeit, einen guten Eindruck zu hinterlassen, um einen besseren Arbeitsplatz zu bekommen?

Er war sehr neugierig, was Otto am Abend zu erzählen hatte.

Beide Arme voller Holz kam er gerade vom ersten Burghof, als er hörte, dass der Stallmeister seinen Namen rief.

Mit laut polternder Stimme, wie Jasper es gewohnt war.

Nichts von der Freundlichkeit des frühen Morgens klang darin mit.

Schnell lief er auf den Stallmeister zu, verbeugte sich und wartete, was gleich kommen würde.

„Liefere dein Holz bei der Köchin ab und laufe in die Stadt, um den Pfarrer und den Amtmann zu holen. Beeile dich. Es ist wichtig. Beide bringst du umgehend in das Büro des Schlossvogtes und kommst auch gleich mit ihnen mit. Frag nicht lange, guck nicht so und sieh zu, dass du den Auftrag erledigst. Du kannst die Abkürzung über den Berghang nehmen, dann bist du schneller unten. Und mache es dringend, der Schlossvogt wartet nicht gerne!"

Jasper stellte keine Fragen, aber in ihm brodelte es vor Neugier.

Was war denn jetzt los? Den Pfarrer und den Amtmann holen? Was konnte geschehen sein, dass diese beiden zum Schlossvogt beordert wurden?

Zügig ging er zur Küche, legte das Holz an seinen vorgesehenen Platz und sputete zum Torturm hinaus. Kurz überlegte er, ob er die Abkürzung nehmen sollte, aber er entschied sich dagegen. Es würde gerade noch fehlen, dass er ins Straucheln geraten und sich dabei Arme oder Beine brechen würde. Seine Hüfte spürte er schließlich auch noch.

Nein, lieber rannte er den Weg, den er gut kannte. Sich sicher, so auch schnellstens in der Stadt anzukommen.

Hoffentlich konnte er beide Männer erreichen.

Er hatte großes Glück, denn der Pfarrer begegnete ihm auf der Straße vor der Kirche.

Noch völlig außer Atem sagte er sein Sprüchlein auf.

Erstaunt starrte der heilige Mann ihn an, fragte, welchen Anlass es für diese dringliche Aufforderung gab und wollte wissen, weshalb Jasper auch den Amtmann aufsuchen sollte.

Der erwiderte, dass er nicht mehr wüsste, als genau das, was er gerade mitgeteilt hatte, bat den Pfarrer um gebührliche Eile und rannte weiter zum Amtshof, um dem Amtmann die Nachricht zu überbringen.

Er hatte keine Zeit, sich das ehrwürdige alte Gebäude anzusehen, merkte aber, dass es sehr beeindruckend war. Zu einer späteren Zeit wollte er sich darüber genauer erkundigen.

Er hörte vom angrenzenden Marstall das Wiehern einiger Pferde, warf einen sehnsüchtigen Blick hinüber und bedauerte, dass dies nicht der Moment war, an dem er die Pferde betrachten konnte.

Seine Mütze hatte er sich schon vom Kopf genommen, hielt sie in der Hand und merkte, wie sehr sein Herz beim Betreten des Gebäudes klopfte.

Unter normalen Umständen würde er diese Amtsräume nicht betreten, es sei denn, er hätte sich etwas zu Schulden kommen lassen, oder hätte sich einen Reiseschein ausstellen lassen müssen.

Jetzt fragte er nach dem Amtmann, und als er von oben herab angesehen wurde, fügte er ein, dass der Schlossvogt um dessen schnellstes Erscheinen gebeten hatte.

Dieser Spruch zeigte Wirkung, und so wurde er umgehend in das Büro des Amtsmannes gebracht.

Dort stellte er sich vor und sagte auch hier sein Sprüchlein auf.

Bedächtig und keineswegs in Eile erhob sich der Mann, kam um den riesigen Tisch herum auf Jasper zu und wollte in aller Ausführlichkeit wissen, was genau ihm aufgetragen war.

Seine bedächtige Art und seine Ruhe zeigte Jasper, dass er hier mit dem wichtigsten Mann in Allstedt sprach.

Der Amtmann rief seinem Sekretär zu, dass seine Droschke

vorzufahren sei und gönnte sich einen Schluck aus seinem Weinglas.

„So, so, du bist also der Jasper Harder. Habe schon von dir gehört. Du bist also der, der sich Gedanken um die verschwundenen Männer macht? Rühmlich, rühmlich. Wie bist du hergekommen, zu Pferd?"

„Nein, Herr, ich bin gelaufen."

Der Amtmann legte eine Hand auf Jaspers Schulter.

„Nun, dann will ich mal großzügig sein. Du kannst mit mir in der Droschke fahren. Bei der Gelegenheit erzählst du mir dann, was vorgefallen ist."

Auf dieses Angebot hätte Jasper gerne verzichtet. Diese Autoritätsperson flößte ihm großen Respekt ein, weshalb er den Weg zurück lieber gelaufen wäre. Aber daran war nicht zu denken, denn schon kam die Rückmeldung, dass die Droschke bereit stand.

Ehe er sich versah saß er neben dieser wichtigen Person und die Fahrt ging hinauf zum Schloss.

Wegen seiner verschmutzten Kleidung kam Jasper sich neben dem gut gekleideten Herrn recht schäbig vor und setzte sich, so weit es ging, in die Ecke der Droschke.

So elegant wollte er auch einmal gekleidet sein. Mit weißem Hemd, Weste und Jacke. Das hätte schon was und würde sicher einiges hermachen.

Wegen der vielen Fragen, die der Amtmann stellte, kam Jasper gar nicht dazu, die Fahrt zu genießen. Er passte genau auf, was gefragt wurde und antwortete, so gut es ging.

Der Wachsoldat salutierte und ließ die Pferdedroschke ohne Aufhebens vorbei.

Schon waren sie vor dem Gebäudetrakt des Schlossvogtes angekommen und stiegen aus.

Einer der Knechte nahm sich der Droschke an.

Der Pfarrer war auch schon eingetroffen und stand mit Schlossvogt und Stallmeister auf der Treppe.

Jaspers Atem ging vor Aufregung schnell, seine Hände schwitzten und sein Herz hämmerte in der Brust. Um was mag es hier gehen, fragte er sich.

Freundlich und mit Danksagung wurde der Amtmann begrüßt.

Der Schlossvogt voraus ging es in das Büro und die Anwesenden wurden gebeten Platz zu nehmen.

Jasper fühlte sich immer unwohler.

Dies war nicht seine Welt. Was hatte er hier zu suchen? Wie sollte er sich verhalten, welches Benehmen war richtig?

Oh könnte er doch einfach verschwinden. Er fühlte sich so deplatziert zwischen diesen Männern.

Aber andererseits war er so unendlich neugierig.

Wein und auch Bier wurde angeboten. Jasper wunderte sich, dass sie sich über belanglose Dinge unterhielten. Worum ging es denn hier?

Dann endlich bat der Schlossvogt um Gehör. Mit ernster Miene schaute er die Versammelten an.

„Es ist furchtbar, was vor einigen Stunden von zwei Knechten entdeckt wurde, als sie dabei waren, den Misthaufen abzutragen. Nachdem sie eine Fuhre bereits aufs Feld gebracht hatten und das Fuhrwerk gerade zum zweiten Mal füllten, haben sie unter dem Miste den faulen Johann gefunden. Herr Pfarrer, sie habe ich hergebeten, damit sie ein Gebet für den armen Mann sprechen. Sie, Herr Amtmann, musste ich natürlich herauf bitten, um die Angelegenheit zu überprüfen. Wir wissen noch nicht, wie der Johann zu Tode gekommen und auf den Misthaufen gelangt ist, aber es sieht so aus, als sei sein Genick gebrochen. Furchtbar, furchtbar das Ganze. Ich habe schon einen Boten zum Tischler in die Stadt geschickt, um noch heute einen Sarg liefern zu lassen."

Jasper war entsetzt. Nicht nur ihm hatte es die Sprache verschlagen.

Fassungslose Gesichter beim Pfarrer und Amtmann.

Wer hatte das getan?

War es tatsächlich der faule Johann, der vor einigen Abenden über die Burghöfe gezerrt worden war?

Hatte er tatsächlich ein Verbrechen beobachtet?

Er hörte gar nicht, was im Raum besprochen wurde. Seine Gedanken jagten wild durch seinen Kopf. Gerne hätte er jetzt vom Wein oder vom Bier getrunken, weil seine Kehle plötzlich so ausgedörrt war. Aber er traute sich gerade nicht, um einen Becher zu bitten.

Gerade bekam er mit, dass der Leichnam begutachtet werden sollte. Aber doch wohl hoffentlich nicht von ihm? Das wollte er auf gar keinen Fall sehen. Ein Mensch der mehrere Tage im Misthaufen gelegen hatte – nein danke.

Seine Sorge war unbegründet. Der Schlossvogt gab ihm den Auftrag dafür zu sorgen, dass das gesamte Gesinde sich binnen einer Stunde im Schlosshof versammeln sollte. Der Amtmann und der Schlossvogt wollten eine Ansprache halten. Jasper sollte über den Grund des Anliegens schweigen.

Froh, dieser Situation entkommen zu sein, machte er sich auf, um seinen Auftrag auszuführen.

Die Übelkeit saß ihm noch in den Gliedern und er versuchte, sich zu beruhigen.

Nichts über die Angelegenheit zu sagen, erübrigte sich, weil die schreckliche Kunde durch die Knechte schon die Runde gemacht hatte.

Überall standen kleine Grüppchen und unterhielten sich über das entsetzliche Ereignis.

In der Küche saß die Köchin neben den Knechten, die ihren Schock hier mit einem Bier zu verarbeiten suchten. Kreideweiß

150

waren die beiden.

Jasper rannte von einem Ort zum nächsten. Allerdings brauchte er nirgendwo eine Erklärung für die Aufforderung des Schlossvogtes vortragen. Alle wussten Bescheid. Entsetzen, wohin er auch kam.

Die Stunde verflog und schon waren sie im Schlosshof versammelt. Einige Tränen flossen.

Die Angst war förmlich zu greifen. Wer mochte als nächstes dran sein und getötet werden? Schaudernd und flüstern raunten sie sich diese Möglichkeit zu.

Jasper stand neben Elisabeth, Schulter an Schulter, um sich nah zu sein.

Der Schlossvogt fragte zunächst, ob alle da waren, oder ob jemand fehlte. Dann berichtete er in knappen Worten, was entdeckt worden war. Danach sprach der Amtmann. Er wollte von jedem Einzelnen wissen, wann der faule Johann zuletzt gesehen worden war, oder ob jemandem vor seinem Verschwinden etwas Besonders oder Merkwürdiges aufgefallen war. Jeder der Anwesenden sollte genau überlegen, und dann ins Büro des Schlossvogtes kommen, um ihm dort Bericht zu erstatten.

Inzwischen sollte unter Aufsicht des Stallmeisters der Rest des Misthaufens abgetragen werden, um zu schauen, ob die beiden anderen Vermissten sich auch darunter befanden. Dafür wurden zwei Freiwillige erbeten, denn den Knechten, die den Leichnam entdeckt hatten, war dies nicht mehr zuzumuten.

Ein Raunen ging bei dieser Aufforderung durch die Menge.

Aber einige Hände hoben sich nach kurzem Zögern, um die Arbeit auszuführen. Mutig wurden sie leise wispernd genannt. Anerkennung wurde ihnen gezollt, aber tauschen hätte niemand mit ihnen mögen.

Gerade fiel Jasper wieder ein, dass ihn die Höhe des

Misthaufens vor einigen Tagen überrascht hatte. Das wollte er, wenn er an der Reihe wäre, dem Amtmann mitteilen.

Und ganz plötzlich dachte er an Otto. Der war noch unten im Marstall. So hob er die Hand, um dies mitzuteilen.

Alles starrte ihn an.

Der Stallmeister erlöste ihn mit den Worten, dass er wüsste, dass Otto mit Arbeiten im Marstall beschäftigt sei und kein Grund zur Beunruhigung vorhanden sei. Er würde ihn vernehmen, wenn er zurück käme.

Hörbar ließen einige die Luft, die sie angehalten hatten, aus.

Der Reihe nach ging es jetzt ins Büro des Schlossvogtes. An Arbeiten war im Augenblick nicht zu denken – und es wurde auch nicht verlangt. Erst nach den Verhören wurden sie aufgefordert, ihrer Arbeit wieder nachzugehen.

Jasper nutzte die Gelegenheit, um sich mit Elisabeth auszutauschen. Auch sie war wie alle anderen zutiefst erschrocken.

Gebannt wie viele, sah sie dabei zu, wie sich die Freiwilligen zum Misthaufen begaben, um ihn abzutragen. Als fast alle verhört worden waren, kamen die beiden von ihrer schrecklichen Arbeit zurück.

Blass im Gesicht erzählten sie den Neugierigen, dass „Gott sei es gedankt", keine weiteren Leichen geborgen wurden, so dass der Mist auf die Felder gebracht werden konnte.

Natürlich wollte jeder wissen, in welchem Zustand der faule Johann sich befand.

In der Küche wurden die beiden Knechte, die den Leichnam geborgen hatten, ausgefragt.

„Das wollt ihr nicht wirklich wissen", meinte der eine. „Der sieht natürlich nicht mehr allzu gut aus. Hat ja einige Tage da gelegen. Kein schöner Anblick, kann ich euch versichern. Aber eins kann ich sagen, es sieht aus, als sei sein Genick gebrochen.

Der Meinung ist auch unser Herr Furcht."

Spekulationen gingen hin und her.

Jeder malte ein scheußlicheres Bild vom Zustand Johanns.

Inzwischen war der Pfarrer herausgekommen, um mitzuteilen, dass er dafür Sorge tragen würde, dass Johann in der Stadt von der Totenfrau gewaschen und mit einem Leichenhemd ausgestattet werden würde. Für eine würdige Beerdigung käme die Armenkasse auf und der Schlossvogt würde einen Stein stiften, in dem die Steinmetze die Lebensdaten von Johann einarbeiten sollten. Er wäre erfreut, wenn alle zur Beerdigung, die am folgenden Tag stattfinden würde, kämen.

„Das sind wir alle Johann schuldig!", schloss er eine kurze Anrede und fügte bedächtig an:

„Gott sei seiner armen und geschundenen Seele gnädig. Möge der Herr geben, dass wir den Schuldigen schnell finden, damit er seiner gerechten Strafe zugeführt werden kann."

Er erhielt für diese Worte zustimmendes Nicken und dem Schlossvogt wurde für seine großzügige Geste wegen des Grabsteines Respekt gezollt.

Der Leichnam wurde auf einen Karren gelegt und zur Stadt hinunter gebracht. Dort würde er dann in seinem Sarg mit dem Leichenwagen zum Friedhof gebracht werden. Viele bekreuzigten sich, als der Wagen an ihnen vorbei rollte. Sie mochten zwar nicht hinsehen, aber die menschliche Neugier hielt sie dennoch nicht davon ab. Einige hielten sich die Nase zu, weil der Geruch, der vom Karren herüberwehte, wahrlich nicht angenehm war.

Elisabeth meinte zu Jasper, dass sie überlegte, ob sie sich nicht lieber Arbeit in einer der vielen neu entstehenden Fabriken suchen solle. Da sei es gewiss sicherer als hier oben im Schloss.

Jasper konnte dazu nichts sagen. Er wusste nicht, um welche

Art Arbeit es in einer Fabrik gehen würde und Elisabeth, die sich schon schlau gemacht hatte, klärte ihn auf.

Es gäbe, so berichtete sie, neuerdings die Möglichkeit in einer Fabrik neben einigen Männern im Büro beschäftigt zu werden.

Die Bücher müssten geführt werden, sie wisse zwar nicht, was das bedeutet, aber sie sei lernfähig, könne sehr gut rechnen und schreiben, und überlegte ernsthaft, dort einmal vorzusprechen.

Abgesehen davon, meinte sie, wäre das wohl eine geruhsamere Arbeit, als die, die sie hier verrichtete. Und, betonte sie, sie könne wieder unten in der Stadt wohnen. Dort sei es allemal friedlicher und sicherer als hier oben, wo den Leuten das Genick gebrochen würde.

Jasper hörte ihr interessiert zu. Er bewunderte Elisabeth für ihren Mut, ganz neue Wege gehen zu wollen. Sie imponierte ihm sehr. Er sprach ihr Mut zu und wünschte ihr viel Erfolg.

Mehr Zeit hatten sie allerdings nicht – die Arbeit rief. So verabredeten sie sich für den Abend.

\*

Die Unruhe blieb auch, nachdem der Leichnam längst in die Stadt gebracht worden war.

Da Jasper weder vom Schlossvogt, noch vom Stallmeister etwas sah oder hörte, begann er wieder mit seinen Tagesaufgaben.

Erst zur Zeit des Abendessens kamen sie alle wieder zusammen.

Anfangs war die Stimmung sehr gedrückt, als die Köchin aber strahlend verkündete, dass der Schlossvogt wegen der traurigen Ereignisse des Tages für den heutigen Abend Wein für alle spendiert hätte, hob sich die Laune zusehends.

Auch gab es nicht, wie sonst meistens, Graupen mit Räucherspeck, sondern ein sehr reichhaltiges Angebot an Wurst und Käse, weshalb kräftig zugegriffen wurde. Dazu der gute Wein, schon ging das Reden los.

„Glaubt ihr, dass das nächste Woche alles in dem Allstedter Wochenblatt nachzulesen ist?", wollte einer der Gärtner wissen.

„Allstedter Wochenblatt?", fragte Jasper erstaunt. „Hat denn die Stadt eine eigene Zeitung?"

„Ja, da sind wir mächtig stolz darauf. Seit über einem Jahr gibt es die und wir erfahren eine ganze Menge dadurch", bekam er zur Antwort.

„Ich denke, dass der Zeitungsschreiber, wenn er von dem toten Johann hört, viele Fragen stellen wird. Das ist doch eine Sensation mit der Leiche. Bin mal neugierig, was er aus dem Vorfall macht", meinte der Gärtner.

Plötzlich wurde Otto, der noch immer ein verquollenes Auge hatte, mit großem Hallo begrüßt.

Er wunderte sich über den Wein, der ausgeschenkt und reichlich getrunken wurde. Auch das Abendessen verblüffte ihn.

„Was ist denn hier los? Euch geht es ja gut. Was ist denn der erfreuliche Anlass?", wollte er wissen.

Von allen Seiten prasselte es auf ihn ein. Ober er denn noch gar nichts gehört hätte?

Wie er es fand, dass der faule Johann unter dem Mist gelegen hatte?

Was er glaubte, wer das Verbrechen begangen hätte.

Und so weiter.

Otto ließ sich, erst blass, dann dunkelrot anlaufend, auf seinem Stammplatz nieder und gönnte sich zunächst einen Becher Wein, den er mit einem Zug leertrank. Sofort füllte er den Becher noch einmal und stürzte auch diesen Inhalt hinunter.

Erschrocken und fassungslos sah er dann das Gesinde der

Reihe nach an.

Nein, er hätte von dieser Geschichte noch nichts gehört. Im Marstall wurde hart gearbeitet, und er sei gleich, nachdem er sein Tagwerk verrichtet hatte, hoch gelaufen, um noch rechtzeitig zum Essen wieder hier zu sein.

Haarklein ließ er sich erzählen, wie der Ablauf gewesen war, wer den Toten entdeckt hätte, was mit der Beerdigung sei, und was jetzt weiter geschehen sollte.

„Bist du denn noch gar nicht verhört worden, Otto? Wir waren alle schon dran", wollte einer wissen.

Otto wischte sich die schweißnasse Stirn ab und verneinte die Frage. Er sei doch gerade erst gekommen. Was denn gefragt würde?

Jeder wollte seine Befragung, die bei allen gleich abgelaufen war, zum Besten geben.

Immer wieder wischte Otto sich den Schweiß von der Stirn. Jasper befürchtete, dass sein Freund zu schnell herauf gelaufen war und dann zu schnell zu viel Wein getrunken hatte.

Ein lautes Schluchzen lenkte die Aufmerksamkeit auf den alten Friedrich, dem die Tränen wie ein Sturzbach über das alte zerfurchte Gesicht rannen.

Ruhig wurde es. Das Sensationsgeplänkel hörte schlagartig auf.

„Er ist tot. Er ist umgebracht worden und ihr feiert hier ein lustiges Abendessen. Trauert denn keiner um ihn? Möchtet ihr, dass wir so Eurer Gedenken, wenn ihr nicht mehr da seid?"

Er war unter seiner Tränenflut kaum zu verstehen.

Aber seine Worte zeigten Wirkung. Betroffenheit setzte erst jetzt richtig ein. Und leise zunächst, etwas lauter schon wenig später, erzählten sie, was der faule Johann für einzelne bedeutet hatte.

Immer guter Dinge sei er gewesen. Seine Faulheit hatte man ihm wegen seiner Freundlichkeit und seiner Liebenswürdigkeit immer wieder nachgesehen. Wenn er mal gearbeitet hatte, dann gründlich und gut. Und so weiter. Irgendwann schmunzelte auch der alte Friedrich, als er sich erinnerte, wie genüsslich der Johann nach der Arbeit seine Pfeife geraucht hatte. Immer mit dem Spruch, dass der Rauch ihn im Winter innerlich wärmte und im Sommer die Mücken vertreiben würde.

Nach einiger Zeit löste sich die Essensgemeinschaft auf.

Im zweiten Burghof trafen aber noch etliche zusammen, um die Ereignisse zu besprechen. Dabei ging es dann auch wieder etwas lauter zu.

*

Endlich wurde es etwas ruhiger und die, die sich am nächsten waren, hatten sich zu kleinen Grüppchen zusammengesetzt, um leise miteinander zu reden.

Jasper und Elisabeth hatten sich in einer Ecke der Hofmauer niedergelassen. Schicklich mit einem kleinen Abstand, aber nah genug an den anderen, aber auch weit genug entfernt, um nicht gehört zu werden.

Nachdem sie sich, auch um sich abzulenken, noch einmal ausgiebig über die Ereignisse des Tages ausgetauscht hatten, erzählte Jasper von Hans und was er von ihm Neues erfahren hatte.

Er fragte, ob sie jemals von Jutta aus Sangerhausen gehört hätte. Als sie mit *ja* antwortete, fragte er weiter, ob sie auch so beeindruckt von den Taten dieser Frau wäre, woraufhin sie zustimmend nickte.

„Es ist doch schön, wenn eine Stadt eine solche Persönlichkeit unter Ihresgleichen hervorgebracht hat. Findest du nicht auch, Elisabeth?"

„Ja, aber Allstedt kann da mithalten. Denn bei uns wurde Margaretha Susanna von Kuntsch 1651 auf dem Schloss geboren und in der Schlosskapelle getauft. Sie war eine

Dichterin und hat die ersten Lebensjahre in Allstedt verbracht. Ihre Verse habe ich durch meine Mutter kennengelernt und sie haben mich sehr berührt. Dabei ist sie eigentlich keine Berühmtheit gewesen. Aber da sie hier gelebt hatte, hat meine Mutter von einer befreundeten Pfarrersfrau aus Altenburg eines ihrer in geringer Auflage herausgebrachten Buches geschenkt bekommen. Sie erzählte mir auch, dass die Frau von Kuntsch, nachdem sie geheiratet hatte, einen Frauenkreis mit Dichterinnen gegründet hat. Gestorben ist sie, so glaube ich mich zu erinnern, im Jahr 1717. Viele Kinder soll sie gehabt haben, von denen einige früh verstorben sind. Aber die Kindersterblichkeit ist ja auch heute noch sehr hoch. Das Buch, von dem ich gerade erzählte, hat einer ihrer Enkel im Jahr 1722 drucken lassen. Darin beschreibt sie auch ihr Leben", wusste sie zu ergänzen.

Dann, ohne dass Jasper sie darum gebeten hatte, sagte sie den Vers eines Gedichtes dieser Frau auf.

*Sursum corda*
*Mein Hertz in die Höhe was suchst du hienieden*
*Wo gar nichts zu finden was dich recht ergötzt*
*Dort ist dir ein besseres Erbteil beschieden*
*Das Diebe nicht stehlen die Glut nicht verletzt.*
*Nicht sorglich ist dass es durch Flut untergeh*
*Drum Hertz in die Höh.*

Er wusste nicht, was er sagen sollte. Tief berührt hatten ihn nicht nur die Worte der Dichterin, sondern auch die Art, wie Elisabeth diese vorgetragen hatte.
Wie angenehm ihm ihre Stimme war. Nicht hoch und piepsig, wie er bei einigen der Dienstmägde vernommen hatte, sondern melodisch, weich und rund.

Eine Weile sagten sie nichts, hingen ihren Gedanken nach.

Dann wollte Jasper mehr über Elisabeths Pläne, in einer Fabrik arbeiten zu wollen, wissen.

Gerüchte, so berichtete sie, besagten, dass in baldiger Zukunft der Bau einer Zuckerrübenfabrik in Allstedt geplant sei. Die Runkelrüben würden auf dem Boden hier hervorragend wachsen und es läge auf der Hand, sie auch hier zu verarbeiten und dann Sirup und Zucker zu verkaufen. Elisabeth wusste zu erzählen, dass schon zu Beginn des Jahrhunderts von einem Gutsbesitzer in Althaldensleben bei Magdeburg der Versuch dazu gemacht wurde. Leider sei er daran gescheitert.

Die Arbeit mit den Rüben sei sehr arbeitsintensiv, führte sie weiter aus. Nach dem Anpflanzen mussten die Felder regelmäßig gehackt werden. Dann würden die Pflanzen vereinzelt, was wegen des vielen Bückens sehr zu Lasten des Rückens ginge. Ab September, zur Erntezeit, wurden sie mit einer Zweizinkengabel aus der Erde geholt.

Sie wusste so genau Bescheid, weil einer ihrer Onkel diese Feldarbeit seit zwei Jahren ausführte. Auch Frauen und Kinder waren auf den Feldern, um in den Sommermonaten und vor allem während der Ernte Geld zu verdienen.

Weiter konnte sie berichten, dass aus ungefähr 20 Zentner Rüben nur 1 Zentner Zucker entstehen würde. Auch hätte sie gehört, dass damit experimentiert werden solle, die Rüben zu trocknen, um sie das ganze Jahr hindurch verarbeiten zu können. Weiter wusste sie, dass der Zucker durch die hiesige Verarbeitung außerdem um einiges preiswerter zu kaufen sein würde. Vom Sirup ganz zu schweigen. In Preußen gäbe es schon etliche dieser Fabriken, in denen der Verdienst recht hoch sein solle.

Fast 40 Taler könnten dort verdient werden. Nur wenig mehr, nämlich 45 Taler, bekäme Katrin, die Köchin. Und ehe

Elisabeth in deren Position wäre, könnten noch unzählige Jahre vergehen.

„Siehst du, Jasper, und da ich mehr im Leben erreichen möchte, dachte ich, auch wenn es vielleicht noch einige Jahre dauern würde, ehe es soweit sein wird, wäre es eine großartige Idee, dann in der Zuckerfabrik zu arbeiten." Er bewunderte sie für ihre Weitsicht und auch dafür, dass sie so viele Informationen über die Fabrik zusammengetragen hatte.

Wie stolz er wäre, Elisabeth zur Frau zu haben. Aber das traute er sich nicht zu sagen.

„Weißt du, Elisabeth, das einzige, was ich wirklich bedauern würde, wenn du in die Fabrik gingest, wäre, dich nicht mehr so oft zu sehen und so einfach treffen zu können."

Sie saßen so nah beieinander, dass sich ihre Schultern berührten.

„Aber das kann doch noch dauern, Jasper. Noch sind wir ja beide hier."

Jasper sah sich um, um zu sehen, ob gerade jemand in ihre Richtung schaute. Er stellte fest, dass alle mit sich und ihren Gesprächen beschäftigt waren und nutzte die Gelegenheit, Elisabeth schnell einen Kuss auf ihre Wange zu drücken.

Erschrocken sah sie ihn an, um gleich errötend seine Hand zu fassen und liebevoll zu drücken.

Verlegen schwiegen sie sich an.

Dann fiel Jasper auf, dass er Otto nicht mehr gesehen hatte, seit sich viele Leute im Burghof zusammen gesetzt hatten.

Er sah sich um, konnte ihn aber nicht entdecken.

„Elisabeth, hast du Otto gesehen?", wollte er wissen.

„Wenn ich mich nicht täusche, ist er vorhin zum Büro des Schlossvogtes gegangen. Vielleicht wollte er nicht warten, bis er zur Befragung geholt würde?"

Ja, das wäre eine plausible Erklärung für seine Abwesenheit. Er würde es sicher spätestens in der Kammer erfahren.

Allmählich lösten sich die einzelnen Gruppen – es war längst an der Zeit schlafen zu gehen.

Schweren Herzens verabschiedeten Elisabeth und Jasper sich voneinander. Sie schloss sich einigen anderen Mädchen an, und Jasper marschierte los, um in seine Kammer zu gehen.

*

Otto lag auf seinem Bett. Die verdreckten Schuhe hatte er wieder nicht ausgezogen.

Er schaute gar nicht auf, als Jasper hereinkam. Drehte sich sogar zur Wand um.

„Heh, Otto, wo warst du? Ich habe mich nach dir umgesehen, dich aber nirgends entdeckt. Wie geht es deinem Auge?"

„Mein Gott, kannst du mich nicht mal in Ruhe lassen und mit deiner ständigen Fragerei aufhören?"

Die Heftigkeit von Ottos Worten und die schroffe Art, mit der er seine Antwort von sich gegeben hatte, ließen Jasper erschrocken innehalten.

„Otto, jetzt reicht es mir. Du blaffst mich ständig an, wenn ich mich nach deinem Wohlergehen erkundige oder einfach nur wissen will, wie dein Tag gelaufen ist. Ich dachte, dass wir Freunde sind! Aber wenn du nicht willst, bitte schön. Dann lass ich dich eben in Ruhe."

Er begann seine Kleidung auszuziehen, sich an der Waschschüssel oberflächlich zu waschen und legte sich dann in sein Bett.

Seine Kerze zündete er erst gar nicht an. Die von Otto brannte noch, und so konnte er sparen.

Aber sich einfach nur hinlegen und schlafen war nicht möglich. Zu vieles beschäftigte ihn. Und jetzt auch noch dieses unverständliche Verhalten Ottos.

161

Er musste, ob es Otto gefiel oder nicht, wissen, was los war. Er setzte erneut an.

„Otto, ich will dich doch nicht belästigen. Ich möchte lediglich wissen, wie es dir ergangen ist. Auch im Marstall. Mensch, das muss doch umwerfend gewesen sein."

Vielleicht war dies eine Möglichkeit, die Zunge seines Freundes zu lösen.

Tatsächlich schien es zu funktionieren. Erst grummelte Otto ein bisschen vor sich hin, aber dann begann er zu erzählen.

So erfuhr Jasper, was Otto im Marstall alles erlebt hatte. In die Stallungen habe er nur einen Blick werfen können, war aber begeistert, wie die Pferde dort in großen Boxen untergebracht waren. Auch von den gewölbten Decken und den blauen Stützpfählen aus Eisen schwärmte er. Die Arbeit, die er dort verrichtet hatte, war sehr anstrengend gewesen, weil vor allem in der Remise, in der sämtliche edlen Kutschen und Droschken standen, gearbeitet hatte. Kutschen putzen. Fast den ganzen Tag. Weil doch der Großherzog in den nächsten Tagen kommen würde. Alles musste glänzen. Innen und außen.

Und vorhin sei er beim Stallmeister gewesen. Hatte sämtliche Fragen über sich ergehen lassen. Genau wie alle anderen. Konnte aber wohl nichts Wesentliches zum Tod Johanns beitragen.

Die Beerdigung solle am nächsten Mittag stattfinden, hätte der Stallmeister ihm noch mitgeteilt. Und es sei erwünscht, dass alle kämen. Aber das wüsste Jasper wohl schon.

Außerdem fand er es ganz schrecklich, dass Johann ausgerechnet in seinem Misthaufen gefunden worden war. Und er war nicht dabei, was noch grässlicher für ihn gewesen war.

Scheinbar tat es Otto gut, sich alles von der Seele zu reden.

Allerdings tat er mit keinem Wort kund, dass er den armen Johann für sein Leid bedauerte.

Vermutlich hatte es ihn tatsächlich zu sehr getroffen, dass der Leichnam in seinem Misthaufen gelegen hatte.

Ehe Jasper auf das eine oder andere eingehen konnte, oder auch von seinem Tag und der Pferdepflege erzählen konnte, hörte er lautes Schnarchen.

Otto war einfach eingeschlafen.

Nun, dann herrschte zumindest zwischen ihnen wieder Frieden. Das war ja auch schon was.

Zu gerne hätte Jasper seine Gedanken ausgeblendet. Wenn er doch nur, genau wie Otto, einfach einschlafen könnte.

Von Elisabeth über Hans und den Pferden bis hin zu Johann, der so erbärmlich im Misthaufen gelegen hatte, wanderten seine Gedanken.

Immer und immer wieder grübelte er über die Situation auf dem Uhrenturm nach.

Wenn ihm nur endlich die Erkenntnis käme, an wen ihn die Person, die er von dort oben gesehen hatte, erinnerte. Aber so sehr er sich auch anstrengte, es kam nichts.

## Donnerstag der zweiten Woche

Zur Mittagszeit war ein schnelles, kurzes Mahl abgehalten worden. Unter Wispern und Flüstern wurde es eingenommen. Die Gedanken waren natürlich noch bei der furchtbaren Entdeckung des Vortages. Einige Tränen flossen im Gegensatz zum gestrigen Tag auch.

Allmählich war das Geschehen bei allen angekommen.

Die Totenfrau, die den Auftrag erhalten hatte, Johann zu waschen und zu kleiden, war nach ihrer furchtbaren Aufgabe zusammen gebrochen. Sie hätte schon viel erlebt, aber einen solchen Auftrag wie diesen möchte sie nie mehr erhalten, habe sie gebeten.

Der Schlossvogt hatte mitteilen lassen, dass das gesamte Gesinde mit Fuhrwerken in die Stadt zum Friedhof gefahren werden solle. Das sparte Zeit und auch Kraft, denn gleich nach der Bestattung würde die Arbeit auf dem Schloss weitergehen. Er selbst und der Stallmeister würden natürlich auf ihren eigenen Pferden reiten.

Otto und Jasper waren beauftragt worden, die Pferde für zwei Fuhrwerke einzuspannen und wenn alles bereit war, die Leute auf den Fuhrwerken zu verteilen.

Mit dem Einspannen hatte Jasper keine Probleme. Das hatte er in seinem Heimatdorf schon einige Male gemacht, wenn während der Erntezeit Hilfe benötigt wurde. Mit Heu befüllte Säcke hatten sie als Sitzgelegenheit auf die Karren geworfen. So waren sie beide rechtzeitig fertig und gerade damit beschäftigt, den älteren und den Frauen mit ihren langen Kleidern auf die Wagen zu helfen, als ein Fremder in den Hof geritten kam.

Ein schlanker stattlicher junger Mann, der sich so umschaute, als würde er Alles und Jeden sofort mit seinen Argusaugen durchschauen. Aufrecht saß er im Sattel, lange Lederstiefel an den Beinen erregten die Aufmerksamkeit. Seine sehr hellblonden Haare kamen zum Vorschein, als er seinen Hut abnahm und sich die Stirn mit Lederhandschuhen abwischte.

Er fragte nach dem Schlossvogt. Alle Blicke waren auf ihn gerichtet. Wer war das?

Es klärte sich wenig später.

Der Mann sprang aus dem Sattel, klopfte seine Kleidung ab und forderte mit sehr energischer Stimme, sowohl sein Pferd zu versorgen, als auch umgehend zum Schlossvogt gebracht zu werden. Seine Stimme duldete keinen Widerspruch und eilig wurde seinem Befehl Folge geleistet.

Otto ergriff die Zügel und nahm das Pferd mit zum Stall, um es zu versorgen.

Schnell klärte sich, wer der Fremde war.

Der Schlossvogt hatte durch den Amtmann polizeiliche Hilfe aus Sangerhausen angefordert und dieser Fremde war ein Kriminalpolizist, wie es die Runde machte.

Er sollte bei der Aufklärung des Mordes helfen und würde mit zur Beerdigung reiten.

Woher auch immer die Information stammte, es wurde gemunkelt, dass der Karl aus Sangerhausen niemals zur See gewollt hatte. Er sei auch überhaupt nicht mehr zu Hause gewesen, um sich dort zu verabschieden. Auch hätte er sich beim Amtmann nicht abgemeldet.

Er sei wirklich verschwunden – und wer wisse, wo der gefunden würde. So ging es von einem zum anderen. Jeder hatte etwas dazu zu sagen und der Grund für die Fahrt, die jetzt losging, war beinahe vergessen.

Die Pferde zogen die Fuhrwerke in zügigem Schritttempo den Hang hinunter in die Stadt und fuhren direkt zum Friedhof.

Die Anwesenheit des Kriminalpolizisten, der jeden zu

beobachten schien, hatte viele verunsichert, wodurch eine rechte Trauerstimmung nicht aufkommen wollte.

Als aber sogar die Glocken geläutet wurden, ging ein leises Raunen durch die Menge.

Welche Ehre für den Verstorbenen, der sich das Glockengeläut sicher niemals hätte leisten können.

Da sich die Nachricht in der Stadt schnell herumgesprochen hatte, waren etliche Einwohner auf dem Weg zum Friedhof.

Jetzt war der Trauerzug der Gemeinde schon vor dem Grab versammelt, wo der Sarg in die Gruft hinab gelassen und mit herzlichen Worten des Pfarrers begleitet wurde. Am kommenden Sonntag würde er dann, wie üblich, nach der Predigt den Namen des Verstorbenen verlesen.

Sogar das Wetter meinte es mit dem verstorbenen Johann gut. Ein leichter Wind wehte über die Gräber, nur vereinzelte Wolken trieben am Himmel, ansonsten war es trocken und schön.

Den Friedhof hatte Jasper bisher noch nicht betreten.

Ein uriger Platz, von einer steinernen Mauer umgeben, mit vielen Bäumen bepflanzt und mit alten und sehr alten Grabplatten versehen, machte er einen fast idyllischen Eindruck.

Elisabeth, die in seiner unmittelbaren Nähe stand, machte ihn auf eine beachtliche Gruft aufmerksam, die so groß war, dass sie wie ein kleines Wohnhaus wirkte. Die hatte der Amtmann Johann Voigt zu Lebzeiten für seine Beerdigung erbauen lassen. Im Jahr 1714 war er, wie aus der Inschrift zu erkennen war, verstorben.

Die Fuhrwerke warteten bereits am Eingang des Friedhofes und schon ging es zurück, um die Arbeit wieder aufzunehmen.

Dieses Ereignis würde sicher lange im Gedächtnis aller Teilnehmer bleiben, denn für eine Bestattung war bisher noch nie die Arbeit unterbrochen worden.

Die Anspannung hatte sich inzwischen bei den meisten gelegt, und so wurde schon auf der Rückfahrt der eine oder andere kleine Scherz gemacht.

Neuer Gesprächsstoff war der Kriminalpolizist, der dem kleinen Tross folgte.

Was konnte der schon anderes herausfinden, als das, was bisher ans Licht gekommen war – nämlich nichts.

So wurde dann auch eifrig darüber gespottet, dass die Obrigkeit immer glaubte klüger zu sein, als Ihresgleichen. Natürlich leise und hinter vorgehaltener Hand, damit der Kriminalpolizist nichts davon mitbekam.

Auch über seine aufwändige und teuer aussehende Kleidung ließ man sich aus.

Lederhandschuhe. Lange Reitstiefel. Der muss ja gutes Geld verdienen, hieß es.

Auf dem Burghof angekommen, verteilten sich die Leute zügig, um ihren Arbeiten nachzugehen. Die Köchin tippelte um den feinen Herrn herum, um sich zu erkundigen, womit sie ihm eine Freude machen könne. Ob er Gerstenkaffee, Bier oder auch etwas Essbares zu sich nehmen wolle, fragte sie ihn.

Sein bisher herrisches Gesicht wurde etwas weicher, als er lächelnd und dankend ablehnte.

Er würde sich gleich mit dem Schlossvogt, dem Stallmeister und dem Amtmann im Rathaus treffen, wo er auch verköstigt werden würde, erklärte er und ging wie selbstverständlich ins Büro des Schlossvogtes.

Sein Pferd hatte er am Brunnen angebunden und darauf hingewiesen, dass er in wenigen Augenblicken die Burg verlassen würde. Das Tier bräuchte nicht erst versorgt werden.

Er war noch gar nicht aus dem Gesichtsfeld der Anwesenden verschwunden, als eine heftige Diskussion darüber begann, was die drei wohl im Rathaus besprechen würden.

Nun, sie erfuhren es wenige Stunden später, als der Kriminalpolizist sich auf dem Gelände des Schlosses ganz genau umsah.

Wen er auch immer sah, wurde von ihm angesprochen und nach den drei verschwundenen Männern befragt.

Das wurde als sehr lästig empfunden, hatten sie doch alle diese Fragen schon beantwortet.

Aber der Mann ließ sich auch von kleinen Verwünschungen nicht von seiner Arbeit abhalten.

Jedem und jeder, die er befragte, stellte er sich mit Namen vor.

Rupert Koch hieß er. Man möge ihn mit Herr Koch ansprechen, das reiche völlig aus, gab er jeweils bekannt.

Natürlich wurde er von allen genauestens gemustert. Wo er auch ging, die Augen der Leute folgten ihm.

Die meisten der Männer fanden in geziert vornehm, die meisten der Frauen waren von seiner äußeren Erscheinung sehr angetan.Er gab sich mal schroff, wo er auf Verstockte traf, mal charmant, wo er glaubte, dadurch mehr zu erreichen. Und das war überwiegend bei den weiblichen Bediensteten.

Aber egal welche Methode er anwandte, er duldete keine Flapsigkeit und erwartete ernste Antworten.

Es wurde ganz nebenbei festgestellt, dass er gar nicht so jung war, wie er ihnen anfangs erschienen war. Vermutlich hatten seine schulterlangen hellblonden Haare den Anschein von Jugendlichkeit gegeben. Wenn er nahe vor den Leuten stand, konnten etliche Falten, die sein Gesicht zierten, erkannt werden. Bei den Frauen gewann er dadurch noch.

Mancher Blick folgte ihm, als er über die Höfe schlenderte und sich alles sehr genau ansah.

Später war zu hören, dass er auch die Arbeiter, die mit den Renovierungsarbeiten beschäftigt waren, genau verhört hatte.

Aber es wurde auch gefragt, was ein Kriminalpolizist wohl sein mag. So eine Bezeichnung für die Polizei war bisher nirgendwo gefallen. Aber fragen mochte ihn keiner. Dazu strahlte er zu viel Autorität aus.

Jasper, der emsig mit Fegen beschäftigt war, beobachtete ihn, genau wie alle anderen. Er fegte immer in der Richtung, in die Herr Koch gerade ging.

Auf dem Weg in die Gärten drehte der sich plötzlich um, und fragte Jasper:

„Willst du jetzt hinter mir her den Garten fegen, oder hast du noch anderes zu tun, als mich zu beobachten?"

Jasper spürte, wie ihm vor Verlegenheit das Blut ins Gesicht schoss.

„Äh, nein, Verzeihung, Herr Koch. Ich wollte nur, äh, ich dachte...", er war so verlegen, dass ihm die Worte fehlten. Auch weil der Mann ihn von oben bis unten musterte. Seine durchdringenden Augen würde Jasper nicht so schnell vergessen.

„Name! Wie heißt du? Habe ich dich schon vernommen?", dabei zückte er ein kleines Heftchen und einen Stift, klopfte damit auf das Heft und sah Jasper herausfordernd an.

„Nein, ich wurde noch nicht von Ihnen vernommen, Herr." Dann nannte er seinen Namen und bemerkte, dass bei dem Kriminalpolizisten ein Lächeln hervortrat, und er die Augenbrauen hob.

„Ah, ja, du bist das. Von dir habe ich schon gehört. Du bist der, der nicht locker gelassen hat, was?"

Jasper nickte sowohl fragend als auch zustimmend.

Er sollte eine Zusammenfassung dessen geben, was er zu den Geschehnissen beitragen konnte und machte das auch sehr gewissenhaft. Ohne ihn zu unterbrechen, ließ der Herr Koch ihn erzählen und machte sich ab und zu kleine Notizen in seinem Heft. Mitunter tickte er mit dem Stift an seine Stirn. Als

Jasper geendet hatte, nickte er ihm zu und meinte, dass er eine sehr gute Beobachtungsgabe hätte. Dies ließ wieder die Röte in Jaspers Gesicht steigen. Er freute sich über das Lob.

Dadurch mutig geworden, wagte er zu fragen, was das eigentlich sei. Die Kriminalpolizei, was bedeutet das und woran könnte man die erkennen? Herr Koch trüge doch keine Uniform?

Herr Koch, der eigentlich die Gärtner befragen wollte, war scheinbar erstaunt, diese Frage gestellt zu bekommen und holte eine an einer Kette hängende ovale Metallmarke hervor.

„Siehst du, hierauf steht, dass ich Kriminalpolizist bin. Diese Marke kann ich jederzeit vorzeigen. Ich sehe schon, dass du nicht ängstlich bist. Du könntest tatsächlich bei uns tätig werden. So ein helles Köpfchen wie dich könnten wir gebrauchen", klopfte er Jasper auf die Schulter, der noch auf eine Erklärung wartete.

„Verbrechen sind so alt wie die Menschheit, deshalb hat es auch schon immer Menschen gegeben, die sich um Aufklärung kümmerten. Bis jetzt war die Polizei dafür zuständig, für Ordnung zu sorgen. Wenn aber Morde geschahen, waren sie oft hilflos, weil sie nicht wussten, wie sie einen Täter überführen sollten und ohne Hinzuziehen der Gerichte durften sie nichts unternehmen. Das hat sich seit 1811 geändert, denn in Berlin wurde in dem Jahr ein Reglement veranlasst, in dem ein Abkommen zwischen Justiz und Polizei vereinbart wurde. Das besagt, dass die Polizei eine Untergliederung erfährt, indem wir, die Kriminalpolizei jetzt ohne Hinzuziehen der Gerichte Straftaten aufklären können. Wir erheben Zeugenaussagen. Wir nehmen die Tatorte in Augenschein. Wir holen eventuell Sachverständige dazu und sammeln Indizien, so wie ich jetzt gerade. Wir suchen nach Spuren der Täter und nehmen von den Beschuldigten die Geständnisse auf. Wir dürfen verhaften und bestrafen. Und das alles, ohne vorher bei den Gerichten um Erlaubnis zu fragen. Na, junger Mann, wäre das nichts für dich?"

Jasper war fasziniert. Ja, das könnte er sich tatsächlich vorstellen. Was für eine spannende Beschäftigung das sein müsste. Er war ganz aufgeregt. Gerne hätte er noch viel mehr erfahren. Könnte denn er, ein einfacher Knecht, tatsächlich einen so hohen Posten erlangen?

Viel Zeit nachzudenken hatte er allerdings nicht, Herr Koch riss ihn aus seinen Überlegungen, indem er ihm wieder auf die Schulter klopfte und meinte, Jasper hätte Zeit genug, darüber nachzudenken, denn er hätte hier noch genug zu tun. Damit drehte er sich um und wollte in die Gärten gehen.

Allerdings konnte Jasper sich die Frage nicht verkneifen, woher Herr Koch wusste, dass es hier vermisste Männer gab. Der verriet ihm, dass er gerade auf der Durchreise in Sangerhausen gewesen war, als ihn diese Mitteilung erreichte.

In Weimar, wie in anderen größeren Städten, war er damit beschäftigt, über die neue Kriminalpolizei zu berichten, so dass diese Einrichtung bald in allen Städten der deutschen Staaten aufgebaut werden könnte. In Weimar und in Eisenach waren seit ungefähr 1810 die Kriminalgerichte ansässig, so dass er genau dort vorgesprochen hatte.

In Weimar säße außerdem die Landesdirektion der Polizei und die Militärverwaltung. Auf dem Weg nach Jena, wo die Justizverwaltung ihren Sitz hat, habe er in Halle einen Zwischenstopp eingelegt.

Da Allstedt nur ungefähr 30 Meilen entfernt von Halle liegt, sei er schnell hier gewesen, habe Gespräche mit dem Amtmann und dem Schlossvogt gehalten und seine Arbeit aufgenommen.

„Diese Angelegenheit hier kommt mir eigentlich gerade recht. Denn wenn ich herausfinde, was mit den Männern geschehen ist, und gar den oder die Mörder überführe, ist das das Beste, was für diese neue Einrichtung geschehen kann." Damit ging er.

Das musste Jasper Elisabeth und Otto erzählen. So viele Neuigkeiten schon wieder. Kriminalpolizist. Mensch, wenn er das werden könnte, das wäre ja was. Was die beiden wohl dazu sagen würden? Und seine liebe Mutter, was käme wohl von ihr?

Wäre sie nicht unbändig stolz, wenn sie im Dorf erzählen könnte: *Mein Sohn arbeitet bei der Kriminalpolizei!?*

Der Besen flog nur so über den Hof. Das Holz und das Wasser, das er in die Küche schleppte, hatten scheinbar gar kein Gewicht. Dazu das wundervolle Wetter. Wie die Sonne heute hell schien. Und die Vögel – sangen sie nicht viel fröhlicher als sonst? Er grinste übers ganze Gesicht.

Wie leicht die anfallenden Arbeiten ihm von der Hand gingen.


\*

Doch schon nahte das nächste Drama.

Aufgeregtes Rufen unterbrach Jasper in seinen Träumereien.

„Der Karl ist gefunden! Der Karl aus Sangerhausen ist gefunden!"

Einer der Gärtner rannte kreideweiß im Gesicht über den zweiten Burghof in den Schlosshof und fragte, wo der Schlossvogt sei, er solle sofort zu dem Kriminalpolizisten in den Garten kommen.

Wie irre lief er hin und her, wiederholte ständig seine Frage nach dem Schlossvogt. Er schrie dabei immer lauter.

Durch den Lärm neugierig geworden kamen die Köchin und einige der Mägde aus der Küche gelaufen um herauszufinden, was es mit dem Geschrei auf sich hatte. Sie hielt den im Kreis laufenden Gärtner am Arm fest. Der zitterte wie Espenlaub und stotterte und schrie.

„So furchtbar! Ihr könnt es euch nicht vorstellen! Es ist so schrecklich, wie er den Karl gefunden hat. Ihr habt so etwas noch nicht gesehen. Er, der Kriminale hat ihn gefunden!"
Seine Zähne schlugen heftig aufeinander und sein Körper hörte nicht auf zu zittern.

Die Köchin bewahrte den Überblick, hieß eine der Mägde, den Schlossvogt zu unterrichten, nahm den Gärtner mit in die Küche und reichte ihm einen Becher heißer Milch, den sie eigentlich für sich zubereitet hatte. Etwas Honig gab sie hinein und forderte ihn auf zu trinken. Dabei strich sie ihm beruhigend über die Arme.

Inzwischen war ein ganzer Haufen Leute herbeigeeilt. So schnell hatte die erschreckende Nachricht die Runde gemacht. Auch Jasper hatte sich in der Küche eingefunden, gespannt, was er gleich hören würde.

Unruhe breitete sich aus. Angst war spürbar.

Was war jetzt wieder geschehen?

Wo war der Karl gefunden worden?

Wie war er gefunden worden?

Welche Gräueltat kam jetzt zum Vorschein?

Alle sprachen durcheinander. Jeder wollte genau wissen, was geschehen war.

Der arme Gärtner wurde umlagert und befragt. Er solle doch endlich den Mund aufmachen und berichten.

Die Köchin, der das Ganze zu rücksichtslos war, schwang ihren Holzlöffel und drohte, jedem eins überzuziehen, wenn sie den armen Mann nicht erst einmal zur Ruhe kommen lassen würden.

„Seht ihr denn nicht, dass er ganz durcheinander ist? Er hört doch gar nicht auf zu zittern. Lasst ihn die warme Milch trinken. Er wird sich schon gleich beruhigen und dann erzählen. Setzt euch hin oder geht wieder an eure Arbeit. Aber lasst ihm ein bisschen Zeit." Drohend hielt sie den Holzlöffel hoch und hatte damit Erfolg.

Murrend wurde es stiller, aber die Anspannung war in den Gesichtern zu lesen. Einige flüsterten so, dass sie noch laut genug zu verstehen waren. Ein warnender Blick der Köchin genügte, um sie zum Schweigen zu bringen.

Der Stallmeister kam mit hochrotem Kopf herein gepoltert.

„Wo ist Otto? Wir brauchen ihn im Garten", sah er sich suchend um.

Ja, hatte denn Otto, der sicher im Stall zugange war, noch nichts von dem Tumult mitbekommen, fragte Jasper sich. Schon wurde er geschickt, um Otto zu suchen und in den Garten zu befehlen.

Um hier nichts zu verpassen, rannte er über die Höfe zu den Stallungen, schon von weitem nach Otto rufend.

„Was schreist du so, ich bin doch nicht taub!", kam der mit seiner Mistforke in der Hand aus dem Stall.

„Mensch Otto, hast du noch nicht gehört? Der Karl ist gefunden worden. Der Karl aus Sangerhausen! Und du sollst sofort in den Garten kommen. Für irgendwas brauchen die dich da. Mensch, nun leg schon die Forke hin und komm."

Noch ganz außer Atem schob Jasper seinen Freund vorwärts.

Im Rennen fragte Otto, was denn genau geschehen sei. Da Jasper es selbst nicht wusste, zog er nur die Schultern hoch.

Schon waren sie im zweiten Burghof und während Otto rechts zu den Gärten abbog, eilte Jasper wieder in die Küche.

Vielleicht hatte der Gärtner ja schon erzählt.

Wie ein Häufchen Elend saß der noch neben der Köchin, nicht in der Lage, ein vernünftiges Wort von sich zu geben.

Die meisten Leute hielten sich in der Küche auf, einige warteten aber auch im Hof, um mitzukriegen, wenn der

Kriminalpolizist aus dem Garten zurückkam.

„Er kommt!", rief aufgeregt jemand. Alle Blicke richteten sich auf den Mann, der mit weit ausholenden Schritten auf sie zukam. Otto folgte ihm.

Bleich war er. Den Kopf tief gesenkt, die Arme herunterhängend stolperte er hinter Herrn Koch her.

Sie begaben sich zur Küche.

„Gute Frau, geben sie dem jungen Mann hier mal einen kräftigen Schluck. Er hat es nötig. Und mir bitte auch einen Becher Wein oder Bier", sprach er die Köchin an.

Er ließ sich neben dem Gärtner nieder, winkte Otto zu sich und legte ihm beruhigend einen Arm auf die Schulter.

„Wird schon wieder", sagte er mit ruhiger Stimme. „Es wird wohl eine Weile dauern, aber es wird schon wieder. So etwas sieht ein Mensch nicht alle Tage. Mir hat es auch die Sprache verschlagen. Auch ich habe mich, genau wie du vorhin, erst einmal übergeben müssen."

Damit griff er den Becher und leerte ihn in einem Zug. Er hielt Otto dazu an, es ihm gleich zu tun. Dann wandte er sich an den Gärtner, redete beruhigend auf ihn ein und forderte auch für ihn einen Becher Wein.

Gebannt wartete alles auf einen Bericht dessen, was geschehen war. Keiner traute sich jetzt, zu fragen.

Erst nachdem der Schlossvogt und der Stallmeister zu dem Gesinde in die Küche kamen und ebenfalls nach einem kräftigen Schluck verlangten, wurde die Unruhe größer. Dass diese beiden gestandenen Männer ebenso blass aussahen wie der Gärtner und Otto, gab zu denken.

Dann war es soweit. Der Schlossvogt hatte sich erhoben.

„Es tut mir leid. Leider muss ich euch mitteilen, dass der Herr Kriminalpolizist, der Herr Koch, den vermissten Karl aus Sangerhausen soeben tot gefunden hat." Nach diesen Worten machte er eine Pause und sah jeden Anwesenden an.

„Ich weiß, dass ihr mehr über die Umstände wissen wollt, aber das kann Herr Koch euch erzählen."

Mit einer Handbewegung bat er den Angesprochenen aufzustehen.

Mit geschmeidiger Bewegung erhob Koch sich von seinem Platz. Die Hände in die Hüften gestemmt sprach er mit kräftiger und dennoch ruhiger Stimme.

„Das, was ich gerade entdeckt habe, ist eines der scheußlichsten Verbrechen, dass ich je gesehen habe. Der Karl, ein fleißiger Mann der hier bei euch und unter euch und mit euch gearbeitet hat, ist getötet und verscharrt worden. Da er seit dem Herbst nicht mehr gesehen wurde, gehe ich davon aus, dass er auch zu der Zeit getötet wurde. Sein Leichnam, oder das, was von ihm übrig ist, lässt zumindest darauf schließen. Weil die Gärtner ihn nicht genau identifizieren konnten, habe ich den Otto, der ja die längste Zeit mit ihm verbracht hatte, holen lassen. Otto hat nach einiger Zeit – er musste den grauenhaften Anblick erst einmal überwinden – bestätigt, dass es sich bei dem Toten um Karl Breuer aus Sangerhausen handelt." Mit erhobenem Zeigefinger sprach er weiter „Der Mann, der das getan hat, ist einer von von hier! Einer von euch ist der Mörder! Vielleicht sogar jetzt hier anwesend. Sei gewiss, du Mörder, dass ich dich kriege!", mit drohender Stimme stieß er diese Worte hervor und verließ die Küche.

Von Wehklagen über Verzweiflung bis hin zu entsetzendem Aufschrei war war alles zu hören.

Diese Nachricht war für einige zu viel. Mit leisem Geräusch fiel der alte Friedrich von seinem Stuhl und griff sich an die Brust. Sein Herz war von diesen Mitteilungen überfordert. Schwer röchelnd blieb er auf dem Boden liegen, bis die Köchin einige aufforderte, den alten Mann auf die Bank zu legen.

Sie befahl einer der Mägde, Arnika aus dem Garten zu holen, damit sie für den alten Mann einen Tee kochen konnte.

Die Magd lehnte vehement ab, alleine in den Garten zu gehen. Sie schrie ihre Angst, dort auch umgebracht zu werden heraus.

Panik breitete sich aus. Plötzlich waren fast alle von der Furcht ergriffen, hinterrücks und heimtückisch umgebracht zu werden.

Erst als der Schlossvogt die Menge ansprach und um Besonnenheit bat, beruhigten sie sich allmählich. Ein Knecht wurde zum Kräutergarten geschickt und damit war erst einmal Ruhe.

Jasper setzte sich neben Otto. Er wollte seinem Freund, dessen Knie schlotterten, und der noch immer schneeweiß im Gesicht war, beistehen.

Tränen rannen über Ottos Wange. Er hatte die Hände vors Gesicht gelegt, Jasper vermutete, weil sich dieser kräftige Mann seiner Tränen schämte.

Beruhigend strich er ihm deshalb über den Kopf und klopfte ihm die Schulter.

Jäh schüttelte Otto diese Gesten ab.

„Lass mich Ruhe, Jasper. Lass mich einfach in Ruhe", wimmerte er mehr, als dass er sprach.

Jasper konnte, nach dem was gerade gehört wurde, verstehen, dass im Augenblick nicht der richtige Zeitpunkt für Erklärungen vorhanden war. Aber er wollte unbedingt Näheres wissen und verließ die Küche, während Schlossvogt und Stallmeister sich bemühten, die Menge zu beruhigen.

Im Burghof bekam er gerade noch mit, dass Herr Koch einen Boten zum Amtmann schickte. Auch der Pfarrer sollte kommen. Auf die Totenfrau sollte in diesem Fall verzichtet werden, denn diese Angelegenheit sei keinem Menschen zuzumuten. Auf Waschung und Einkleiden müsse hier verzichtet werden. Außerdem sollte der Bote dafür Sorge tragen, dass der Tischler so schnell wie möglich einen Sarg heraufschicken würde, denn dieser Leichnam musste so schnell wie möglich unter die Erde.

Jasper trat an seine Seite und überlegte, wie er seine Fragen stellen sollte, als Herr Koch seiner gewahr wurde und ihn ansprach.

„Tja, Jasper, eine unglaubliche Geschichte ist das hier. So grausame Taten, wie sie hier verübt wurden, sind mir noch nicht untergekommen. Du bist sicher neugierig und willst Näheres wissen?"

Als Jasper nickte, sah er ihn sehr ernst an.

„Die Einzelheiten möchte ich dir ersparen. Aber ich kann dir verraten, dass der Leichnam in einem Hochbeet gelegen hat. Mir kam es merkwürdig vor, dass es noch nicht genutzt wurde und auf meine Nachfrage hieß es, dass der Schlossvogt angeordnet hätte, es noch brachliegen zu lassen. Wie ich inzwischen weiß, hat der Schlossvogt aber nichts dergleichen angeordnet. Jetzt ist es meine Aufgabe, herauszufinden, wer diese Meldung in Umlauf gebracht hat."

Jasper schluckte.

„Der Zustand der Leiche war in kaum erkennbaren Zustand. Das kannst du dir vielleicht vorstellen, nachdem er einige Monate darin gelegen hat. Darum brauchten wir auch Otto, der am längsten mit Karl Breuer zusammengearbeitet hatte. Jetzt muss noch heute eine schnelle Bestattung erfolgen. Schon die zweite an einem Tag. Außerdem stehe ich unter enormen Druck, weil in wenigen Tagen der Großherzog mit seiner Jagdgesellschaft eintrifft, und ich die Fälle bis dahin aufgeklärt haben soll."

Er seufzte schwer und Jasper war übel geworden. Die Vorstellung von dem, was er gerade gehört hatte, machte sich in seinem Magen bemerkbar. Wenn er sich vorstellte, wie die Leiche aussah...

Ob diese Art der Kriminalarbeit ihm wirklich zusagen würde?

Jasper erfuhr, dass der Leichnam nicht erst zur Waschung und mit Leichenhemd, sondern so, wie er aufgefunden wurde, in den Sarg gelegt werden sollte. Auch dass ein Bote zur Verwandtschaft von Karl nach Sangerhausen geschickt wurde, teilte Koch ihm mit.

„Vielleicht ist der Bote schnell genug zurück. Es wäre ja möglich, dass die Familie den Karl Breuer in Sangerhausen bestatten möchte. Dann muss der Sarg zügig dorthin überführt werden. Mir wäre allerdings lieber, wenn er gleich hier unter die Erde kommt."

Eine Weile schwiegen sie beide. Jasper fehlten die Worte, um etwas Gescheites zu äußern.

Kurze Zeit später ergriff Koch wieder das Wort.

„Ich könnte Hilfe gebrauchen, Jasper. Immerhin fehlt uns noch ein Vermisster. Wir wissen noch nichts über den Verbleib von Erwin Bruhns, der ja erst vermisst wird, seit du hier angefangen hast. Kann ich auf dich zählen? Du scheinst mir einen guten Überblick zu haben, gerätst nicht so schnell in Panik und machst einen zuverlässigen Eindruck auf mich. Wie sieht es aus?"

Jasper nickte. Auf was ließ er sich nur ein?

Wo und wann würden sie die dritte Leiche finden?

Vor allem aber – wer hatte all dies zu verantworten?

„Wie kann ich Ihnen denn helfen?", fragte er.

Der Kriminalpolizist bat ihn, vor allem die Ohren offen zu halten. Er sollte darauf achten, wer sich ab jetzt, wo die zweite Leiche entdeckt worden war, merkwürdig verhielt oder Äußerungen machte, die auf eine Täterschaft hinweisen könnten.

179

Nun gut, das war harmloser, als Jasper gedacht hatte. Darauf konnte er sich einlassen.

*

Nach einiger Zeit fuhr polternd das Pferdefuhrwerk, mit dem ein Knecht in die Stadt geschickt worden war, auf dem Burghof ein. Der Knecht erzählte der sofort zusammengelaufenen Menge, dass nur für die grob gezimmerte Kiste, die sich auf dem Wagen befand, Zeit gewesen sei. Der Tischler ließ anfragen, erwähnte er mit breitem Grinsen, ob er schon mal auf Vorrat Särge für das Schlossgesinde anfertigen solle.

Auch teilte er mit, dass er von dem Zeitungsschreiber gefragt wurde, was auf dem Schloss los sei. Er hätte ihm Rede und Antwort gegeben, und könne wohl in der nächsten Zeitung seinen Namen lesen. Als wichtige Informationsquelle, wie der Zeitungsschreiber meinte. Nach diesem Bericht stand er mit stolz erhobener Brust auf dem Fuhrwerk und verbeugte sich vor der Menge.

Er hatte wohl geglaubt, die Lacher auf seiner Seite zu haben. Statt dessen wurden einige Fäuste gehoben. Was er sich einbilde, wurde er gefragt. Ob er glaube, dass sie alle ums Leben kommen würden? Ob er der Meinung sei, dann als Einziger davonzukommen? Was an dieser Äußerung witzig sein solle?

Dem Knecht war das Grinsen schnell vergangen.

Er sah sich nach Hilfe um, die in Gestalt des aufgebrachten Stallmeisters auch kam. Er solle sich schämen, den Aufruhr hier zu schüren und das Fuhrwerk umgehend zum Garten lenken, damit der Leichnam in die Kiste gelegt werden könne.

Und da er die Angelegenheit so lustig fand, dürfe er höchstpersönlich den Leichnam dort hineinlegen.

Nach dieser Anweisung war der Knecht still geworden.

Sein Gesicht wechselte die Farbe von rot zu weiß und er

schluckte sichtbar, als er das Fuhrwerk zum Garten lenkte.

Augenblicke nach ihm erschienen sowohl der Pfarrer zu Pferd, als auch der Amtmann in seiner Kutsche.

Beide mit aufgeregten Gesichtern. Sie begaben sich umgehend in das Büro des Schlossvogtes, um sich nähere Informationen zu holen.

Herr Koch, durch den Tumult herbeigeeilt, folgte ihnen schnellen Schrittes.

Jasper begab sich unter die aufgebrachte Menge, um seiner Aufgabe nachzukommen und alles genau zu beobachten.

Als der Pfarrer nach kurzer Zeit mit ernster Miene auf den Burghof schritt, hingen alle Augen an ihm.

„Ihr lieben Leute", begann er zu sprechen und hielt seine Hände wie zu einem Gebet gefaltet.

Alles hörte gebannt auf seine Worte. „Was wir hier in den letzten Tagen erlebt haben, werden wir so schnell nicht vergessen können. Es ist kaum zu begreifen, was hier geschehen ist. Wer auch immer unter euch der Täter war, er möge sich stellen. Er möge zu uns ins Büro, zu mir in die Kirche, oder in den Amtshof zum Amtmann kommen und seine schändliche Tat zugeben und bereuen. Wenn er sich freiwillig unserer Verantwortung übergibt, werden wir ihm helfen. Bedenkt, dass euer Herr, der Großherzog, in einigen Tagen sein Schloss besucht. Soll er hier einem Mörder begegnen? Wollt ihr das wirklich? Du, der du dies zu verantworten hast, so du denn hier unter uns weilst, habe den Mut, dich zu melden. Der Herr im Himmel wird deiner kranken Seele gnädig sein!"

Jedem einzelnen auf dem Burghof sah er ins Gesicht.

Viele Blicke senkten sich, einige schauten trotzig, sie hatten ja nichts verbrochen, andere waren erschüttert und Tränen flossen so manche Wange herunter.

Auch der Schlossvogt hatte etwas mitzuteilen.

„Seid gewiss, Leute, der Mörder wird gefasst. Ich höre Unruhe unter euch, und ich verstehe euch. Aber wir haben Verstärkung durch die Kriminalpolizei bekommen. Wie ihr gesehen habt, hat Herr Koch den zweiten Leichnam innerhalb kürzester Zeit entdeckt. Mörder, lass dir dies eine Warnung sein und nimm dir die Worte des Pfarrers zu Herzen!"

Dabei hob er mahnend die Hand.

Selbst der Amtmann konnte nicht umhin, sich zu äußern.

Die ernsten Gesichter der drei Autoritäten ließen jedes Flüstern verstummen.

„Ich fordere den Mörder auf, sich zu melden. Seine gerechte Strafe für diese Freveltaten wird er erhalten."

Mehr sagte er nicht.

Jasper hatte Elisabeth entdeckt. Sie stand mit einigen anderen Mägden im Torbogen zum Schlosshof und winkte ihm. Er ging auf sie zu, weil er wissen wollte, wie es ihr nach diesen fürchterlichen Nachrichten ging.

Nachdem er sich an ihre Seite gestellt hatte, unbeachtet von den anderen Frauen, fragte er flüsternd, wie es ihr ginge. Sie antwortete mit einem Schulterzucken und meinte, dass es im Augenblick viele Gründe gäbe, um sich einen anderen Arbeitsplatz zu suchen. Auch einige andere wollten ihr Glück im Herbst versuchen. Er nickte zustimmend. Wer konnte es ihnen verdenken?

Die Angst, die um sich gegriffen hatte, würde es den Vorgesetzten noch schwer machen, die Leute hier zu halten. Herr Koch hatte Recht damit, die Sache möglichst schnell aufzuklären.

Wenn ihm doch nur endlich einfallen würde, wen er vom Uhrenturm gesehen hatte. An wen ihn diese Person, oder deren Bewegung, oder deren Kleidung erinnerte.

Der Stallmeister sorgte gerade dafür, dass die Arbeiten wieder aufgenommen wurden.

Mürrisch und ohne jegliche Freude wurde den Anordnungen Folge geleistet, und sogleich wieder unterbrochen, als das Fuhrwerk mit seiner furchtbaren Fracht über die Burghöfe rollte.

Der Knecht saß aschfahl im Gesicht auf dem Bock. Kaum in der Lage die Zügel zu halten und die Pferde zu lenken. Dem war das Lachen gründlich vergangen.

Im schnellen Trab kam der Bote, der nach Sangerhausen geschickt worden war, eingeritten.

Das ging ja flink, dachte Jasper. Der musste ja wie der Teufel geritten sein.

Der Bote fragte nach dem Pfarrer und dem Schlossvogt, die auch sogleich herauskamen.

Jasper schnappte auf, dass die Schwester des Ermordeten auf dem Weg hierher sei.

Sie wollte die Beerdigung hier ausführen lassen. Es sei wohl nicht genügend Geld vorhanden, um diese in Sangerhausen abhalten zu lassen. Außerdem sei sie der Meinung, dass der Großherzog für die Bestattung aufkommen müsse, weil ihr Bruder seinen Tod unschuldig auf dessen Gelände gefunden habe.

Wo war eigentlich Herr Koch die ganze Zeit? Jasper hatte ihn geraume Zeit nicht gesehen.

Er schaute sich um, konnte ihn aber nicht entdecken. Auch Otto hatte er seit dessen Zusammenbruch nicht mehr zu Gesicht bekommen. Fast hatte er ein schlechtes Gewissen, sich nicht um seinen Freund gekümmert zu haben. Er würde ihn vermutlich im Stall finden.

Nachdem er hörte, dass Karl noch am selben Abend beerdigt werden würde, und alle aufgefordert waren, wieder daran teilzunehmen, begab er sich auf die Suche nach Otto.

183

Tatsächlich fand er ihn im Stall. Er saß wie ein Häufchen Elend auf einem Strohhaufen. Die Forke neben sich, den Kopf auf die angezogenen Knie gelegt, starrte er Jasper mit leeren Augen an. Bestürzt über den Gesichtsausdruck seines Freundes, setzte Jasper sich neben ihn, legte einen Arm um Ottos Schulter und schwieg.

Was sollte er sagen, was sollte er fragen? Er wollte nur dasein. Wollte seinem Freund zeigen, dass er nicht alleine war. Wollte Trost spenden, auch ohne Worte.

Otto ließ es geschehen. Das war schon verwunderlich. Beinahe war Jasper erstaunt, dass er nicht rüde abgewiesen wurde. Es musste schlimm um Otto stehen.

Nur das Schnauben der Pferde und hin und wieder leise Geräusche im Stroh durchbrachen diese Stille.

Endlich rührte Otto sich. Er schob Jaspers Arm von sich.

„Lass gut sein, Jasper. Ich weiß, du meinst es freundlich, aber lass mich alleine. Ich habe vorhin das Grauen gesehen. Ich werd einfach nicht damit fertig. Dabei kannst du mir auch nicht helfen."

Alleine lassen konnte Jasper seinen Freund nicht. Ihm selbst war doch auch alles auf den Magen geschlagen.

Er brauchte jetzt eine Ablenkung, darum nahm er Otto die Forke ab, fragte, welche Box noch ausgemistet werden musste, und machte sich nach einem Fingerzeig von Otto an die Arbeit.

Das war das mindeste, das er für seinen Freund tun konnte.

Während er Forke um Forke Pferdemist aus der Box holte, begann er zu erzählen. Von der Arbeit mit den wundervollen Pferden, wie er sich angestellt hatte beim Striegeln und Putzen, von Hans berichtete er und wie nett er ihn fand, von seinem Sturz, als er sich aufs Pferd gesetzt hatte.

Er redete und redete und spürte, dass ihm dabei leichter ums Herz wurde. Als er erwähnte, dass der Leichnam soeben abgeholt wurde, die Beerdigung noch am selben Abend stattfinden, und die Schwester von Karl kommen würde, stand Otto auf.

Dort wo er stand, übergab er sich und fiel um.

Jasper sprang auf ihn zu, hob ihn an, zerrte ihn wieder auf den Strohhaufen und war erschrocken, als er hinter sich Schritte hörte. Erleichtert stellte er fest, dass es Herr Koch war.

Der entschied, als er Ottos Zustand bemerkte, dass der sofort in seine Kammer gebracht werden sollte. Er selbst half, Otto auf die Beine zu stellen, die unter ihm gleich wieder nachgaben, hievte sich den schweren Mann über die Schulter und ging zielstrebig auf das Gesindegebäude zu.

Jasper staunte. So viel Kraft hätte er Koch nicht zugetraut. Otto musste doch so viel wie ein Schwein wiegen.

Die Treppe hinauf konnte Otto mit Mühen selbst gehen. Sie halfen ihm, sich hinzulegen und der Kriminalpolizist erbot sich, eine Weile zu bleiben, da Jasper sicher noch Arbeiten zu erledigen hätte.

Damit fühlte der sich verabschiedet und sprang die Stufen hinunter, um zu hören, was es Neues gab.

Immer noch standen kleine Gruppen in den verschiedenen Burghöfen.

Obwohl sie dazu angehalten worden waren, ihrer Arbeit nachzugehen, konnten sie sich nicht voneinander lösen. Die Ereignisse hatte sie zu betroffen gemacht.

Verschiedentlich hörte Jasper, dass einzelne sich im Herbst woanders verdingen wollten. Selbst wenn die Morde aufgeklärt würden, hätten diejenigen keine Lust, länger auf dem Schloss zu arbeiten.

Es wäre nicht mehr sicher, man wüsste ja nicht, ob sich das alles wiederholen würde, man wisse ja noch nicht, ob der Mörder überhaupt gefasst werden würde. So hörte er.

Der Abend und damit der Feierabend für die meisten, nahte schneller, als sie vermutet hätten.

Schon war es an der Zeit, hinunter in die Stadt, zur Beerdigung zu gehen.

Wieder hatte der Schlossvogt zwei Fuhrwerke bereitgestellt. Wieder stiegen fast alle auf diese Gefährte. Einige wollten zu Fuß gehen, damit sie vor dem Rückweg noch Verwandte in der Stadt aufsuchen konnten oder dem Wirtshaus einen Besuch abstatten wollten.

Selbst der alte Friedrich, dem es mit seinem Herzen wieder besser ging, ließ es sich nicht nehmen, mitzukommen.

Jasper fragte Elisabeth, die mit der Küchentruppe schon auf dem Wagen saß, leise, ob sie nachher mit ihm auch zu Fuß zurückgehen würde. Als sie ihm schüchtern lächelnd zusagte, machte sein Herz Freudenhüpfer.

Otto war nicht unter den Anwesenden. Als Jasper Herrn Koch sah, fragte er nach dem Verbleib seines Freundes und erkundigte sich nach dessen Wohlbefinden. Er bekam zu hören, dass Otto nicht in der Lage sei, aufzustehen, dass die Köchin ihn aber mit Kräutertees eingedeckt hätte, so dass er gut eine Weile alleine bleiben könne.

Die Kirchenglocken läuteten, wie am Mittag. Wer das wohl bezahlen würde?

Diesmal war der Friedhof übervoll mit Trauernden und auch Neugierigen. Denn die Botschaft über den Todesfall hatte sich wie ein Lauffeuer in der Stadt verbreitet.

Selbst Ottos Eltern traf Jasper vor dem Friedhof an. Natürlich fragten sie nach ihrem Sohn und waren tief besorgt, als Jasper ihnen in einer Kurzform berichtete, weshalb Otto unmöglich kommen konnte. Seine Mutter wischte sich Tränen aus den Augen, und jammerte darüber, was ihr armes Kind hatte ertragen müssen. Am liebsten wäre sie, wie sie mitteilte, zum

Schloss hinaufgegangen, um sich um ihren Sohn zu kümmern. Der Vater wirkte etwas gefasster, schniefte aber auch. Sowohl er, als auch Jasper konnten ihr ausreden, aufs Schloss zu gehen. Zumal Jasper berichtete, dass Otto nicht allein gelassen war, sondern Gesellschaft durch den Kriminalpolizisten hatte. Die Eltern bedankten sich für die Mitteilung, die Jasper ihnen gemacht hatte, baten, Otto aufs Herzlichste zu grüßen und luden Jasper für den kommenden Sonntag gemeinsam mit ihrem Sohn zum Mittagessen ein.

Jasper bedankte sich höflich und versprach, gerne mitzukommen. Tatsächlich freute er sich darauf, bei diesen herzlichen Menschen wieder ein gutes Essen zu bekommen.

Auch die Schwester vom Karl, eine ältere, von Gram gebeugte Frau, war schon eingetroffen.

Etliche sprachen ihr ein Beileid aus. Sie weinte leise und wischte ihre Tränen unentwegt fort.

Dabei schaute sie immer wieder auf die Taschenuhr, die bei dem Leichnam gefunden wurde. Der Pfarrer hatte sie ihr mit tröstlichen Worten überreicht. Dies war die letzte Erinnerung an ihren Bruder.

„Das hat mein Bruder nicht verdient. Er war ein so lebensfroher und liebevoller Mensch. Keiner Fliege hat er je etwas zu Leide getan. Das hat er nicht verdient", stammelte sie.

„Und etwas Besseres als diese grobe Kiste hätte ihm sicher auch zugestanden", wandte sie sich an den Pfarrer, der sich ihr zur Seite begeben hatte, um sie durch seine Anwesenheit zu stärken.

Er erklärte ihr mit ruhigen Worten, dass er ihr zustimme, in der Kürze der vorhandenen Zeit aber leider kein schöner Sarg beschafft werden konnte.

Auch der Mann von der Allstedter Wochenzeitung befand sich auf dem Friedhof.

Bevor die Beisetzung begann, bemühte er sich, vom Schlossgesinde Informationen zu erhalten. Alle waren sie bereit, ihm zu berichten, was sie wussten. Jasper beobachtete, dass er versuchte, mit dem Stallmeister, dem Schlossvogt und dem Kriminalpolizisten ins Gespräch zu kommen. Die winkten aber ab und versprachen, nach der Beerdigung mit ihm zu sprechen.

Sie baten ihn, auf dem Friedhof aus Pietät und mit Rücksicht auf die Schwester des Toten Ruhe zu geben, was er dann auch tat. Er gesellte sich zu der Gruppe der Gärtner und machte sich Notizen. Es würde sicher ein größerer Artikel in der Zeitung erscheinen. Jasper wollte sich dann erstmals eine Zeitung kaufen und den Bericht für seine Mutter aufbewahren, um ihn ihr mit einem Brief, den er immer noch nicht geschrieben hatte, zu senden.

Der Pfarrer hielt eine zu Herzen gehende Rede. Er berührte viele Herzen und appellierte an den Verbrecher, sich zu stellen.

In den Gesichtern waren nicht nur Trauer, Verzweiflung und Wut, sondern auch eine tiefe Erschöpfung abzulesen. Zwei Beerdigungen an einem Tag, noch dazu unter so grauenhaften Umständen, das kam eben nicht alle Tage vor.

Nach der ergreifenden Trauerrede des Gottesmannes flossen reichlich Tränen.

Es war niemandem zuzumuten, näher an die Kiste heranzutreten, deshalb wurde sie zügig in die Grube abgesenkt, Erde wurde darauf gestreut und die Beerdigung hatte damit ein schnelles Ende gefunden.

Die Schwester verlangte eine Unterkunft für die Nacht, schließlich sei ihr nicht zuzumuten, die Rückfahrt gleich anzutreten.

Ihr wurde angeboten, im Schloss zu übernachten, was sie vehement ablehnte.

„Ich will doch dort nicht meinen zu frühen Tod finden!", rief sie, so dass sich viele Köpfe zu ihr umdrehten. Man konnte sie verstehen, von den Stadtbewohnern würde auch keiner freiwillig im Schloss übernachten wollen. So wurde ihr ein Bett im Hause des Amtmannes angeboten, was sie dankend annahm. Sie hätte sowieso noch etliche Fragen, die der gute Mann ihr sicher beantworten würde?

Der Mann von der Zeitung bekam gerade seine Auskünfte, rief ihr aber zu, dass auch er sie gerne noch sprechen würde, ob sie einen Augenblick auf ihn warten würde? Er brächte sie dann zur Wohnung des Amtmanns. Sie stimmte zu und setzte sich auf eine an der Mauer stehende Bank.

Die anderen brachen allmählich auf. Einige zu Verwandten, andere wie angekündigt in die Wirtschaft. Da würde es sicher hoch hergehen.

Jasper hatte Elisabeth entdeckt. Gemeinsam verließen sie unbeobachtet den Friedhof.

Auf dem Weg zurück zum Schloss unterhielten sie sich über alles, was an diesem Tag vorgefallen war. Auch sie waren erschöpft und gingen sehr langsam. Von den Fuhrwerken, die fast leer zurückfuhren, wurden sie schon nach kurzer Zeit überholt.

Dann war es still. Hand in Hand gingen sie plaudernd weiter.

Jasper traute sich, einen Arm um ihre Schulter zu legen und genoss den Augenblick trotz allem sehr.

Elisabeth schluchzte einmal leise auf, die Anspannung des Tages fiel von ihr ab, weil sie sich durch seine Umarmung beschützt fühlte. Auch Jasper seufzte – aus ähnlichem Grund.

„Wie soll es nur weitergehen, Jasper?"

„Ich weiß es nicht. Aber ich denke, dass Herr Koch alles aufklären wird. Er hat mich gebeten, ihm dabei zu helfen."

„Helfen? Ja um Gottes Willen, das ist doch viel zu gefährlich.

Wenn ich mir vorstelle, dass du dabei zu Schaden kommst!",
stieß sie aufgeregt hervor.

Jasper beruhigte sie, und versuchte ihr zu erklären, worin seine
Hilfe bestehen sollte und dass ihm durch das Offenhalten von
Augen und Ohren nichts passieren könne.

Sie sprachen darüber, welche Möglichkeiten sie hätten, wenn
sie sich beide woanders verdingen würden. Als Option die
Zuckerfabrik und den Posten bei der Polizei ins Auge zu
fassen, lenkte sie beide etwas ab.

Schon standen sie vor dem Wachposten, um eingelassen zu
werden. Der arme Mann sah völlig abgespannt aus. Er winkte
sie durch, und erzählte, dass er noch nie soviel wie in den
letzten beiden Tagen zu tun gehabt hätte.

„Wie in einem Taubenschlag geht es hier zu", meinte er.
„Ständig will jemand rein oder raus. Nur gut, dass ich euch
vom Gesinde alle kenne. Sonst hätte ich noch mehr Arbeit, um
alles zu kontrollieren. Schrecklich, zwei Leichen heute
herauszulassen. Wie geht es euch jungen Leute denn?", fragte
er fürsorglich. Sie antworteten ihm höflich, wollten aber kein
Gespräch mit ihm führen. Die letzten Augenblicke des Abends
wollten sie nur mit sich alleine sein.

So spazierten sie über den ersten in den zweiten Burghof,
setzten sich ins warme Gras an der Mauer und hielten sich an
den Händen, bis Jasper seinen Arm um ihre Schulter legte und
sie näher an sich heranzog. Sie kuschelte sich in seine Arme.

Schweigend genossen beide die Nähe und Wärme des anderen.
Es bedurfte keiner Worte.

Irgendwann wurde Jasper bewusst, dass sie sich in der Nähe
des Gartens befanden und eine Gänsehaut kroch seine Arme
empor. Die Dämmerung hatte schon vor einer Weile eingesetzt,
so dass die Luft feucht wurde. Beiden war kalt geworden, aber
sie mochten noch nicht auseinander gehen.

Nach den Tragödien schien es ihnen so wertvoll, so nah beieinander zu sein, um ein wenig zu vergessen, was sich ereignet hatte. Aber irgendwann war die Zeit, in der es gerade noch schicklich war, vorüber, und schweren Herzens trennten sie sich.

Diesmal bekam Jasper für seinen Kuss, den er Elisabeth wieder auf die Wange gegeben hatte, einen zarten Kuss zurück. So weich waren ihre Lippen auf seiner Wange. Ein Augenblick, den er nie vergessen wollte.

Lange sahen sie sich tief in die Augen.

„Elisabeth, wenn das alles hier vorbei ist und wir wissen, was wir wollen, würde ich dich gerne zum Tanz ausführen. Darf ich hoffen, dass du das auch möchtest?"

„Ja, sehr gerne Jasper. Ich freue mich schon darauf. Hoffentlich wird der Täter jetzt schnell gefasst.

Die Stimmung war immer so gut. Wir haben in der Küche viel mit Katrin gelacht. Das ist im Augenblick vorbei. Überhaupt habe ich ein Gefühl, als würde das gesamte Schloss im Kummer versinken."

„Hm, da ist was dran. Das geht nicht nur euch in der Küche so. Mir selbst ist nicht mehr nach Lachen und Scherzen zumute. Ich bin nur froh, wenn ich dich an meiner Seite weiß."

Schnell gab er ihr noch einen Abschiedskuss, bevor sie sich auf den Weg zu ihren Schlafstätten machten.

Otto war wach und starrte Jasper, der leise in die Kammer getreten war, mit weit geöffneten Augen an. Immer noch sehr blass hatte er aber wohl einiges an Bier getrunken, denn die Kammer roch wie ein Wirtshaus.

„Na, Otto, wie geht es dir inzwischen?" Mehr aus Höflichkeit stellte Jasper die Frage. Seine Gedanken waren noch bei Elisabeth.

„Geht", kam die knappe Antwort.

So sehr ihn das, was Otto gesehen hatte, auch anrührte, hatte er keine Lust mehr, nachzufragen. Er wollte nur noch schlafen. Erst als er sich auf sein Bett fallen ließ, spürte er eine totale körperliche Erschöpfung. Was war das aber auch für ein Tag gewesen. Und was für ein wundervolles, fast verzaubertes Ende hatte dieser Tag genommen. Jetzt nur nicht mehr so viel grübeln, sondern mit schönen Gedanken an Elisabeth ins Land der Träume fallen.

## *Freitag der zweiten Woche*

Erst durch lautes Poltern wachte er am nächsten Morgen auf. Otto hatte wohl einen seiner Stiefel quer durch die Kammer geworfen, damit Jasper wach wurde. Nicht gerade die netteste Art, geweckt zu werden, aber wirkungsvoll und nicht ungewöhnlich. Wer zuerst wach war, weckte den anderen durch laute Geräusche. Auch Jasper hatte schon mal einen Schuh gegen die Kammertür geworfen.

Jetzt aber saß er vor Schreck senkrecht im Bett.

Otto grinste und zog eine alte Jacke über. Die hatte Jasper bisher nur einmal, an einem kühlen Tag an Otto gesehen. Von seinem Großvater hatte er die geerbt, erzählte er damals.

Und noch bevor er Otto für das rücksichtslose Wecken ausschimpfen konnte, wurde ihm bewusst,

### *dass er, und vor allem, was er geträumt hatte.*

Fast stockte ihm der Atem. Wie ein Blitz durchfuhr es ihn. Da war etwas in seinem Traum hervorgekommen, was er vergessen hatte. Etwas, das er vom Uhrenturm gesehen hatte.

Bei der Erinnerung daran wurde ihm abwechselnd heiß und kalt. Ein Schauer lief ihm den Rücken herunter.

Er musste mit Koch sprechen. Sofort musste er ihm erzählen, was verdrängt gewesen war.

Schnell wie nie sprang er aus seinem Bett, Otto ignorierend.

Mit dem konnte er sich jetzt nicht abgeben, der musste sehen, wie er alleine klar kam.

Jetzt war etwas viel, viel Wichtigeres dran.

Nach einer ziemlich oberflächlichen Wäsche am Brunnen rannte er zur Küche, in der Hoffnung Koch dort zu finden. Das Frühstück war im Augenblick egal.

Aber Koch war nirgends zu sehen. Also setzte Jasper sich enttäuscht zu den bereits Anwesenden, trank heiße Milch und aß mit plötzlich riesigem Appetit den Gerstenbrei.

Elisabeth zwinkerte ihm zu. Er zwinkerte zurück.

Gerne würde er ihr erzählen, welche Erkenntnis ihm gekommen war, aber das musste warten, bis er mit Koch gesprochen hatte.

Natürlich wurde während des Frühstücks auch der gestrige Tag durchgekaut. Alle waren noch erschöpft von den Vorfällen. Einzig Jasper war ein Energiebündel und wurde erstaunt angesehen.

„Berührt dich das alles gar nicht mehr?", wurde er gefragt.

„Doch, aber das Leben geht doch weiter. Heute ist ein so schöner Tag, der will genossen werden!", lachte er.

Kopfschütteln war die Antwort.

„Der spinnt doch. Dem ist das wohl alles zu Kopf gestiegen", hörte er aus der hinteren Tischreihe, wo die Gärtner aßen.

Es kümmerte Jasper nicht. Er fragte, ob Koch schon gesehen worden war und erhielt zur Antwort, dass hohe Persönlichkeiten vermutlich einen längeren Schlaf bräuchten als das gemeine Volk, wodurch die trübe Stimmung durch vielfältiges Lachen aufgelockert wurde.

Das hieß dann wohl *nein*.

Otto war inzwischen auch eingetroffen. Er aß nur sehr wenig. Mitleidige Blicke trafen sowohl ihn, als auch den Knecht, der die „Ehre" gehabt hatte, den Leichnam von Karl in die Grabkiste zu legen. Allen war bewusst, welch schweres Los den beiden zuteil geworden war.

Keiner hätte mit ihnen tauschen mögen.

Die Köchin Katrin hatte extra für sie einen Becher Malzkaffee gebrüht und ihnen hingestellt, was einige sichtlich mit Neid erfüllte. Den Kaffee hätten sie auch gerne gehabt.

Nachdem er fertig gefrühstückt hatte, begab Jasper sich auf die Suche nach Koch, weil er nicht glaubte, dass der einen längeren Schlaf als die anderen brauchte. So hatte er den Mann nicht eingeschätzt.

Im Gegenteil vermutete er ihn irgendwo auf dem Schlossgelände, sicher auf der Suche nach dem noch vermissten Erwin Bruhns.

Es brannte Jasper förmlich auf der Haut, seine Erinnerung mitzuteilen. So eilte er suchend nach Koch von hier nach dort.

Vom Garten, in den er nur einen schnellen Blick warf, zu den Stallungen, in denen er nur den Namen rief, bis hin zum Torwächter, den er nach der Ankunft Kochs befragte.

Und wie er es vermutet hatte, bestätigte der Jaspers Ahnung.

Der Kriminalpolizist sei schon vor zwei Stunden angekommen. Aber wo steckte er?

Die Arbeit, für die er zuständig war, durfte er nicht länger vernachlässigen. Das könnte Ärger geben. Zurück über den ersten Burghof sah er, wie der alte Friedrich sich zum Uhrenturm begab.

Er wünschte ihm einen guten Morgen und fragte, ob es nicht zu anstrengend für ihn sei, die vielen Stufen hinauf zu gehen. Der Alte winkte ab.

„Das schaffe ich gerade noch, mein Junge. Mein Gnadenbrot will ich mir schon noch verdienen. Sonst lande ich im Armenhaus."

Jasper dachte an seinen Großvater. Wie schön es war, dass der bei ihm und seiner Mutter leben konnte. Aber selbst in seinem hohen Alter hatte auch er immer versucht, für den Lebensunterhalt mit zu sorgen. Ja, das Armenhaus war wahrlich keine Option.

Ein starker Wind war aufgekommen. Jasper fröstelte und bedauerte, seine Jacke in der Kammer gelassen zu haben.

195

Da von Koch nirgends etwas zu sehen war, holte er zunächst Holz und anschließend Wasser für die Küche. Dies war sowieso der Ort, wo er am ehesten erfahren würde, wenn Koch auftauchte.

Wenig später war es soweit. Völlig verschwitzt kam Koch auf ihn zu.

„Folge mir unauffällig, Jasper. Ich muss mit dir reden", forderte er ihn auf.

„Das trifft sich gut, Herr Koch. Mir ist wieder eingefallen, wen ich gesehen habe, als ich auf dem Uhrenturm gewesen war. Im Traum kam die Erinnerung. Eigentlich kann ich es selber kaum glauben, aber je länger ich darüber nachdenke, um so deutlicher wird das Bild!" Aufgeregt hatte Jasper seine Worte hervorgebracht.

Koch stand wie vom Donner gerührt vor ihm. Er ergriff Jasper an den Schultern und sah ihm fest in die Augen.

Größer hätte der Kontrast der beiden gar nicht sein können.

Der eine gerade 17 Jahre alt, der andere 42.

Der eine blond mit durchdringenden grünen Augen, der andere fast schwarzhaarig mit warmen blauen Augen, beide allerdings schlank.

Der eine in bester Kleidung und teuren Hirschlederstiefeln, der andere mit seiner verschmutzten und verschlissenen Hose, dem abgetragenem Hemd und abgetragenen Arbeitsschuhen.

Dennoch hatten sie etwas gemeinsam.

Es war eine gewisse Ausstrahlung von Energie, Mut und Kraft. Auch ihr Selbstbewusstsein ließ sie sich ähneln. Außerdem waren sie fast gleich groß.

„Sag, dass das wahr ist, Jasper. Kannst du den Kerl wirklich benennen? Bist du da ganz sicher?" Koch sah aus, als ob er einen Freudenschrei herausbringen wollte.

„Das würde so gut passen. Wer ist es? Sprich, nenne seinen

Namen!" wurde Jasper aufgefordert.

„Aber warte, nicht hier. Nicht hier, wo wir belauscht werden könnten. Wie wäre es, wenn wir zur Rückseite des Schlosses in den Burggraben gehen würden? Dort ist jetzt sicher niemand."

Mit aufgeregter Stimme schlug er Jasper diesen Ort vor.

Dabei zog er Jasper an den Armen mit sich. Der wollte auf dem Weg zum Burggraben wissen, was Koch von ihm gewollt hatte.

Lachend sagte er:

„Das wirst du gleich hören. Ich denke, dass meine Nachricht mindestens so gut ist wie deine."

Ein ruhiger Winkel war schnell gefunden. Mit den Rücken zur äußeren Burgmauer setzten sie sich ins Gras. So konnten sie gemeinsam alles beobachten und würden jeden sehen, der näher kommen würde.

Jasper wurde aufgefordert, seine Mitteilung zu machen.

Er berichtete, warum und weshalb er seinen Traum als wahr betrachten konnte.

Nach seiner Schilderung war Koch eine Zeitlang nachdenklich.

„Wenn das wahr ist, Jasper, dann müssen wir uns eine Strategie überlegen, um ihn zu überführen. Wir brauchen den Beweis für seine Schuld. Denn ich habe heute früh den dritten Leichnam gefunden. Auch Erwin Bruhns, dein Vorgänger, ist tot!"

Wenn Jasper nicht gesessen hätte, wäre er vermutlich umgefallen. So sehr traf ihn diese Mitteilung. Das Grauen senkte sich über ihn. Er fror nicht nur innerlich erbärmlich, sein ganzer Körper zitterte, so sehr traf ihn diese Mitteilung.

Drei tote Männer.

Alle entdeckt von Koch. Alle von ein und dem selben Mann getötet?

Von dem, den er Koch gerade genannt hatte?

Erst als der erste Schock vorüber war, bemerkte er Kochs fürsorglichen Blick.

„Das ist schwer zu verkraften. Ich kann mir denken, wie es dir geht. Wir warten noch einen Augenblick bevor ich dir den Toten zeige. Vielleicht sollten wir einen kurzen Halt in der Küche machen. Ein Bier dürfte deine Lebensgeister wieder in Gange bringen."

Trotz seines Zustandes versuchte Jasper dem Kriminalpolizisten zu erklären, dass es bei Strafe verboten sei, während der Arbeitszeit zu trinken. Der wiegelte ab, indem er zu verstehen gab, dass er das beim Schlossvogt schon erklären würde. Vielmehr hatte er Sorge darum, wie die Leute reagieren würden, wenn sie von diesem erneuten Todesfall hören würden.

Weiter berichtete er Jasper, dass bisher lediglich der Stallmeister und natürlich der Schlossvogt von seinem Fund erfahren hatten. Sie alle waren besorgt um Hysterie, die ausbrechen könnte. Darum hatten sie sich gemeinsam Stillschweigen auferlegt. Nichts sollte so schnell nach außen dringen.

In Ruhe wollten sie ihr weiteres Vorgehen überdenken.

„Aber jetzt, jetzt sieht es ganz anders aus. Nun, da wir den Mörder benennen können, müssen wir sehr gut überlegen, wie wir ihn überführen. Komm, junger Mann, wenn du glaubst, es verkraften zu können, zeige ich dir den Ort, wo ich den Bruhns gefunden habe und danach werde ich den beiden Herren weitergeben, was ich gerade von dir erfahren habe. Es sieht dank deiner Hilfe so aus, als könnten wir alles noch vor der Ankunft des Großherzogs klären."

Jasper brauchte einen Moment, bevor seine Beine ihn trugen.

Dann folgte er Koch in den Schlosshof. Inzwischen war seine Neugierde erwacht. Was würde er zu sehen bekommen? Wie furchtbar würde der Anblick sein?

Noch vor dem Brunnen bog Koch rechts ab, um eine hölzerne

Rundbogentür zu öffnen.

Eine schmale Treppe mit 15 steinernen Stufen führte hinab in einen düsteren Gewölberaum. Muffige Luft kam ihnen entgegen. Stockfinster war es dort unten. Das Licht, welches hinter ihnen in das Gewölbe fiel, warf ihre langen Schatten voraus. Unheimlich sah das aus. Erst nachdem Koch eine Laterne angezündet hatte, konnte Jasper etwas erkennen.

Koch fragte, ob Jasper auf seiner Suche nach dem verschwunden Johann auch hier unter gesucht hätte.

„Nein, darauf wäre ich gar nicht gekommen. Auch wusste ich gar nicht, dass es hier unten Kellergewölbe gibt“, antwortete er. Sie befanden sich inzwischen in einem großen Raum, dessen Decke mit einem Tonnengewölbe versehen war. Von diesem Raum ging linker Seite ein kleiner, auch mit einem Tonnengewölbe versehener, Raum ab. Es roch muffig. Es war unheimlich in diesen dunklen Gewölben zu sein.

Auch hier waren Schießscharten vorhanden, die von Spinnweben eingehüllt waren. Nur das Licht einer weiteren Laterne, die Koch in die Höhe hielt – wo war die hergekommen? - erleuchtete die Räume spärlich.

Koch zeigte nach rechts. Eine schwere Holztür mit eisernen Beschlägen lag vor ihnen.

„So, Jasper. Der Anblick, der dich hinter dieser Tür erwartet, ist nicht so schrecklich wie du vielleicht befürchtest. Denn hinter dieser Tür befindet sich der Eiskeller. Es ist kalt dort drinnen. Deshalb ist der Leichnam wohl auch noch relativ gut erhalten.“

Jasper fröstelte wieder. Ihm war hundeelend zumute. Er hatte auch ein wenig Angst vor dem, was ihn erwartete. Aber er riss sich zusammen, wollte Koch nicht enttäuschen, der ja scheinbar großes Vertrauen zu ihm hatte.

Koch drückte den eisernen Türgriff herunter. Jasper erwartete ein Quietschen der Tür, welches allerdings ausblieb. Ganz leicht schwang die Tür auf.

Eisige Kälte schlug ihnen entgegen. Jasper sah verschieden große Eisblöcke, die in vielfältigen Farben, angestrahlt durch das Licht, schimmerten. Wäre der Anlass ein anderer gewesen, hätte er sich in der Schönheit des Farbenspiels verloren. So aber harrte er mit angehaltenem Atem dem, was kommen würde.

„Wie raffiniert unser Täter war, erkennst du daran, dass er die Leiche ganz nach hinten gelegt hat. Komm mit, wir müssen um diese Eisblöcke herumgehen. Dann siehst du ihn." Koch ging voran, Jasper folgte zögerlich und dann sah er, was er lieber nicht gesehen hätte.

Auf einem kleineren Eisblock lag ein Mensch. Wie Koch versichert hatte, noch recht gut erhalten.

Eine graue Mütze, unter der braune Harre zu sehen waren, eine Jacke, die die besten Tage hinter sich hatte, Hose und Stiefel, alles da. Und in all dem steckte ein Toter. Das also war sein Vorgänger Erwin Bruhns, oder das, was von ihm übrig war. Jasper hatte natürlich schon Tote gesehen, aber noch nie einen, der ums Leben gebracht worden war. Seine bisherigen Erfahrungen waren friedlich daliegende Tote gewesen. Aber der hier, der lag dort wie weggeworfen, mit weit aufgerissenen Augen und Gesichtszügen, in denen noch Furcht oder Schreck zu sehen war.

„Wir lassen ihn hier noch liegen. Er ist hier gut versteckt, bis wir wissen, wie wir weiter vorgehen werden. Der Stallmeister und der Schlossvogt sind schon in aller Frühe mit mir hier gewesen. Sie haben bestätigt, dass es sich um Bruhns handelt. Wie treffen uns gleich mit den beiden. Ich wollte nur, dass du weißt, wie ernst die Lage ist. Gerade nach dem, was du mir vorhin erzählt hast."

Jasper wollte nur weg. Weg aus der Kälte, weg von der Leiche.

„Warum ist er nicht längst entdeckt worden?", wollte Jasper wissen.

„Nun ja, das Eis ist ja für die Kühlung im Sommer hergebracht worden. Bei der noch vorherrschenden kalten Witterung wurde es noch nicht benötigt. Also gehe ich davon aus, dass der Täter sich genau dies zu Nutze gemacht hat."

Das schien einleuchtend.

„Wie ist er ums Leben gekommen?", fragte Jasper, nachdem die Tür des Eisraumes wieder fest verschlossen war.

„Das weiß ich noch nicht genau. Es sieht so aus, als ob er einen heftigen Schlag auf den Hinterkopf bekommen hat, denn unter der Mütze habe ich ein blutverschmiertes Loch entdeckt. Viel schlimmer aber ist die Verletzung, die ich unter seiner Jacke sehen konnte. Vier tiefe Einstiche sind dort vorhanden. Wäre die Jacke nicht blutgetränkt gewesen, hätte ich das noch gar nicht bemerkt. Wenn wir ihn hier herausholen, werde ich Näheres wissen."

Koch erwähnte noch, dass er früh am Morgen einen Boten in den Heimatort von Bruhns geschickt hätte, damit dessen Angehörige dort ausgemacht und informiert würden.

Inzwischen im Schlosshof angekommen, hielt Jasper sein Gesicht in die Sonne.

Er brauchte das helle Licht, denn das Bild von Bruhns würde er so schnell nicht vergessen können. Mit langsamen Schritten folgte er Koch. Sein Herz war so schwer.

Ehe er sich versah, saß er im Büro des Schlossvogtes auf einem Stuhl. Einen Becher Bier hielt er in der Hand. Wo war der hergekommen? Er erinnerte sich nicht, wer ihm den gereicht hatte.

Erst als er direkt angesprochen wurde, kam er zu sich. Verlegen schaute er die anwesenden Männer, die ihn freundlich und nachsichtig musterten, an.

Er wurde aufgefordert zu berichten, was er herausgefunden hatte. Und jetzt, wo er den Täter noch einmal beim Namen nannte, wurde ihm die Tragweite dessen, was er sagte, bewusst. Wie sollte er damit und mit den Folgen leben? Könnte er je wieder jemanden vertrauen?

Seine Worte wurden durch die Ankunft von Pfarrer und Amtmann kurz unterbrochen.

Noch einmal musste er von vorne anfangen.

Tiefe Erschütterung war in den Gesichtern zu lesen. Nicht nur über den Leichenfund, sondern auch über den mutmaßlichen Täter.

„Wir müssen ihn überführen", sprach Koch „sonst haben wir keine Beweise. Jeder Richter würde sagen, dass wir auf Grund eines Traumes kein Urteil bekommen werden. Aber der Mörder muss hängen! Ich habe einen Plan, den ich jetzt gerne mit den hier Anwesenden erörtern würde."

Gespannt und sehr interessiert beugten sich die Herren in seine Richtung.

Ausführlich erklärte er seine Idee.

Zustimmung und Ablehnung hielten sich die Waage.

Schlossvogt und Amtmann waren dafür, Pfarrer und Stallmeister dagegen.

Zu gefährlich hielten sie Kochs Vorschlag. Der sicherte eine gute Überwachung zu. Er hätte noch Leute angefordert, die ihn dabei unauffällig unterstützen würden.

Schließlich einigten sie sich darauf, dass Jasper die Entscheidung für oder gegen den Plan treffen sollte.

Schließlich hätte er in Kochs Plan eine entscheidende Rolle zu spielen.

Die eine Gruppe meinte, es sei die beste Möglichkeit, die andere hielt das Risiko für zu groß.

Die Autorität sowie die ernsten Mienen der Herren schüchterten

Jasper ein.

Auch war es ihm unangenehm, im Mittelpunkt der Entscheidung zu stehen.

So war er hin und hergerissen. Eine wirkliche Hilfe waren die Herren ihm gerade nicht.

Er bat um einen Augenblick Bedenkzeit, die ihm gerne gewährt wurde.

Koch nickte ihm aufmunternd zu.

„Egal wie du dich entscheidest, Jasper. Wir alle sind dir schon jetzt zu großem Dank verpflichtet."

Vieles ging Jasper durch den Kopf. Nicht nur die gegenwärtigen Ereignisse, sondern auch Gedanken an seine Mutter und Elisabeth hinderten ihn an einer schnellen Entscheidung.

Die Gefahr, die in der Idee steckte, war ihm nicht wirklich bewusst.

Er ahnte nur, dass es nicht ungefährlich sein würde.

Konnte er es wagen? Würde alles funktionieren? Er rang mit sich.

Dann war er soweit. Er stimmte dem Plan Kochs zu.

Anerkennendes Schulterklopfen war zunächst sein Lohn.

Sollte der Täter durch diesen Plan dingfest gemacht werden können, wurde ihm versprochen, dass es nicht zu seinem Schaden sein würde. Was immer das auch hieß.

Als er aber hörte, dass selbst der Großherzog von seinem Mut erfahren würde, war er froh und stolz, sich zu einer Zusage durchgerungen zu haben.

Den Leichnam wollte man bis zum folgenden Tag dort lassen, wo er sich jetzt befand.

„Erstens wird das den Täter noch in Sicherheit wiegen, zweitens können wir in dieser heiklen Situation keinen Tumult gebrauchen", entschied Koch über die Köpfe der anderen hinweg.

Respektvolles Nicken stimmte ihm schließlich zu.

*

Als Jasper zur Tür heraustrat, sah er Elisabeth, die mit einem Korb aus dem Garten kam. Vermutlich hatte sie Kräuter geholt.

Sie winkten sich zu. So gerne Jasper auch mit ihr gesprochen hätte, so sehr drängte es ihn seine Aufgabe zu erfüllen.

„Was wollen denn schon wieder Pfarrer und Amtmann hier?", wurde er gefragt, als er eben zu den Stallungen gehen wollte.

Natürlich war deren Erscheinen nicht unentdeckt geblieben. Die Angst vor unangenehmen Nachrichten ging um.

Jasper antwortete, dass er das auch nicht wisse, gab zur Erklärung, dass er gerade Arbeitsanweisungen vom Stallmeister erhalten hatte, und wurde daraufhin in Ruhe gelassen.

Zielstrebig schritt er voran.

In seinem Kopf war ein heilloses Durcheinander. Wie sollte er all seine Gedanken beruhigen und sich ausschließlich auf seine Aufgabe konzentrieren?

Er war noch so jung, hatte so viele Wünsche und Pläne, die er sich erfüllen wollte. Wollte eine Zukunft mit Elisabeth – und vor allem ein ruhigeres Leben. Nicht so viele Angst einflößende Ereignisse wie in den letzten Tagen.

Noch einmal spielte er in Gedanken den Plan durch, den Koch so genial erdacht hatte.

Ja, es könnte klappen. So könnte der Mörder überführt werden.

So könnten sie ihn dingfest machen.

Jetzt wollte er zuerst mit Otto reden. Er sah ihn gerade aus dem Stall kommen. Seine alte Jacke hatte er noch nicht wieder ausgezogen. Obwohl es inzwischen wärmer geworden war und er bei der Stallarbeit sicher schwitzte, trug er die Jacke noch.

„Heh Otto! Geht es dir inzwischen besser?", erkundigte er sich.

Otto grunzte etwas, das wie „geht so" klang.

„Ich soll dir bei der Stallarbeit helfen", rief er ihm zu.

„Wieso das? Das schaff ich auch alleine. Ist ja nicht mehr viel, seit die Stuten auf der Fohlenweide sind."

„Ja, das mag stimmen, aber ich soll alles genau kennenlernen."

„Und wozu soll das gut sein?", fragte Otto mit grimmigem Gesicht.

„Na ja, ich war gerade im Büro des Schlossvogtes. Dort hat der Stallmeister mitgeteilt, dass er wegen der Vorfälle hier nur noch bis zum nächsten Jahr arbeiten will. Und dann wird ein Nachfolger gebraucht. Die hohen Herren wollen sehen, wer dafür am besten geeignet ist. Sie meinten, dass ich zwar neu sei, aber mich bisher recht gut gemacht habe."

Mit geballten Fäusten hatte Otto zugehört. Jetzt schnaubte er wütend.

„Ich bin ja wohl lange genug hier. An meiner Arbeit kann ja wohl kaum jemand was aussetzen. Was wollen die denn noch suchen?"

„Otto sie haben dich mit sehr lobenden Worte erwähnt, sind sich aber scheinbar nicht sicher, ob du den Anforderungen auch gewachsen bist."

„Aber du Klugscheißer bist es?"

Er drehte sich von Jasper weg, ging in eine der Boxen und sortierte dort überflüssiger Weise Stroh.

Mit seiner Forke drehte und wendete er es. Auf Jaspers irritierten Blick meinte er nur, dass es gut sei, immer wieder Luft drunter zu heben.

„Dann hast du ja jetzt etwas Neues gelernt", lachte er hämisch.

So einen Blödsinn hatte Jasper noch nie gehört, schwieg aber.

Es ging so weiter. Was auch immer Jasper fragte oder wissen wollte, Otto erzählte oder erklärte ihm einen Blödsinn nach dem anderen. Auch beim Striegeln der Arbeitspferde gab er völlig falsche Anweisungen. Wenn Jasper es nicht gerade besser und richtiger gelernt hätte, würde er sich hier falsche Handgriffe einprägen.

Was sollte das? Warum machte Otto das?

Seine Laune verschlechterte sich von Stunde zu Stunde, so dass Jasper froh war, als die Glocke zum Essen rief.

Bevor sie in die Küche gingen, erzählte Jasper, dass Koch die Kellerräume am folgenden Tag gründlich durchsuchen wollte.

„So ein dummes Zeug, was glaubt er denn dort zu finden?", mit geballten Fäusten marschierte Otto zur Küche.

Jasper überlegte, wie er seinen Auftrag erfüllen sollte. Was war der richtige Weg?

Fragen konnte er niemanden. Ausgemacht war, dass er bis zur Klärung des Falles keinen der hohen Herren mehr ansprach. Was für eine Belastung das schon jetzt für ihn war, hätte er nicht gedacht.

Natürlich waren in der Küche die Beerdigungen des Vortages das Hauptgesprächsthema. Wie gut, dass noch keiner mitbekommen hatte, dass eine dritte Leiche gefunden wurde.

In nahezu allen Gesichtern war Erschöpfung zu sehen. Die Anspannung der letzten Tage war nicht so leicht abzuschütteln. Die Gespräche wurden nicht in der sonst üblichen Lautstärke geführt. Es war ruhiger als sonst. Auch fehlten die leisen Gesänge der Küchenmägde, die die Mahlzeiten sonst immer wieder begleitet hatte.

Wie reichhaltig das Essen war, wurde scheinbar kaum wahrgenommen.

Einer fragte, ob die anderen schon mitbekommen hätten, dass der Stallmeister vier neue Handwerker herumführte?

„Na, dann kehrt ja hoffentlich bald Normalität ein", bekam er zur Antwort.

Jasper genoss, während er die Mitteilung interessiert vernahm, die großen Scheiben eines Schweinebratens, den er hier noch nie zu essen bekommen hatte. Mit Bier spülte er nach, strich sich anschließend genüsslich den Bauch und schaute sich um.

„Habt ihr auch gehört, dass der Kriminalpolizist in den Kellerräumen nach Erwin Bruhns suchen will?", fragte er in die Runde und beobachtete die Reaktionen. Erstaunte Blicke sahen in seine Richtung. Nein, davon war noch nichts laut geworden. Warum und wozu, fragten sie sich. Sollten sie schon wieder zu einer Beerdigung?

Leises Murren setzte ein. Sie hatten alle genug. Genug von Leichen, genug von Polizisten, genug von der Unruhe und vor allem genug von den nervigen Strapazen. Auch genug davon, dass ein Mörder frei herumlief.

Nun, zumindest hatte Jasper es geschafft, dass alle die Nachricht gehört hatten.

Er setzte noch einen drauf, indem er wie nebenbei erzählte, dass er sich, sei es verboten oder nicht, gleich ein ruhiges Plätzchen suchen würde, wo er fehlenden Schlaf nachholen wollte.

Für seine freche Äußerung erntete er sowohl Lachen, als auch Kopfschütteln.

Ganz ernst genommen wurde er nicht. Aber das war auch nicht sein Anliegen. Sie sollten nur alle hören, was er angekündigt hatte.

Jetzt noch ein bisschen prahlen, dachte er und verkündete, dass er für seine gute Arbeit sehr gelobt worden war. Diese kleine Angeberei wurde ihm wegen seiner Beliebtheit und seiner Jugend nachgesehen.

„Spiel dich doch nicht so auf, Jasper. Du tust, als hättest du hier schon was zu melden!", im Aufstehen gab Otto diese Worte wütend von sich. Jasper ignorierte ihn.

Wenn er nur wüsste, wie es weitergehen würde.

Vier neue Handwerker? Gute Idee von Koch. Das wären wohl Leute, die er angeheuert hatte? Hoffentlich. Denn ganz wohl war ihm nicht.

*

Demonstrativ langsam begab er sich zu den Stallungen.

Otto war nirgends zu sehen. Also suchte er sich einen abgelegenen Winkel, gähnte vernehmlich laut und legte sich ins Stroh. Bleibt zu hoffen, dass dies eine geeignete Ecke ist, dachte er.

Alle Sinne waren hellwach.

Gespannt und angespannt wartete er.

Der Geruch nach Pferd, Mist und Stroh und das Summen der Fliegen und Mücken ließen ihn schläfrig werden. Beinahe wäre er wegen der Ruhe und des Schnaubens und Kauens der Arbeitspferde doch eingeschlafen. Das hatte er nicht beabsichtigt und wenn das kleine Kätzchen nicht über seinen Bauch gelaufen wäre...

Hörte er Geräusche? Kam da jemand? Wo war eigentlich Otto? Er hatte gar nicht darauf geachtet, wo sein Freund hingegangen war. Jetzt fühlte er sich nicht nur allein, sondern er verspürte einen ängstlichen Schauer. Hoffentlich würde alles gut gehen.

Da - da war doch wieder ein Geräusch? Schlich sich jemand heran?

Seine volle Konzentration galt der näheren Umgebung. Nein, da war nichts. Er wartete noch eine geraume Weile, aber bald wurde ihm langweilig.

„Faul sein liegt mir nicht!", rief er laut, stand auf und begab sich zum Schlosshof, um noch etwas Holz in die Küche zu tragen. Dort saß Koch und las in seinem Notizbuch.

„Was machst du denn hier, Jasper?", fragte er aufschauend.

„Mir war langweilig, darum dachte ich, ich bewege mich ein wenig", gab er zur Antwort.

Koch winkte ihn heran und führte ein leise flüsterndes Gespräch mit ihm. Jasper lauschte gebannt den Worten, die Koch sprach. Wenig später war er abermals in den Stallungen, um sich laut gähnend wieder ins Stroh zu legen.

Der Nachmittag schritt voran. Jaspers Gedanken kreisten um das Gespräch mit Koch.

Wenn nur alles richtig war.

Er wollte sich umdrehen, traute sich aber nicht. Schweiß rann seinen Körper herunter.

Seine Sinne signalisierten ihm Gefahr. Mit fast geschlossenen Augen versuchte er, sich nicht zu rühren.

Plötzlich blieb ihm die Luft weg. Ein schwerer Tritt mit einem Stiefel traf seine Rippen.

Er krümmte sich vor Schreck und Schmerz.

„Steh auf, du Faulpelz. Das hättest du wohl gerne, hier träge herumliegen und andere die Arbeit machen lassen! Und so was will Stallmeister werden!", spuckte Otto ihm entgegen.

Ehe Jasper noch reagieren konnte, hatte Otto ihn auf die Knie gerissen und forderte ihn mit einem Schlag ins Gesicht auf, seiner Verpflichtung nachzukommen. Dann drehte er sich um, nicht ohne schimpfend zu fluchen.

„Du Dreckskerl wirst meinen Posten nicht bekommen, dafür werd ich schon sorgen!"

Diesen Anfall musste Jasper erst einmal verdauen. Seinem Gesicht ging es recht gut, aber der Schlag in die Seite tat höllisch weh. Eine Hand drückte er an die schmerzende Seite, richtete sich auf und stellte fest, dass das Stehen angenehmer war, als in der Hocke zu bleiben.

Was sollte er jetzt machen?

Vielleicht war es wirklich besser, ein wenig zu arbeiten. Es war ja auch eintönig genug gewesen, so lange herumzuliegen. Außerdem war es schon fast wieder Essenszeit und sein Hunger war beachtlich.

Nachdem er wieder normal atmen konnte, sah er sich nach Otto um. Der war mit seiner Forke schon wieder am Arbeiten, als sei nichts gewesen. Der ist ja fast mit seiner Forke verwachsen, dachte Jasper, schlich sich aus dem Stall, ging erst zur Pumpe, um sich mit dem kühlen Wasser zu erfrischen, um dann lustlos einen Arm voller Holzscheite aufzuklauben und sie in die Küche zu bringen. Er hegte die Hoffnung, Koch dort abermals anzutreffen. Leider war das nicht der Fall, und so beschäftigte er sich bis zum Essen mit dem Fegen der Höfe.

Die gedrückte Stimmung während des Essens veranlasste Jasper, den Raum zügig zu verlassen und Koch zu suchen. Er fand ihn mit dem Stallmeister redend hinter der Schlossmauer am Burggraben.

Nach einem kurzen Gespräch mit den beiden begab er sich trotz des noch frühen Abends in seine Kammer.

Entgegen seiner sonstigen Gewohnheit legte er sich angekleidet auf sein Bett und wartete.

Er lauschte. Wie schon vorhin im Stall lauschte er auf jedes ungewöhnliche Geräusch. Lauschte, ob die Treppenstufen knarrten, lauschte darauf, ob jemand heraufkam.

Plötzlich wurde die Kammertür leise geöffnet. Schritte hatte Jasper nicht gehört.

So schnell, wie es jetzt passierte, konnte Jasper nicht reagieren, denn im Nu hatte sich Otto auf ihn geworfen und ihn vom Bett heruntergezerrt.

„Dich bringe ich auch um! Genau wie die anderen! Dich schmeiß ich die Treppe runter, so dass alle glauben werden, du seist gestürzt!", mit jedem Wort schlug er auf Jaspers Körper ein. Seine Worte stieß er erstaunlich leise aus. Es sollte wohl keiner etwas von dieser Auseinandersetzung mitbekommen. Er hatte Jasper plötzlich von hinten gepackt, hielt ihn mit seinen Bärenkräften fest umklammert, wobei er einer Hand fest zuschlug und mit der anderen Jasper den Mund zuhielt, so dass er nicht schreien konnte. Wie schaffte er das nur?

Die Hiebe, die im Wechsel die Nieren und den Kopf trafen, waren so hart, dass Jasper glaubte, sein Kopf müsste zerspringen.

Er versuchte sich zu wehren – wo blieb die Hilfe?

Schon hatte Otto ihn auf den Flur gedrängt. Er hielt seine schweißnasse Hand fest auf Jaspers Mund gepresst, so dass es dem nicht möglich war, zu schreien. Aber er wehrte sich nach Kräften, trat um sich, um möglichst viel Lärm zu machen. Irgendwer musste diesen Kampf doch mitkriegen?

Gegen Ottos Kräfte hatte er keine Chance, aber gerade als er glaubte, er würde totgeschlagen und die Treppe heruntergeworfen werden, wurde Otto von ihm weggerissen.

Jetzt wehrte der sich nach Leibeskräften gegen die Umklammerung eines großen kräftigen Mannes, den Jasper noch nie zuvor gesehen hatte.

Jasper griff sich an den Kopf, fühlte, ob noch alle Zähne fest saßen und bemerkte, dass ihm die Tränen unkontrolliert über die Wangen liefen.

Ein Arm legte sich um seine Schulter.

„Alles gut gegangen, Jasper. Es ist vorbei. Beruhige dich, wir haben ihn endlich", sprach Koch mit ruhiger Stimme auf ihn ein.

Otto schrie wie am Spieß. Er verfluchte seine Peiniger, die ihn auf den Boden geworfen und auf den Bauch gedreht hatten. Unsanft trat Koch ihm in die Seite.

Ein weiterer Mann kam die Treppe hoch gerannt um zur Hilfe zu eilen. Gemeinsam versuchten sie, den heftig um sich schlagenden Otto festzuhalten.

„Gestehe hier und jetzt, dass du die drei Männer ermordet hast!", befahl Koch.

Otto grinste wie irre. „Ja, hab ich. Hahaha, das habe ich", verkündete er stolz. „Und den hier, den hätte ich jetzt irgendwo vergraben. Schade, dass ihr das verhindert habt. Den Klugscheißer hätte ich gerne noch beseitigt."

Jasper weinte. Er weinte laut und schluchzend. Das war doch sein Freund gewesen. Wie hatte er sich so in einem Menschen täuschen können? War Otto seine Freundschaft nichts wert gewesen? Hatte ihm das wirklich nichts bedeutet? Er war so enttäuscht.

Koch befahl, dass Otto ins Büro des Schlossvogtes geführt werden sollte. Dort wollte er ihn ausführlich vernehmen. Unsanft führten die Helfer den Befehl aus und stießen Otto Stufe für Stufe, bis sie unten angekommen waren.

Dann setzte Koch sich neben Jasper, um ihm Trost zu spenden. Der kämpfte mit sich. Hatte er seinen Freund verraten?

In seinem Traum hatte er die Jacke des Täters deutlich gesehen und als Otto genau diese Jacke am Morgen angezogen hatte, war Jasper klargeworden, wer der Täter gewesen sein musste, denn genau diese Jacke hatte er oben vom Turm aus gesehen.

Er sollte nach Kochs Plänen Otto so provozieren, dass der versuchen würde, Jasper als potenziellen Nachfolger genauso zu beseitigen wie die anderen. Keinen Augenblick sollte Jasper bei dieser Aktion unbewacht bleiben. Koch hatte extra vier Männer angefordert, die sich auf dem Schloss verteilen würden. Sie hatten gemeinsam eine Stelle im Stall überlegt, in der Jasper sich ins Stroh legen sollte. Auch war vereinbart worden, dass einer der Helfer, während alle beim Essen waren, sich genau dort verstecken und abwarten sollte. Unauffällig würden die Männer ihn beobachten und auf ihn aufpassen.

Im rechten Augenblick wollten sie zugreifen und Otto in Gewahrsam nehmen.

Der Plan musste dann noch einmal abgeändert werden, weil Otto im Stall nicht wie erhofft reagiert hatte. Deshalb hatte Koch, als Jasper ihn am Nachmittag in der Küche gesprochen hatte, zugesichert, dass auch die Schlafkammer bewacht werden würde, die er früh aufsuchen sollte.

Und so war es ja gottlob auch geschehen.

Nein, das war kein Verrat gewesen, wie ihm Koch bestätigte.

Schließlich sei Otto bereit gewesen, auch ihn zu ermorden. Die Gründe, weshalb er das alles gemacht hatte, würde Koch in einem Verhör herausfinden. Koch hatte auch eine Erklärung dafür zur Hand, weshalb Otto vermutlich nicht schon am Nachmittag zur Tat geschritten war. Er war nämlich dabei beobachtet worden, wie er sich in der Nähe des Eiskellers aufhielt. Aller Voraussicht nach wagte er nicht, ihn zu betreten, weil stets Kochs Männer in der Nähe „beschäftigt" gewesen waren.

Koch bot an, dass Jasper beim Verhör gerne dabei sein durfte. Aber der lehnte ab.

Er wollte in die Stadt und Ottos Eltern aufsuchen. Sie sollten diese schreckliche Botschaft nicht von irgendjemand hören. Das wollte er selbst erledigen. Sie taten ihm so leid, diese freundlichen Menschen, erklärte er Koch.

Der lobte sein Ansinnen, bestand aber darauf, dass die Droschke des Amtsmannes, der noch auf dem Schloss weilte, ihn in die Stadt fahren sollte. Außerdem war er dafür, dass Jasper zunächst seine Wunden säuberte, denn sein Gesicht war blutverschmiert. Er fragte fürsorglich, ob Jasper noch andere Schmerzen, außer im Gesicht, verspürte. Der war gerührt wegen der Besorgnis, tastete seinen Körper ab und meinte, dass wohl trotz der Härte der Schläge nichts gebrochen war.

„Aber mir tut jeder Knochen weh", meinte er mit schiefem Lächeln.

Sein Gesicht schwoll zusehends an und eine Wunde unterhalb des Auges blutete heftig.

Koch holte ein nahezu weißes Schnupftuch aus seiner Jackentasche und wischte das Blut vorsichtig von Jaspers Wange.

„Das solltest du gleich kühlen, wenn du zurück bist. Am besten gehst du zur Köchin. Diese patente Frau weiß sicher ein Mittelchen, das dir hilft." Mit Schulterklopfen bedankte er sich bei Jasper für dessen Mut.

„Weißt du, Jasper, mit dem Verhör von Otto warte ich, bis du zurück bist. Dann kannst du zum einen hören, warum er es getan hat, und zum anderen lernst du, wie so eine Angelegenheit vonstatten geht. Vielleicht willst du ja doch bei uns mitmachen?", fragte er hoffnungsvoll.

Von draußen war Tumult zu vernehmen.

Dass Otto abgeführt wurde, war nicht unbeobachtet geblieben.

Seine Schreie hatten eine Menge Neugieriger angelockt.

Als Koch und Jasper auf den Hof traten, spürten sie eine aufgeladene Atmosphäre, die mit Wut und Hass einher ging. Wenn die Helfer nicht so schnell und zielsicher mit ihrem Gefangenen ins Büro des Schlossvogtes gegangen wären, hätte die aufgebrachte Menge sich auf Otto gestürzt.

Während Koch die Droschke anforderte, bekam Jasper einiges von der unbändigen Wut mit.

Aber auch Bestürzung und Ungläubigkeit mischten sich in die Äußerungen.

„Doch nicht der Otto! Doch nicht einer von uns!" hörte er mehrfach.

Die Droschke fuhr vor, er stieg ein, und schon ging es hinunter in die Stadt.

Eine Droschke für ihn ganz alleine. Er konnte es nicht genießen. Die wenigen Minuten, die die Fahrt dauerte, überlegte er nur, wie er Ottos Eltern die schlimme Nachricht übermitteln könnte, bevor sie auf irgendeine andere Weise davon erfahren würden.

Dass er beide Eltern antraf, beruhigte ihn sehr. Ihr Abendessen hatten sie wohl gerade beendet, denn Ottos Mutter stellte Teller in das Wandbord. Erfreut sah sie ihm entgegen. Verblüfft war sie wohl, ihn ohne ihren Sohn zu sehen, denn sie schaute fragend.

So schwer fiel es ihm, diesen ihm so lieb gewordenen Menschen mitzuteilen, was ihr Sohn verbrochen hatte. Nicht unerwähnt ließ er, wie Otto versucht hatte, auch ihn, seinen Freund, zu töten. Sein geschwollenes Gesicht sprach dabei für sich.

Die schwere Last des Verbrechens ließ die Eltern niedersinken. Herzergreifend weinten sie ob der Nachricht, die Jasper überbrachte. Fassungslos brachen sie zusammen.

Sie konnten nicht begreifen, dass ihr Sohn, den sie so sehr liebten, für die furchtbaren Taten verantwortlich sein sollte. „Aber die Drei hatten sich doch woanders verdingt. Das hat Otto uns doch so berichtet. Sie können nicht von ihm getötet worden sein. Das ist doch sicher ein Irrtum, damit hat unser Otto bestimmt nichts zu tun", schluchzte die Mutter ungläubig.

Ihr Schmerz war kaum zu ertragen. Beide wehklagten und fragten immer wieder nach dem Warum. Die Antwort musste Jasper ihnen schuldig bleiben. Auch fand er keine tröstenden Worte, die sie in ihrem Elend erreicht hätten. So blieb er nur noch einen kurzen Augenblick bei ihnen, um sie dann in ihrem Gram allein zu lassen. Er konnte im Augenblick nichts für sie tun, aber er entschuldigte sich für seinen eiligen Aufbruch, indem er mitteilte, dass die Droschke des Amtmannes zurück aufs Schloss müsse.

Es zog ihn eilig dorthin zurück. Er wollte unbedingt wissen, wie es mit Otto weiterging.

*

Im gesamten Schlossbereich ging es hoch her.

Aufgestaute Wut war dabei auszubrechen. Mit Forken, Knüppeln und Besen standen etliche auf dem Schlosshof und hätten Otto gelyncht, wenn sie seiner habhaft geworden wären.

Erst als der Schlossvogt vor die aufgebrachte Menge trat, verstummte der Ruf nach Vergeltung.

Gebannt lauschten sie seinen Worten, mit denen er zur Besinnung aufrief. Er versprach, sofort mitzuteilen, wenn sich nach dem Verhör von Otto Neues ergeben hätte. Sie mögen jetzt Ruhe bewahren, abwarten und ihrer Arbeit nachgehen. Für den Abend versprach er außerdem Bier.

Auch erwähnte er, dass es Jasper zu verdanken sei, den Täter gestellt zu haben. Was erstauntes Gemurmel zur Folge hatte.

Jasper huschte hinter ihm vorbei in das Büro. Er wollte jetzt nicht im Mittelpunkt stehen.

Dort saß Otto an Händen und Füssen gefesselt auf einem Stuhl.

Mit irren Augen sah er Jasper an.

„Verräter!", spuckte er ihm entgegen, um dann unbeteiligt aus dem Fenster zu schauen.

Das Wort traf Jasper wie ein Fausthieb. Er fühlte sich schuldig, nahm aber auch das Abstruse dieser Situation wahr. Nicht er hatte etwas verbrochen, sondern Otto.

Der Raum war, nachdem der Schlossvogt sich zu ihnen gesellt hatte, reichlich voll, so dass Jasper an der Tür stehen blieb.

Koch stand vor Otto und forderte ihn barsch auf, zu erzählen, warum er die Männer getötet hatte.

Der war zunächst verstockt und schaute hämisch grinsend um

216

sich.

Ein Schlag auf seinen Hinterkopf, ausgeführt von einem der Wächter, ließ ihn wütend in die Runde schauen.

„Warum, warum? Was geht es Euch an, ihr feinen Herren?", er spuckte aus und wurde dafür rüde zurechtgewiesen. Wenn er nicht geständig sei, würden sie Mittel haben, ihn zum Reden zu bringen.

„Ich wollte keinen töten! Aber eine Stimme in mir hat gesagt, dass ich es muss!"

„Welche Stimme? Und warum solltest du töten?", fragte Koch.

„Du bist ja wahnsinnig! Du hättest in die Irrenanstalt von Jena, dort wo die Wahnsinnigen und Rasenden untergebracht sind, gehört!", ereiferte sich der Stallmeister, der kaum noch an sich halten konnte.

Otto ließ sich davon nicht irritieren, sondern beantwortete die Frage von Koch.

„Die Stimme hat mir gesagt, dass der Karl meinen Posten haben wollte, um Stallmeister zu werden. Darum sollte ich ihn töten."

„Also den Karl aus Sangerhausen hast du umgebracht, weil er dir die Arbeit wegnehmen wollte? Und du hast dann auch überall erzählt, dass er sich woanders verdingen wollte? Und eine Stimme hat es dir befohlen?", Koch brauchte noch einmal diese Bestätigung.

„Ja", antwortete Otto jetzt ziemlich kleinlaut.

„Und wie hast du ihn umgebracht?"

„Na, ich hab ihn von hinten gewürgt, und dann den Kopf nach hinten gebogen, bis er in sich zusammen gesunken ist. Das ging ganz schnell. Schon hörte ich sein Genick brechen. Ich war selbst überrascht, wie schnell ein Leben zu Ende sein kann."

Empörtes Schnauben war zu vernehmen. Der Schlossvogt war

fassungslos ob der Kälte, mit der Otto seine Tat schilderte.

„Du bist ja wirklich verrückt, Otto!", meinte er voller Abscheu.

Koch fragte weiter.

„Und was ist mit dem Erwin Bruhns? Warum hast du den umgebracht?"

„Na, der wollte doch erster Stallmeister werden. Der war so fleißig und eine Gefahr für mich. Der musste weg. Außerdem hat er sich an meine Hanne herangemacht. Hat ihr schöne Augen gemacht, und immer auf ihren Busen gestarrt. Frech wie er war, hatte er sie zum Tanz eingeladen. Das konnte ich mir doch nicht bieten lassen!", geiferte er.

Alle Anwesenden hatten geschwiegen, doch jetzt regte sich Entrüstung.

Der Pfarrer sprach leise ein Gebet, der Amtmann raunte dem Schlossvogt seine Empörung zu, Jasper war entsetzt.

Koch allerdings stieg in Jaspers Achtung noch höher, als er mitbekam, wie Koch einerseits das Verhör führte, und anderseits alles, was gesprochen wurde, in sein Notizbüchlein notierte.

Koch forderte Otto auf, weiter zu berichten.

„Wie hast du den Erwin Bruhns getötet? Und was war mit dem faulen Johann? Warum der? Der war doch sicher kein Konkurrent für dich?"

„Also, dem Bruhns habe ich meine Forke über den Schädel gezogen. Der nervte mich gewaltig damit, dass er meinte, er würde die Hanne schon herumkriegen. Ihr gar einen Antrag machen, denn sie würde ihn wohl mir vorziehen. Ich hätte ja noch nichts vorzuweisen. Und dann grinste er mich auch noch frech an. Das musste ein Ende haben. Also hat er meine Forke noch besser kennen gelernt. Als er auf mich zukam, um mich weiter zu verhöhnen, habe ich ihm die Forke in den Bauch gestoßen. Als er da lag, röchelte und mir noch frech mit der

218

Faust drohte, hab ich noch mal zugestoßen. Das hatte er verdient. Dann hab ich ihn in den Eiskeller gelegt. Ich wusste nicht, wohin mit ihm. Da liegt er doch noch gut. Schön frisch hat er es dort", kicherte Otto.

„Was war mit dem faulen Johann?", hakte Koch nach, das entrüstete Aufstöhnen der Anwesenden ignorierend.

„Ach der! Der hat gesehen, dass ich den Geldbeutel vom Karl in der Hand hatte, um in der Wirtschaft mein Bier zu bezahlen. Ich hätte nicht geglaubt, dass der den Beutel bei Karl je gesehen hatte. Ganz blöd hat er mir gesagt, er wisse, wem der Beutel gehöre." Es schien als genoss Otto diese Erinnerung an den faulen Johann, denn er wirkte wie abwesend.

„Weiter, was geschah weiter?", fragte Koch.

„Der Geldbeutel war auffällig. Er war aus hellem Leder und hatte so schöne Stickereien. Wäre doch schade gewesen, den wegzuwerfen. So hat Johann ihn bei mir in der Wirtschaft gesehen, als ich daraus mein Bier bezahlt habe. Und was denn an Bier für ihn herausspringen würde, wenn er den Mund hielte. Der und den Mund halten. Wenn der getrunken hatte, hat er doch alles Mögliche ausgeplaudert. Der musste weg, haben die Stimmen mir geraten. Zack, schnell hatte ich ihm das Genick gebrochen, ich wusste ja schon, wie das geht, und dann habe ich ihn unter dem Mist vergraben. Der konnte mich nicht mehr verpetzen."

Außer Koch mochte keiner dem Grauen mehr zuhören. Aber Koch war noch nicht fertig.

„Und an dem Abend, als Jasper auf dem Uhrenturm war, hast du Johann zum Misthaufen geschleppt?"

„Ja, ich hatte ihn am Forsthaus unter einem Gebüsch versteckt, aber da konnte er ja nicht bleiben, darum habe ich ihn, als ich dachte, alle sind auf den Kammern, zum Misthaufen geschleppt."

Einen Augenblick war es sehr still. Keiner sagte etwas. Alle waren geschockt über Ottos Geständnisse. Verstehen konnte keiner, was für ein Mensch ihnen gegenüber saß.

„Du bist ja vom Teufel besessen!", stöhnte der Pfarrer.

„Und wieso hast du den Jasper angegriffen? Ihr wart doch befreundet. Was hatte Jasper deiner Meinung nach angestellt?", führte Koch sein Verhör fort.

„Der Klugscheißer? Befreundet? Ne, das waren wir sicher nicht. Ich musste mir doch angucken, was der wollte. Und dann... auch der wollte meinen Posten haben. Hat er selbst gesagt – fragt ihn nur. Der musste jetzt auch weg. Und dann wäre ich Stallmeister geworden!", schrie er die Worte heraus.

„Otto, du bist wirklich und wahrhaftig verrückt! Für deine Vergehen wirst du hängen!"

Der Schlossvogt konnte kaum noch an sich halten.

Jasper war tief betroffen. Tränen liefen ihm die Wangen herunter. Zutiefst enttäuscht wegen Ottos Äußerungen und erschrocken und außer Fassung über seine Worte und Taten.

Das hätte er nicht gedacht. Er war also von Otto nur unter Kontrolle gehalten worden? War nur von ihm beobachtet und ausspioniert worden? Er hatte Otto vertraut, ihn als Freund gesehen. Und jetzt so etwas.

Er verließ den Raum. Wollte nichts mehr hören. Er wollte mit Elisabeth sprechen. Er brauchte Trost und begab sich zur Küche. Auch spürte er jetzt wieder sein schmerzendes Gesicht. Vielleicht konnte Katrin, die Köchin, oder Elisabeth ihm mit einem Mittelchen helfen.

Schon auf den paar Metern zur Küche wurde er immer wieder aufgehalten. Wo kamen die Leute, die doch arbeiten sollten, nur her?

Sie beglückwünschten ihn. Feierten ihn als Helden.

Schulterklopfen begleitete ihn Schritt für Schritt.

Dank schlug ihm entgegen. Freude darüber, dass der Mörder dingfest gemacht werden konnte, begleiteten seine Schritte.

Fragen über Fragen wurden ihm gestellt. Er beantwortete alles, so gut es ging.

Lächelte sogar schon wieder. Ein bisschen war er auch stolz. Darauf, dass er tatsächlich dazu beigetragen hatte Otto zu stellen. Sein sogenannter Freund hatte ihn mit seinen Bemerkungen tief im Herzen verletzt. Jetzt mochte er ihn nicht schonen und erzählte darum bereitwillig, wie sich alles zugetragen hatte.

Endlich war er in der Küche angekommen.

Elisabeth und Katrin kamen auf ihn zu. Die erste fiel ihm in die Arme, „Wie gut, dass du noch lebst!", die zweite tänzelte um ihn herum, lachte und jammerte zur gleichen Zeit.

„Junge, was machst du denn für Sachen? Wie konntest du dich auf ein so gefährliches Unterfangen nur einlassen? Geh mal zur Seite, Elisabeth, ich will ihn auch mal herzen", schon hatte sie Elisabeth zur Seite geschoben und drückte ihn an ihre Brust, um ihm den Rücken zu streicheln.

„Komm, Jasper, setz dich her. Ich schaue mir dein Gesicht mal genauer an. Das sieht ja fürchterlich aus. Elisabeth, lauf und hole meine Kräutertasche. Du wirst wohl einen Augenblick auf ihn verzichten können!"

Die Salbe, die sie wenig später aufgetragen hatte, kühlte sehr angenehm. Schon stand ein Glas Milch, gesüßt mit Honig, vor ihm. „Zur Stärkung für die Seele", wie die Köchin sagte.

Dann wurde er aber kräftig ausgefragt. Ständig kamen Menschen in die Küche und so musste er wieder und wieder von vorne beginnen.

„Sie bringen ihn raus!", war selbst in der Küche nicht zu überhören.

Alles sprang auf. Dieser Augenblick war wichtiger als jede Erzählung.

Einmal noch dem Übeltäter ins Antlitz sehen. Beobachten, ob er Reue zeigte, hören, was von der Obrigkeit mitgeteilt wurde. Sie rannten, um einen guten Blick zu haben.

Auch Jasper eilte, Elisabeth an der Hand, um Otto noch einmal ins Auge zu sehen.

Die Menge war so aufgebracht, dass Koch große Mühe hatte, Otto gemeinsam mit seinen Helfern auf ein Fuhrwerk zu geleiten, das ihn in die Stadt bringen sollte. Unsanft wurde der Gefesselte auf den Wagen befördert. Zwei der Bewacher stiegen mit hinauf, um die Menge, die sich auf Otto stürzen wollte, von ihrem Tun abzuhalten.

Der Pfarrer hob beschwichtigend die Hände und gemahnte, sich nicht auch zu versündigen.

„Wer frei von Schuld ist, werfe den ersten Stein. Seid vernünftig und vertraut auf die Obrigkeit. Dieser Sünder, der noch keine Reue zeigte, wird sich vor dem Herrn verantworten müssen. Verschließt eure Herzen nicht und habt vor allem Erbarmen mit den Eltern von Otto. Diese lieben gottesfürchtigen Menschen können nichts für die Gräueltaten ihres Sohnes. Meidet sie nicht, sondern unterstützt sie in ihrer Trauer. Jasper hat es euch allen vorgemacht. Er war schon bei ihnen, um sie von den Verbrechen Ottos zu unterrichten. Lasst Otto jetzt dorthin gehen, wo er seine gerechte Strafe erhält. Gott sei dem armen Sünder gnädig!"

Das half allerdings nicht sonderlich. Da bedurfte es schon der Anwesenheit und Autorität des Schlossvogtes und des Amtmanns, die beide laut genug in die Menge riefen, dass Otto für seine Freveltaten hängen würde. Das stimmte den Mob endlich friedlich.

So schnell es ging, verließ das Fuhrwerk den Hof, um Otto in der Stadt in Gewahrsam zu bringen.

*

Jasper wurde herangewunken.
Der Schlossvogt sprach ihm vor versammelter Mannschaft seinen Dank und sein Lob aus.
Er versicherte ihm, dass der Großherzog ihm seinen Dank sicher noch persönlich aussprechen würde.
„Über deine Zukunft hier am Hof brauchst du dir keine Sorgen mehr zu machen. Wenn du weitermachst wie bisher, wirst du der nächste Stallmeister! Und für deine Begegnung mit dem Großherzog", lachte er, „werde ich dich, Jasper, in die Stadt zur Schneiderin schicken, damit sie dir auf meine Kosten eine neue Arbeitshose und ein Hemd näht."
„Und ein paar neue Stiefel!", rief ein Übermütiger.
Umgehend erwiderte der Schlossvogt: „Ja, so soll es sein, auch dem Schuster kannst du einen Besuch abstatten. Es muss ja nicht gleich Hirschleder sein, wie bei Herrn Koch!", lachte er und lockerte die trübe Stimmung dadurch auf.
Raunen ging durch die Menge. Jasper war sehr verlegen. Als er jedoch sah, wie Elisabeth strahlte, war er stolz. Er bedankte sich mit einer tiefen Verbeugung vor dem Schlossvogt, der aber scheinbar noch nicht fertig war.
„Ruhe, Leute, eines noch, Jasper. Übermorgen ist ja Sonntag. Ich stelle dir, Jasper, eine meiner kleinen Kutschen zur Verfügung, damit du noch vor dem Hahnenschrei aufstehen und zu deiner Mutter fahren kannst. Das hast du dir redlich verdient. So kannst du ihr alles erzählen, dich ein wenig ausruhen und am Abend wieder zurück sein."
Sichtlich gerührt und zugleich sprachlos vernahm Jasper diese Worte.
Er würde seine Mutter wiedersehen.

Wie sehr freute er sich. Sein Gesicht war ein einziges Strahlen. Als er seine Sprache wiederfand, dankte er dem Schlossvogt wieder und wieder für diese große Geste. Der nahm den Dank souverän entgegen und löste in allerbester Stimmung die Versammlung mit der Aufforderung, jetzt wieder an die Arbeit zu gehen, auf.

Jasper dachte kurz darüber nach, welch Erleichterung es für den Schlossvogt sein müsste, dass noch vor Ankunft der Jagdgesellschaft diese Gräueltaten aufgeklärt wurden.

Dann nahm Koch ihn zur Seite und bat ihn, einige Schritte mit ihm zu kommen.

So verließen sie den Schauplatz, gingen in die Gärten und setzten sich unter den Schatten eines Baumes.

Wie wundervoll ruhig es hier war. Die Mauern schützten vor dem Tumult der Höfe. Vogelstimmen waren das einzige, was zu hören war.

Koch bedankte sich für Jaspers Mut und Einsatz. Sie gingen gemeinsam noch einmal alles durch. Dies war für Jasper eine gute Gelegenheit um Koch zu fragen, weshalb er alles mitgeschrieben hatte. Das sei doch seiner Meinung nach unnötig gewesen, weil Otto doch bereitwillig alles gestanden hätte.

„Nein, Jasper, das war absolut nicht unnötig. Das gehört mit zur Kriminalarbeit. Das heißt, ein Protokoll aufnehmen, um später genau belegen zu können, was gesprochen wurde. Jedes festgehaltene Wort ist ein Beweis für das Gericht, wenn es zur Verhandlung kommt. So kann ich später genau belegen, wer wann was gesagt hat. Auch als Lehrmaterial kann ich meine Aufzeichnungen immer wieder gebrauchen.“

Dann fuhr er mit seiner ruhigen tiefen Stimme fort:

„Du bist bei uns willkommen Jasper. Auch ich werde dem Großherzog von deinem Mut und deiner Ehrlichkeit berichten.

Ich werde ein Wort dafür einlegen, dass du bei der Kriminalpolizei anfangen kannst. Ich würde mich freuen, wenn du zusagst. Aber denke einige Tage darüber nach. Ich bleibe hier, bis die Jagdgesellschaft eingetroffen ist, um unserem Großherzog Rede und Antwort zu stehen."

Sie erhoben sich. Koch hatte seinen Arm freundschaftlich um Jaspers Schulter gelegt.

So gingen sie zurück, um jeder für sich die Arbeit wieder aufzunehmen.

Jasper würde eine Zeit brauchen, um all das zu verarbeiten, aber im Augenblick standen die lobenden Worte, die ihn heute erreicht hatten, im Vordergrund.

Die Welt stand ihm also offen. Ob er für sein zukünftiges Leben die richtige Entscheidung treffen würde?

Elisabeth stand plötzlich an seiner Seite. Er nahm ihre Hand und zog sie unauffällig von der Menge fort.

Jetzt wollte er nur noch mit ihr reden und sie bitten, ihn zu seiner Mutter zu begleiten.

Alles andere würde er in Ruhe überdenken.

# Anhang

Die folgenden Strophen des „Sommerliedes" des Dichters Paul Gerhard (1607-1676) und des Komponisten Augustin Harder (1775-1813) lauten:

*Die Bäume stehen voller Laub,*
*das Erdreich decket seinen Staub*
*mit einem grünen Kleide.*
*Narzissen und die Tulipan,*
*die ziehen sich viel schöner an*
*als Salomonis Seide, als Salomonis Seide.*

*Die Lerche schwingt sich in die Luft,*
*das Täublein fleugt aus seiner Kluft*
*und macht sich in die Wälder,*
*die hochbegabte Nachtigall,*
*ergötzt und füllt mit ihrem Schall,*
*Berg, Hügel Tal und Felder, Berg, Hügel Tal und Felder.*

*Ich selber kann und mag nicht ruhn,*
*des großen Gottes großes Tun erweckt mir alle Sinnen,*
*Ich singe mit, wenn alles singt, und lasse,*
*was dem höchsten klingt,*
*aus meinem Herzen rinnen, aus meinem Herzen rinnen.*

Die weiteren Strophen des Gedichtes „Sursum corda" von Margaretha Susanna von Kuntsch (1651-1717):

*Mein Hertz in die Höhe hier pflegt das Gelücke*
*Auf einer geflügelten Kugel zu stehn*
*Es wancket und weil es blind muss seine Tücke*
*Die Frommen viel öfter als Böse angehn*
*Du suchest ein Glück das sich niemals verdreh'*

*Drum Hertz in die Höh'.*
*Mein Hertz in die Höhe wo Schönheit wird prangen*
*Die ewiglich blühet und nimmer verwelckt*
*Hier schwinden die Liljen und Rosen der Wangen*
*Es blassen die Lippen mit Purpur umnelckt*
*Die Jahre der Haare Gold kehren in Schnee*
*Drum Hertz in die Höh'.*

*Mein Hertz in die Höhe wo Hoheit und Ehre*
*Die weder der Neid noch die Zeit unterbricht*
*Hier gleicht sich dies beides dem stürmenden Meere*
*So uns bald recht glückliche Schiffarth verspricht*
*Bald unser Schiff schmeisset in Abgrund der See*
*Drum Hertz in die Höh'.*

*Mein Hertz in die Höhe wo herrliche Güter*
*Dargegen die Irdischen schändlicher Koth*
*Ein solcher Tand labet nur schlechte Gemüter*
*Der da wird erworben mit Arbeit und Not*
*Mit Sorgfalt erhalten verloren mit Weh*
*Drum Hertz in die Höh.*

*Mein Hertz in die Höhe wo Weißheit erfüllet*
*Der seelgen Brust die hier kein Ohr ie gehört*
*Dort wird dein begierges Verlangen gestillet*
*So allzeit was rechtes zu wissen begehrt*
*Hier bleibts unvollkommen was man auch versteh;*
*Drum Hertz in die Höh.*

*Mein Hertz in die Höhe wo reineste Liebe*
*Die weder Verändrung noch Unbestand kennt*
*Hier macht Zeit Creutz Eifer Verleumdung oft trübe*
*Was sonst in hell lautersten Flammen gebrennt*
*Unmöglich ist dass solches dort mehr gescheh*
*Drum Hertz in die Höh.*

*Mein Hertz in die Höhe wo du wirst bekommen*
*Diejenigen wieder so du hier beweint*
*Die wertesten die dich schon halb mit genommen*
*Weil sie dir mit Muts- und Bluts-Freundschaft vereint*
*Der Wechsel erfolge je lieber je eh*
*Drum Hertz in die Höh.*

*Mein Hertz in die Höhe da Jesus regieret*
*Wo unser Schatz ist da ist billig das Hertz*
*Dort wirst du vom Glauben zum Schauen geführet*
*Dort erntest du Freude vor Trauren und Schmertz*
*O seuftze: Ach daß ich nicht Jesum heut seh*
*Drum Hertz in die Höh.*

Für folgenden Artikel, der die aktuellen wissenschaftlichen Erkenntnissen über Thomas Müntzer darlegt, danke ich dem Museumsleiter des Schlosses Allstedt, Herrn Adrian Hartke, ganz herzlich.

**Thomas Müntzer in Allstedt (März 1523 - August 1524)**

Thomas Müntzer wurde um 1489 in Stolberg (Harz) geboren. Im Wintersemester der Jahre 1506/07 ist er als „Thomas Munczer de Quedilburck" an der Leipziger Universität immatrikuliert, so dass die Vermutung nahe liegt, dass er seine Schulbildung in Quedlinburg genossen hatte. An der Universität in Frankfurt an der Oder ist er im Wintersemester 1512/13 als „Thomas Müntczer Stolbergensis" eingeschrieben. Die Dauer und der Inhalt des Studiums sind nicht zu ermitteln. Zu seinen Graduierungen als Magister artium (Ersterwähnung 1515) und Baccalaureus biblicus (Ersterwähnung 1521) ist ebenfalls nichts bekannt. Mit hoher Wahrscheinlichkeit war Müntzer als Lateinschullehrer in Halle und Aschersleben zwischen seinen Studienaufenthalten tätig. 1514 wurde er in der Diözese Halberstadt zum Priester geweiht. Zwischen 1517 und 1519 hielt er sich mit mehrmaliger Unterbrechung in Wittenberg auf. Dort machte er Bekanntschaft mit Martin Luther und anderen Vertretern der frühreformatorischen Bewegung. Es gibt Hinweise, dass Müntzer bei der Disputation Luthers mit dem Ingolstädter Theologen Eck in Leipzig zugegen war. Als konsequenter Mitstreiter der Wittenberger Reformatoren wurde Müntzer erstmals in einem kritischen Bericht über seine Jüterboger Predigten als Lutheraner bezeichnet. Hier vertrat er als Prediger den Lutherschüler Franz

Günther. Im Jahr 1520 wurde ihm von Luther die Predigerstelle an der St. Marienkirche in Zwickau vermittelt. Hier sollte er den Prediger Johann Egranus vertreten. Nach dessen Rückkehr erhielt Müntzer die freie Stelle an der St. Katharinenkirche. Unter Führung des Tuchmachers Nikolaus Storch scharte sich um Müntzer ein Laienkreis mit einer Art reformatorischer Erweckungsfrömmigkeit, der die Apokalypse nahe sah und die Kindertaufe kritisierte. Egranus vertrat hingegen ein eher traditionell ausgerichtetes Reformchristentum, der dadurch mit seinen Anhängern in Konflikt mit Müntzers Befürwortern geriet. Um den Konflikt zu entschärfen, wurde Müntzer am 16. April 1521 von dem Rat der Stadt Zwickau entlassen. Er zog mit seinem ungebrochenem Sendungsbewusstsein nach Böhmen, das er als Heimat der besseren Christen sah. Im November 1521 stellte er seine antiklerikale Polemik und seine theologischen Vorstellungen im Prager Sendbrief vor. Den gewünschten Erfolg erzielte Müntzer jedoch nicht. Er wurde unter Aufsicht gestellt und musste noch vor Jahresende Böhmen verlassen. Nach monatelanger erfolgloser Stellensuche, hatte er Erfolg und wurde um die Jahreswende 1522/23 Kaplan im Zisterzienserinnenkloster Glaucha bei Halle, die er jedoch nach nur 3 Monaten wieder verlassen musste.

Kurz vor Ostern 1523 konnte Müntzer die Pfarrstelle an der Neustädter St. Johanniskirche in Allstedt antreten. Das Scheitern der Gründung einer auserwählten Christengemeinschaft vor Augen, suchte er jene nach seinen Verkündigungsschwerpunkten (Christusnachfolge, Wiederherstellung der ursprünglichen Schöpfungsordnung, lebendige Gotteserfahrungen) nun hier zu verwirklichen. Allstedt war eine kleine Ackerbürgerstadt mit rund 700 Einwohnern, die das Zentrum des Amtes Allstedt, einer kursächsischen Enklave mit 2500 Bewohnern war. Kurfürst Friedrich der Weise hatte der Siedlung um 1500 das Stadtrecht verliehen. Die Stadt besaß zwei Pfarrkirchen. In der Altstadt, dem Kern der Siedlung, amtierte seit 1522 Simon Haferitz als Pfarrer an der St. Wigbertikirche. Das Patronat hierfür hatte das Kloster Walkenried inne. In der Neustadt, einer im 14. Jahrhundert von den Grafen von Mansfeld angelegten Marktsiedlung, stand die St. Johanniskirche, die Vorläuferkirche der heutigen spätbarocken Kirche. Patronatsherr war der Kurfürst. Sofort begann Müntzer mit der Neuordnung des Gottesdienstes. Er übernahm Ordnungen einer deutschen Messe aus dem Lateinischen Messbuch und aus den Stundengebeten Ordnungen eines deutschen Wochengottesdienstes, jeweils für fünf Kirchenjahreszeiten, und überarbeitete sie. Die Ordnung für den alltäglichen Gottesdienst, das „Evangelische Kirchenamt", ließ er noch im selben Jahr bei Nikolaus Wiedemar in Eilenburg drucken. Die Gottesdienstordnung für die Sonn- und Feiertage, die „Deutsch-Evangelische-Messe", war bei Müntzers Flucht aus Allstedt (6./7. August 1524) noch nicht fertig gedruckt, konnte jedoch danach fertiggestellt werden.

Als erster Reformator überhaupt hielt er einen Gottesdienst komplett in deutscher Sprache. Er wandte sich im Gottesdienst wieder mit dem Gesicht zur Gemeinde, sprach sich also von der im Hochmittelalter eingebürgerten Praxis - mit dem Rücken zur Gemeinde zu stehen - los, und knüpfte so an die frühchristlichen Traditionen an. Um den Gläubigen die Grundsäulen des Glaubens tagtäglich vor Augen zu halten, hing er vier Lehrtafeln in die Kirche: Das Nicänische Glaubensbekenntnis, den Psalm 43 als Eingangsgebet, das Vaterunser und das Benedictus. Müntzers Gottesdienstreform war erfolgreich. Die Gottesdienste erfreuten sich großer Beliebtheit, so dass die Menschen scharenweise nach Allstedt kamen, um Müntzer zu hören. Für die antireformatorischen Obrigkeiten stellte sich die Entwicklung als äußerst beunruhigend dar, wurde doch das Wormser Mandat von 1521 im Frühjahr 1523 nochmals erneuert. Für Müntzer war jene Reform ein Markstein für den Aufbau einer Gemeinde der Auserwählten. Um jenen zu fördern, war es ihm ein wichtiges Anliegen als Vorbild von der Gemeinde wahrgenommen zu werden. Im Sommer 1523 heiratete er die ehemalige Nonne Ottilie von Gersen. Im Frühjahr 1524 gebar sie einen Sohn, der wohl schon kurz nach der Geburt verstarb. Im September 1523 kam es zur offenen Auseinandersetzung mit dem Grafen Ernst von Mansfeld, der seinen Untertanen mehrfach das Verbot erteilte, den „ketzerischen" Gottesdienst in Allstedt zu besuchen. Müntzer prangerte ihn daraufhin als Feind des Evangeliums an. Der Kurfürst sollte gegen Müntzers Wirken etwas unternehmen. Müntzer rechtfertigte sich und erklärte, dass er seinen Predigtauftrag durch Gott erhalten habe. Er verteidigte seine Gottesdienstreform in seinem Werk „Ordnung und berechnunge des Teutschen ampts zu Allstadt" und erläuterte neben der Messordnung die Taufe, Trauung, das Krankenabendmahl und die Bestattung. Mit hoher Wahrscheinlichkeit wurde der Konflikt um Müntzers Gottesdienstreform und seine Verkündigung erst während eines Aufenthaltes des Kurfürsten vom 4. November bis 14. November 1523 auf Schloss Allstedt beigelegt, als er hier Station auf seiner Reise zum Nürnberger Reichstag machte. In diesem Zusammenhang muss auch Müntzers Traktat „Protestation odder empietung Tome Muentzers" gesehen werden. Als Reaktion auf die Allstedter Lehrgespräche im November 1523 auf dem Schloss Allstedt wurde vielleicht Müntzers Schrift „Von dem gedichten glauben" veröffentlicht. In ihr verdeutlicht Müntzer, dass der anerzogene (gedichtete) Glaube durch den wahren Glauben ersetzt werden müsse. Jener sei nur in der Leidensnachfolge Christi zu erlangen. Bis zum Frühjahr 1524 hatte Thomas Müntzer in Allstedt keinen Widerstand zu fürchten. Das änderte sich erstmals, nachdem die zum Kloster Naundorf gehörende Mallerbacher Kapelle von einigen Allstedter Bürgern im März 1524 niedergebrannt wurde. Die Äbtissin forderte nachdrücklich die Bestrafung der Täter. Der Allstedter Stadtrat und der Schosser Hans Zeiß konnten die Untersuchung bis zum Frühsommer hinauszögern. Erst im Juni wurde auf Druck von Herzog Johann ein Ratsmitglied, der Maurermeister Ciliaux Knauth, kurzzeitig in Haft genommen. Die Repressalien gegenüber den auswärtigen Gottesdienstbesuchern wurden von den Obrigkeiten verschärft und die nach Allstedt Geflohenen mussten mit ihrer Auslieferung rechnen. Die Allstedter waren bereit sich gegen

Übergriffe von außen zur Wehr zu setzen. Müntzer versuchte in dieser angespannten Situation die Landesherren für den Schutz der Auserwählten zu gewinnen.

Am 13. Juli 1524 hielt er auf Burg & Schloss Allstedt vor Herzog Johann dem Beständigen, dessen Sohn Johann Friedrich und vielleicht einigen aus ihrem Gefolge eine Predigt über das zweite Kapitel des Buches Daniel vom Niedergang der Weltreiche, dem Aufstieg der Christenheit und der Rolle, welche die Obrigkeit in jener Zeit, in der Müntzer die Apokalypse kurz bevorstehend glaubte, einzunehmen habe. Die Predigt erhielt den Titel „Auslegung des andern Unterschieds des Propheten Danielis". In die Geschichte ist sie jedoch unter dem Namen „Fürstenpredigt" eingegangen. Die Fürsten wurden dazu aufgefordert mit gutem Beispiel voranzugehen und mit Müntzer den gottgewollten Weg zur Erneuerung der Christenheit zu gehen. Sofern sie diesen Weg jedoch nicht folgen würden, so werde ihnen das Schwert, das Symbol ihrer Herrschaft, genommen werden müssen. Die Predigt, die wohl eher eine Art Ansprache war, während die Fürsten ihr Frühstück eingenommen hatten, dauerte etwa 75 Minuten. Gehalten wurde sie nicht in der Schlosskapelle, sondern in der spätmittelalterlichen Hofstube des Schlosses Allstedt, die heute noch auf Burg & Schloss Allstedt besichtigt werden kann. Eine Reaktion der Fürsten blieb zunächst aus. Sofort leitete Müntzer den Druck dieser beachtenswerten Predigt ohne Erlaubnis des Kurfürsten in der Druckerei in Allstedt in die Wege, die nach der Schließung der Eilenburger Offizin in der kleinen Amtsstadt eingerichtet worden war. Die Situation verschlechterte sich, als weitere Flüchtlinge aus der altgläubigen Umgebung nach Allstedt kamen und die altgläubigen Obrigkeiten die Auslieferung ihrer flüchtigen Untertanen verlangten. Das Gerücht, dass die Stadt erobert werden sollte, verschärfte die Lage. Am 24. Juli wurde ein Schutz- und Trutzbündnis geschlossen, nachdem Müntzer über den biblischen Bundesschluss des Königs Josia predigte. Zuvor gab es schon einen Bundesschluss, doch nun wurde jener Allstedter Bund erheblich erweitert. Im Ratskeller trugen sich Bürger und Auswärtige ins Bundesregister ein, um den „Bund der Auserwählten" vor dem „Wüten der Tyrannen" zu schützen. Ein vermeintlich drohender Überfall führte dazu, dass die Bundgenossen sich bewaffneten. Der Druck auf den Kurfürsten wurde immer größer. Herzog Georg von Sachsen beschwerte sich massiv und forderte ein Eingreifen des Kurfürsten.

Luther wandte sich an die Fürsten zu Sachsen und forderte die Ausweisung Müntzers, des „aufrührischen Geistes". Nun musste eine Reaktion von Seiten der sächsischen Fürsten erfolgen. Selbst die Gefahr eines Aufruhrs vor Augen, wurden die Allstedter von Herzog Johann zum Verhör nach Weimar bestellt. Am 31. Juli wurden zwei Ratsherren, der Schultheiß Rucker und der Schosser Hans Zeiß von Herzog Johann und seinen Räten befragt. Einen Tag später musste sich Müntzer dem Verhör unterziehen. Nach Allstedt zurückgekommen, wurde ihm am 3. August auf dem Schloss Allstedt verkündet, dass die Schuldigen des Mallerbacher Kapellenbrandes sich für ihre Tat verantworten müssten, der Drucker entlassen werden

235

müsste und der Bund aufzulösen sei. Müntzer war enttäuscht und reagierte erbost auf diese Forderungen. Noch am gleichen Tag wandte er sich selbst an den Kurfürsten und bat darum eine Antwort auf Luthers „schantbrieff" zu geben. Doch war die Situation aussichtslos. Müntzer sah sein Wirken in Allstedt als gescheitert an und floh in der Nacht vom 6. auf den 7. August über die Stadtmauer. Er zog nach Mühlhausen, um dort mit dem ehemaligen Zisterzienser Heinrich Pfeiffer erneut eine Gemeinde der Auserwählten aufzubauen.

Auch wenn Müntzer von den Allstedtern enttäuscht war, so war er bei ihnen nicht vergessen. Als er sich zu Beginn des Aufstandes an sie wandte, folgten fast alle Männer seinem Aufruf und zogen nach Bad Frankenhausen. Dort kam es zur entscheidenden Schlacht, in der die Aufständischen dem fürstlichen Heer gegenüberstanden. Sie endete mit der Niederlage der Aufständischen. Im Schlachtgeschehen ist nur der Allstedter Peter Warmut getötet worden. Die anderen Allstedter konnten wohl rechtzeitig die Flucht ergreifen. Sie hatten anscheinend erkannt, dass die Schlacht mit einer Niederlage der Aufständischen enden würde. Müntzer wurde gefangen genommen, auf die Festung Heldrungen gebracht und dort verhört und gefoltert. Am 27. Mai 1525 wurde er zusammen mit Heinrich Pfeiffer im fürstlichen Feldlager zwischen Mühlhausen und Görmar mit dem Schwert gerichtet.

Müntzers Schicksal teilten sechs Allstedter, die von dem Eislebener Scharfrichter vor dem Allstedter Rathaus hingerichtet wurden. Vielen Müntzeranhängern gelang jedoch die Flucht. Einige von ihnen durften in den 1530er Jahren in die Stadt zurückkommen, anderen wurde die Rückkehr verwehrt. Die lutherische Lehre wurde in Allstedt erst nach einer vom Landesherrn veranlassten Visitation im Jahre 1533 umgesetzt. Bis zu jenem Zeitpunkt bestimmten die Neuerungen Müntzers weiterhin den Gottesdienst in Allstedt.

Adrian Hartke, M.A.

Quellen:

Thomas Müntzer. Schriften und Briefe. Kritische Gesamtausgabe, unter Mitwirkung von   Paul Kirn hg. von Günther Franz, Gütersloh 1968
Thomas-Müntzer-Ausgabe. Kritische Gesamtausgabe, hg. von Helmar Junghans, Bd. 3: Quellen zu Thomas Müntzer, bearb. von Wieland Held und Siegfried Hoyer, Leipzig 2004
Thomas-Müntzer-Ausgabe. Kritische Gesamtausgabe, hg. von Helmar Junghans, Bd. 2: Briefwechsel, bearb. von Siegfried Bräuer und Manfred Kobuch, Leipzig 2010

Literatur:

Bensing, Manfred, Thomas Müntzer und der Thüringer Aufstand 1525, Berlin 1966
Bräuer, Siegfried, Junghans; Helmar (Hg.), Der Theologe Thomas Müntzer. Untersuchungen zu seiner Entwicklung und Lehre, Berlin und Göttingen 1989
Bräuer, Siegfried, Spottgedichte, Träume und Polemik in den frühen Jahren der Reformation, hg. von Hans-Jürgen Goertz und Eike Wolgast, Leipzig 2000
Bubenheimer, Ulrich, Thomas Müntzer. Herkunft und Bildung. Leiden 1989
Dammaschke, Marion, Vogler, Günter, Thomas-Müntzer-Bibliographie (1519-2012), Baden-Baden 2013.
Elliger, Walter, Thomas Müntzer. Leben und Werk. 3. Aufl., Göttingen 1976
Goertz, Hans-Jürgen, Innere und äußere Ordnung in der Theologie Thomas Müntzers, Leiden 1967
Goertz, Hans-Jürgen, Thomas Müntzer. Mystiker, Apokalyptiker, Revolutionär, München 1989

Goertz, Hans Jürgen, Ende der Welt und Beginn der Neuzeit. Modernes Zeitverständnis im „apokalyptischen Saeculum", Mühlhausen/Thür. 2002

Goertz, Hans-Jürgen, Thomas Müntzer. Revolutionär am Ende der Zeiten, München 2015

Hinrichs, Carl, Luther und Müntzer. Ihre Auseinandersetzung über Obrigkeit und Widerstandsrecht. Berlin 1952

Steinmetz, Max, Das Müntzerbild von Martin Luther bis Friedrich Engels, Berlin 1971

Steinmetz, Max, Thomas Müntzers Weg nach Allstedt, Berlin 1988

Vogler, Günter, Thomas Müntzer, Berlin 1989

Vogler, Günter (Hg.), Bauernkrieg zwischen Harz und Thüringer Wald, Stuttgart 2008

Vogler, Günter, Thomas Müntzer und die Gesellschaft seiner Zeit, Mühlhausen 2003

Warnke, Ingo, Wörterbuch zu Thomas Müntzers deutschen Schriften und Briefen, Tübingen 1993

Wolgast, Eike, Thomas Müntzer. Ein Verstörer der Ungläubigen, 2. Aufl., Berlin 1988

## *Danke schön!*

*Dir, Margret, für deine spontane Zusage, als ich dich um Hilfe gebeten habe.*

*Den „Schlossfrauen" für die prima Kaffeeversorgung.*

*Herrn Friedrich für hilfreiche Informationen und die Erlaubnis, auf dem Gutsgelände alles „durchforsten" zu dürfen.*

*Frau Hänsel vom Kirchenarchiv für die freundlichen Auskünfte.*

*Frau Pastorin Böck für die kurze Kirchenführung zu ungewöhnlicher Zeit.*

*Dem Leiter des Museums von Burg und Schloss Allstedt, Herrn Adrian Hartke, danke ich ganz besonders herzlich.*
*Er hat mich während der Entstehung dieses Buches begleitet und mir mit seiner konstruktiven Kritik geholfen.*
*Manch wichtiger Einwand, wenn etwas historisch nicht korrekt war, half mir, mich neu zu orientieren.*
*Auch seine Führung durch die Schlossräume und viele seiner Erläuterungen waren eine unverzichtbare Hilfe.*
*Ich schätze mich glücklich, einen so besonderen und wertvollen Menschen, meinen Freund nennen zu dürfen!*

Bisher erschienen:

*Spuren der Dichterin Sophie*
Ein Frauenschiksal im 19.Jahrhundert
Roman
BOD ISBN 9783735762887
auch als E-Book

*Kleine Elfengeschichten*
ausschließlich E-Book

*Der besondere Heider Friedhof*
Reich bebildertes Sachbuch
BOD ISBN 9783842382763
auch als E-Book